D1844117

Professor Dagendorf
Erfinder und Mitglied des Rats der verantwortungsvollen Erfinder
Spezialgebiet: Experte für künstliche Intelligenz und Veränderung von Materie
Besonderheiten: Kämpft eisern für seine Ziele
Motto: Manche Fehler kann man nur schwer korrigieren
Anton M. Lindbergh
Durchgeknallter Erfinder und Großvater von Linus
Spezialgebiet: Abenteuerliche Flugmaschinen mit Absturzgarantie
Besonderheiten: Anton hat ein Ultra-kurz-Kurzzeitgedächtnis
Motto: Alles ist möglich
Riana von Waldenfels
Flinkes Mädchen
Spezialgebiet: Technische Ausarbeitung kniffliger Ideen
Besonderheiten: Jüngste Gedankenarchitektin des Universums
Motto: Manchmal muss man mit dem Kopf durch die Wand
Captain Einsicht
Sensibler Spürhund mit Augenklappe
Spezialgebiet: Spurenschnüffeln und Streitschlichten
Besonderheiten: Darf manchmal auch ans Steuer von Antons Flugmaschinen
Motto: Ein alter Hund ist kein D-Zug

Linus T. Lindbergh
Jüngster Erfinder des Universums
Spezialgebiet: Spezialfahrzeuge und Traumhelme
Besonderheiten: Kann sich an Träume erinnern und sie weiterträumen
Motto: Ich will Erfinder werden!

Peter L. Lindbergh
Erfinder des ersten Gedankenspiels Mindgame I
Spezialgebiet: Zeitmaschinen und Traumscanner
Besonderheiten: Hat ein fotografisches Gedächtnis
Motto: Was du träumen kannst, kannst du auch erfinden

Majus12
Der schlechtangezogenste Roboter des Universums
Spezialgebiet: Kochen ohne Rezept und verrückte Mode
Besonderheiten: Ist beleidigt, sobald man seinen Geschmack kritisiert
Motto: Wieso entsteht aus Chaos niemals Ordnung?

Anna D. Lindbergh
Präsidentin des Rats der verantwortungsvollen Erfinder
Spezialgebiet: Schutz- und Abwehrmechanismen und Naturgewalten
Besonderheiten: Kann (meist) sieben Sachen gleichzeitig machen
Motto: Keine Erfindung darf der Menschheit Schaden zufügen

Tobias Elsäßer, geboren 1973, arbeitet als freier Journalist und Autor. Er leitet Schreibwerkstätten und Songwriter-Workshops für Jugendliche und schreibt Drehbücher. Mit seinem Roman ›Abspringen‹ gewann er 2010 das Kranichsteiner Literaturstipendium vom Deutschen Literaturfonds und dem Arbeitskreis für Jugendliteratur. Sein Roman ›Für niemand‹ stand u. a. auf der Auswahlliste »Die besten 7 Bücher für junge Leser«.

Seine Kinderbuchtrilogie um den jüngsten Erfinder des Universums umfasst die Bände ›Linus Lindbergh und der Riss in der Zeit‹, ›Linus Lindbergh und die Invasion der Roboter‹ und ›Linus Lindbergh und die fünfte Dimension‹ (alle bei Fischer lieferbar).

Außerdem sind von Tobias Elsäßer auch die Jugendbücher ›Ab ins Paradies‹, ›Vielleicht Amerika‹, ›Berühmt‹, ›Für Niemand‹ und ›Abspringen‹ bei Fischer erschienen.

Stefanie Reich, geboren 1984 und aufgewachsen im südlichsten Zipfel Sachsen-Anhalts, studierte an der Bauhaus-Universität Weimar Visuelle Kommunikation mit dem Schwerpunkt Illustration. Die Diplom-Designerin lebt und arbeitet als selbständige Illustratorin in Leipzig.

Weitere Informationen zum Kinder- und Jugendbuchprogramm der S. Fischer Verlage, auch zu E-Book-Ausgaben, gibt es bei *www.fischerverlage.de*

Tobias Elsäßer

Linus Lindbergh
und die Invasion der Roboter

Mit Bildern von Stefanie Reich

FISCHER Taschenbuch

Für meine Eltern

MIX
Papier aus verantwortungsvollen Quellen
FSC® C006701

Erschienen bei FISCHER Taschenbuch
Frankfurt am Main, Dezember 2013

Lizenzausgabe mit freundlicher Genehmigung des
Bibliographischen Instituts/Sauerländer, Mannheim
© Sauerländer 2012
Bibliographisches Institut GmbH
Druck und Bindung: CPI books GmbH, Leck
Printed in Germany
ISBN 978-3-596-81158-8

Erstes Kapitel

GEHEIME LADUNG

Die Nacht spannte sich wie ein löchriges Tuch über den Flughafen Kesselheim. Seit in Terminal 1 ein großes Einkaufszentrum eröffnet hatte, gab es keine richtige Dunkelheit mehr. Hinter der mächtigen Glasfassade brannte immer irgendwo Licht. Mit der Stille verhielt es sich ganz ähnlich. Am westlichen Rand machte sich eine Horde Krähen zankend über die Essensreste der Fluglinien her. Ein Rascheln – und das Gezeter verstummte. Der Mond hatte sich zwischen eine Lücke in den Wolken geschoben und zwei bläulich schimmernde Schatten zum Vorschein gebracht. Sie drängten durch das geöffnete Tor in den von Mauern umgebenen Platz.

»Das ist so aufregend«, flüsterte eine dünne Stimme. Sie gehörte zu Majus12, dem Haushaltsroboter der Lindberghs. »Ich liebe die Freiheit«, sagte er lauter. Voller Panik flatterten die Krähen davon. Eine einzelne Feder schwebte zu Boden. Es sah aus, als würde sie mitten im Flug stehen bleiben.

»Hier stinkt's«, bemerkte Linus und musste husten. Dann schaute er auf den hellen Betonboden und entdeckte seinen eigenen Schatten, daneben den von Majus. »Mist! Hoffentlich haben das die Überwachungskameras nicht aufgenommen. Wir müssen Opa sagen, dass die Tarnanzüge bei Vollmond Schatten werfen.« Gebückt suchte er Schutz hinter einem der großen Container. Majus folgte ihm. Diesen Platz konnten die Kameras nicht einsehen.

»Wieso hab ich eigentlich keine Flügel?«, fragte Majus und ließ die Feder unter seinem Overall verschwinden.
»Weil du stattdessen Arme und Beine hast.«
»Wieso hast *du* keine Flügel?«, setzte Majus nach.
»Das kann man sich eben nicht aussuchen. Vögel fliegen und Fische schwimmen. Die können auch nur eine Sache.«
»Es gibt aber auch Fische, die fliegen können.«
»Besserwisser.«
»Das ist eine Beleidigung.«
Linus schaute genervt dorthin, wo er seinen Freund vermutete. »Vielleicht kann Opa dir Flügel basteln. Kannst ihn ja mal fragen.«
»Besser nicht.« Majus musste niesen. »Müllallergie«, sagte er und zog die nicht vorhandene Nase hoch. Das widerliche Geräusch hatte er sich bei Linus' Großvater Anton abgehört und in sein Soundarchiv aufgenommen. Noch ekliger hörte es sich an, wenn er versuchte, einen richtigen Schnupfen nachzuahmen.
»Ich hab schon mal davon geträumt. Vom Fliegen.«
»Klar.«
»Auch Roboter träumen! Dazu muss man ja nicht unbedingt schlafen. Gibt ja auch Augen-auf-Träume.«
»Du meinst Tagträume.«
»Ja, Tagträume.«
Linus kletterte auf eine Holzkiste und spähte über die Mauer hinüber zu den Reparaturhangars. Mehrere große Lastwagen rollten durch das geöffnete Tor und kamen etwa fünfzig Meter dahinter zum Stehen.
»Darf ich auch mal?«, fragte Majus ungeduldig.
»Gleich.«
»Das ist unfair.«
»Kannst du bitte mal kurz ruhig sein?«
»Natürlich«, sagte der Roboter. »Mir kann man ja den Mund verbieten.«

Linus stieß einen tiefen Seufzer aus. Er rückte ein Stück zur Seite, tastete nach Majus und zog ihn am Overall. »Na komm schon.«
»Warum nicht gleich so?« Majus zog sich nach oben.
»Was wird denn um die Zeit noch angeliefert?«, fragte Linus.
»Keine Ahnung.« Majus hatte die unsichtbar machende Strumpfmaske nicht ganz über den Kopf gezogen und Linus konnte sehen, dass er in den Himmel schaute. Vereinzelt tauchten Sterne zwischen den Wolken auf. »Glaubst du, dass es noch eine zweite Erde gibt?«
»Weiß nicht. Was stellst du denn heut für Fragen?«
»Die Wahrscheinlichkeit liegt bei eins zu einer Milliarde vierhunderttausendundsiebenundsechzig. So gesehen ist es eher eine unwahrscheinliche Wahrscheinlichkeit.«
Linus verzichtete auf eine Antwort. Seit Majus in der Unterwasserwelt der Geheimorganisation, der Agentur, in Gefangenschaft gewesen war, hatte er sich verändert. Zwar hatte er schon immer Fragen gestellt, doch Linus hatte den Eindruck, dass sie von Woche zu Woche komplizierter wurden. Vielleicht hatten sie doch etwas an seinem Prozessor verändert. Das würde auch erklären, warum sich der Roboter an nichts erinnern konnte, was in der Unterwasserwelt passiert war. Weder an die Zwillinge Chin und Chan noch an ihre Flucht mit Riana, bei der er sich in einen regelrechten Kampfroboter verwandelt hatte.
Linus stieg von der Kiste, wartete, bis der Mond hinter einer dicken Wolke verschwunden war, und öffnete die Tür auf der Vorderseite des Containerhofs. Sie quietschte. Er schob den linken Ärmel des Overalls etwas zurück, schaltete die Beleuchtung seiner Armbanduhr an und hielt den Arm hinter den Rücken, damit Majus wusste, wo er sich befand. Unter dem dünnen Overall wurde es von Minute zu Minute kälter. Hätte er doch wenigstens einen Pulli über den Schlafanzug gezogen! Aber es musste ja schnell gehen, damit seine Mutter nichts von ihrem

nächtlichen Ausflug bemerkte. Der Wind trug Stimmengewirr zu ihnen herüber. Männer in dunklen Arbeitsanzügen sprangen aus dem Führerhaus der Lastwagen und begannen damit, große, in Folie eingeschweißte Paletten auszuladen. Sie arbeiteten nur im schimmernden Rotlicht ihrer Stirnlampen. Die Scheinwerfer hatten sie ausgeschaltet. Linus blieb auf einem schmalen Rasenstück stehen. Mit Majus im Schlepptau würden ihre Schritte auf dem Asphalt zu viel Lärm machen.

»Palette drei aktiviert«, sagte einer der Männer und tippte etwas in einen handtellergroßen Computer. Direkt vor ihm schob sich eine Art Lastenaufzug ohne Dach und Seitenwände an die Oberfläche. Den hatte Linus noch nie gesehen. Vielleicht gab es unter dem Flughafen weitere Ersatzteillager.

»Sollen wir sie ärgern?«, wisperte Majus dicht an seinem Ohr.

»Einen Streich spielen. Das machen Kinder doch, nicht wahr?«

»Psst!«, sagte Linus. »Hier stimmt was nicht.«

»Freiheit ist so spannend.«

Der Mann mit dem Computer schien sie gehört zu haben. Er blickte suchend in die Dunkelheit, direkt in ihre Richtung. Der Strahl seiner Stirnlampe erhellte schwach die Umgebung. Linus spürte sein Herz schneller schlagen. Sie können uns nicht sehen, versuchte er sich zu beruhigen. Plötzlich prallte etwas gegen seine Beine. Es kostete ihn Mühe, das Gleichgewicht zu halten. Vor ihm auf dem Rasen leuchteten zwei Augen auf, die hin und her schwankten. Linus hielt den Atem an und bewegte sich keinen Millimeter.

»Was ist?«, fragte einer der Männer.

»So was hab ich noch nie gesehen«, sagte der Mann mit dem Computer verblüfft. »Ein torkelnder Hase. Wahrscheinlich hat er zu viel Kerosin geschnuppert.« Er schüttelte den Kopf. »Beeilt euch. Wir müssen heut noch zwei weitere Lieferungen machen. Und achtet darauf, dass bei allen Paketen das grüne Licht blinkt. Heute Nacht sollen die letzten Daten aufgespielt werden.«

»Majus«, flüsterte Linus, so leise er konnte. Keine Antwort. Mit der Hand tastete er dorthin, wo er seinen Freund vermutete, aber da war nichts. Wieso konnte der Roboter nicht ein Mal auf ihn hören? Kaum durfte er das Haus verlassen, machte er, was er wollte. Linus zog einen kleinen, keilförmigen Apparat aus seinem Overall und schaltete ihn ein. Anton hatte geahnt, dass so etwas passieren würde. Ein leises Surren ertönte. Es kam ihm verdammt laut vor. Er richtete die Spitze mit dem Sensor in Richtung der Lastwagen. Der Sensor sollte die Tarnanzüge sichtbar machen, wenn man sie aus Versehen irgendwo hinlegte und nicht mehr wiederfand oder wissen wollte, wo der andere war. Tatsächlich zeigte das Display einen umherhuschenden Schatten, der gerade im Laderaum eines Lastwagens verschwand.
»Das war's«, sagte der Mann mit dem Computer. »Abmarsch!« Sofort stiegen seine Helfer in die Lastwagen.
»Auf, mach schon«, murmelte Linus vor sich hin. »Bitte!«, flehte er und blickte fassungslos auf das Display. Noch immer befand sich Majus im hinteren Teil des Lastwagens, und jetzt schloss sich die Laderampe! Wenn nicht gleich etwas passierte, würde ihr gemeinsamer Ausflug in einer Katastrophe enden! Wie sollte er das bloß seiner Mutter erklären? Sie wusste ja nicht einmal, dass auch Majus einen Tarnanzug hatte.
Die Motoren sprangen an und das Tor öffnete sich. Linus musste handeln. Bis er Anton wach bekommen würde, wären die Lastwagen längst über alle Berge. Linus rannte. Er rannte, getrieben von der Wut auf Majus. In Gedanken brüllte er den Roboter an, dass er ihn das letzte Mal mitgenommen hatte. Dabei hoffte er am Ende doch nur, dass ihm nichts passierte.
Die Lastwagen fuhren einen Bogen und nahmen Kurs auf die Ausfahrt. Linus war nicht gut in Form. Seine Oberschenkel brannten und sein ratterndes Herz schien jeden Moment aus der Brust zu springen. Nur noch wenige Meter lagen zwischen ihm und dem Lastwagen. Er biss die Zähne zusammen und

rannte noch schneller. Nie wieder würde er Majus irgendwohin mitnehmen! Nie wieder. Mit den Fingern bekam er einen Haltegriff an der Bordwand zu fassen und krallte sich fest. Er wollte gerade auf das Trittbrett aufspringen, als er mit dem rechten Fuß irgendwo am Boden hängen blieb. Als wäre das nicht schon schlimm genug gewesen, beschleunigte jetzt auch noch der Lastwagen. Linus' Füße schleiften über den Boden und es blieb ihm keine andere Wahl: Er musste loslassen. Mit voller Wucht knallte er auf den Boden, überschlug sich mehrmals und blieb keuchend liegen. Neben ihm der zerstörte Apparat. Die Rücklichter der Lastwagen verschwanden in der Ferne. Er hatte es nicht geschafft!

»So schnell bist du noch nie gerannt«, tönte Majus' Stimme über ihm. »Kompliment.« Der Roboter griff unter seinen Oberkörper und richtete ihn auf.

Linus zog die Strumpfmaske vom Kopf. Jetzt war ihm entsetzlich heiß. »Majus«, keuchte er. »Musste das sein? Wie bist du da überhaupt rausgekommen?«

»Durch die Seitentür.«

»Natürlich.« Linus war zu erschöpft, um dem Roboter eine Standpauke zu halten.

»Tut mir leid«, sagte Majus vorsichtig, »wollte nur kurz nachschauen, was sich in den Paketen befindet.«

»Und?«, sagte Linus patzig. »Was Interessantes dabei gewesen?«

»Kleine Brüder und Schwestern.«

»Brüder und was?«

»Automaten, im Volksmund auch Roboter genannt. Ausgestattet mit Dualprozessoren und akzeptablen Gleichgewichts- und Bewegungssensoren.«

»So groß wie du?«

»Nein, Kinder.«

»*Roboterkinder?*« Linus zögerte. »Du meinst Spielzeugroboter.«

»Auch wenn ich dieses Wort nicht ausstehen kann: Ja!«

»Aber warum beliefern sie den neuen Spielzeugladen mitten in der Nacht?«, fragte Linus. »Findest du das nicht merkwürdig?«

»Nein«, sagte Majus. »Vielleicht sind das die neuen Roboter aus der Werbung.«

»Und deshalb führen sie sich auf wie Gangster?«

»Kann doch sein«, sagte Majus. »Morgen ist doch Eröffnung. Vielleicht darf sie davor keiner sehen. Das macht man doch jetzt so.«

Zweites Kapitel

DIE KÜCHEN-CHAOS-THEORIE

Linus blickte müde auf das kreisrunde Ding, das Anna D. Lindbergh mit einem geheimnisvollen Lächeln auf den Küchentisch gestellt hatte. Er hatte sich bei dem Sturz den Ellenbogen aufgeschlagen. Jetzt konnte er seinen rechten Arm nur unter Schmerzen beugen. Noch gestern Nacht hatte Majus die Wunde mit Desinfektionsmittel und Pflastern versorgt. Zum Glück war die Verletzung unter dem dunklen Langarm-T-Shirt nicht zu erkennen. Als Wiedergutmachung durfte Linus von nun an jeden Tag die Klamotten anziehen, die er wollte. Auch wenn ihn der Roboter in den letzten Wochen meistens in ziemlich gewöhnlicher Kleidung in die Schule geschickt hatte, war Linus erleichtert über diese Veränderung. Jetzt musste er sich nicht mehr davor fürchten, auch an der neuen Schule gleich als verrückt abgestempelt zu werden, nur weil er Majus zuliebe krasse, ausgefallene Sachen anzog. Dafür nahm er den schmerzenden Ellenbogen gerne in Kauf.

Misstrauisch musterte er nun die neueste Erfindung seiner Mutter. Wegen der vielen blinkenden Lämpchen und der zylinderförmigen Erhöhung in der Mitte sah sie aus wie ein Ufo. Die kleinen Dellen an der Unterseite erinnerten jedoch an einen Golfball. Merkwürdig, dachte Linus, ging etwas näher heran und strich mit den Fingern über die kalte Aluminiumoberfläche. Seit wann interessierte sich seine Mutter für fliegendes Spielzeug? Das war doch eher Antons Fachgebiet. Oder wollte

sie damit das Grundstück aus der Luft überwachen? Aber warum hatte sie dann ausgerechnet die Küche für den ersten Testlauf ausgewählt, den Ort, um den sie sonst einen großen Bogen machte?
Sie legte einen Arm um seine Schultern und setzte ein undurchsichtiges Grinsen auf. »Hast du eine Idee, was das hier sein könnte?« Linus glaubte, einen Anflug von Übermut in ihrer Stimme zu hören. Vielleicht war sie mit der Zeitmaschine einen Schritt weitergekommen. Das wäre großartig! Sie trat ja schon seit Wochen auf der Stelle. Er versuchte seine Freude zurückzuhalten. Nachher lag er doch falsch mit seiner Vermutung.
»Ist es ein fliegender Schlüsselfinder für Opa?«
»Oh, nein«, stöhnte seine Mutter und verdrehte die Augen. »Sag, dass das nicht wahr ist. Wo hat er ihn diesmal hingelegt?«
»In den Kühlschrank, unter den Käse. Der Captain hat ihn gefunden.«
»Wenn er so weitermacht, kriegt er von mir endgültig Flug-, nein, am besten gleich Erfindungsverbot. Seine Vergesslichkeit wird ja immer schlimmer.« Seine Mutter hielt sich die Hand vor den Mund und gähnte ausgiebig. Doch dahinter kam wieder ein verschmitztes Lächeln zum Vorschein. »Stell dich mal an die Seite.«
»Sollen wir nicht besser rausgehen?«, schlug Linus vor. »Du weißt, wie Majus ausflippt, wenn in seiner Küche irgendwas kaputtgeht.«
»Alles gut«, sagte sie nickend. »Er wird staunen und *dankbar* sein, was der KCO 401 alles kann. Das ist eine Revolution.«
Kaum stand Linus an der Wand, begann seine Mutter damit, Geschirr, Töpfe, Pfannen und was sie sonst noch in Schränken, Schubladen und Regalen fand, kreuz und quer über den Boden zu verteilen. Linus wusste zwar, dass seine Familie nicht *normal,* nicht wie andere war, aber was seine Mutter jetzt anstellte, bereitete ihm ernsthafte Sorgen. Vielleicht taten Menschen so

etwas, wenn sie zu wenig schliefen. Jedenfalls dauerte es keine fünf Minuten, bis die ehemals blitzblanke Küche aussah, als hätte darin Edgar, der unberechenbare Haustornado, gewütet. Nicht einmal vor dem übel riechenden Biomüll machte sie halt. Sie kippte ihn schwungvoll aus, bis der ovale Raum gänzlich an eine Müllhalde erinnerte und ein säuerlicher Geruch durch die Luft waberte. Draußen vom Flur hörte man ein fröhliches Pfeifen näher kommen. Majus' unbekümmertes Gesicht tauchte in der Tür auf. Fassungslos blieb er auf der Schwelle stehen und stieß einen schiefen Ton aus, der wie der Wagen einer Achterbahn zuerst nach oben kletterte und dann mit Karacho wieder nach unten rauschte. »W-w-was –«, presste er stotternd hervor. Zu mehr war er nicht fähig. Seine runden Augen schraubten sich aus ihren Höhlen und flackerten wie zwei Glühbirnen, durch die zu viel Strom jagte. Er stand unter Schock. Mit den Metallfingern krallte er sich am Kragen seines grellbunten Hawaiihemds fest, zog den Stoff vor Mund, Nase und Augen, als könne er nicht fassen, was mit *seiner* Küche passiert war.

»Verrückt!«, nuschelte er dumpf und verzweifelt unter dem Stoff hervor. Dann klappte er den Hemdkragen wieder nach unten und versuchte sich an einem extrem vorwurfsvollen Gesichtsausdruck, was ausnahmsweise auf Anhieb funktionierte. »*Ich* werde das hier *nicht* aufräumen! Auf keinen Fall!« Er verschränkte die Arme vor der Brust, stellte sich neben Linus an die Seite und schmollte.

Anna Lindbergh ließ sich vom Auftritt des Haushaltsroboters nicht beeindrucken. Passend zur Musik, die aus dem alten Radio schepperte, setzte sie ihren zerstörerischen Feldzug fort. Sie zerrupfte einen Salatkopf, warf die welken Blätter durch die Luft und vollführte einen aufgeregten Tanz, als wolle sie die Geister der Unordnung heraufbeschwören. Offensichtlich machte das stinkende Chaos sie glücklich.

»Verrückt!«, wiederholte Majus wütend. Er hasste Unordnung

wie die Pest. Erst recht, wenn sie, wie in diesem Fall, *absichtlich* herbeigeführt wurde.

Zu guter Letzt schleuderte Anna ein Kilo Mehl durch die Küche, bis alle, einschließlich Captain Einsicht, der Spürhund mit der Augenklappe, unter einer Wolke aus dichtem weißen Nebel verschwunden waren. Als sich der Nebel lichtete, zeigte sich das ganze Ausmaß der Verwüstung. Linus' Mutter strahlte übers ganze Gesicht. Wenn es nicht der Schlafmangel war, der ihr so zusetzte, gab es nur eine Erklärung für ihr Verhalten: Sie hatte den Verstand verloren!

Linus wechselte einen hilflosen Blick mit Majus. Der Roboter schüttelte mechanisch den Kopf und wippte mit den Augenbrauen. Wahrscheinlich stand er kurz vor einem Schaltkreiszusammenbruch.

Anna steuerte unterdessen auf den Höhepunkt ihrer Vorstellung zu. Sie breitete die Arme aus, wie eine durchgeknallte griechische Göttin, und verkündete mit kämpferischer Stimme: »Sagt mir: Was ist das größte Problem, dem sich alle Hausfrauen, Hausmänner und …«, sie machte eine Pause und blickte verständnisvoll zu Majus, »… *Hausroboter* dieser Welt täglich stellen müssen?«

»Ich für meinen Teil …«, grummelte Majus und versuchte den feinen Staub von seinem Hawaiihemd zu schütteln, »… ich würde sagen, dass es der Mensch selbst ist.« Er tippte sich gegen die Stirn. Ein hohles Geräusch ertönte. »Wenn er nicht ganz richtig tickt, was hier eindeutig der Fall ist!«

»Keine Sorge«, sagte Anna grinsend, »alles wird gut. Ist nur zu eurem Besten.« Sie zog ihren Tablet-Computer aus dem weißen Kittel und klickte auf das Symbol eines Putzeimers. »Gleich werdet ihr Zeugen einer Weltneuheit: dem Küchen-Chaos-Optimierer. Er wird die Küchenarbeiter dieser Welt aus der Knechtschaft der Unterdrückung befreien.« Kaum hatte sie das gesagt, begann die fliegende Untertasse auf dem Küchentisch zu vibrie-

ren. »Zurücktreten!«, rief Anna Lindbergh und quetschte sich zwischen Linus und Majus an die Seitenwand. Captain Einsicht begann zu kläffen.
»Bitte zurücktreten!« Ihr Zeigefinger berührte erneut das Display, woraufhin der seltsame Apparat zu rotieren begann und sich surrend in die Luft erhob.
Captain Einsicht stellte ausnahmsweise beide Ohren auf und begann zu knurren. Linus musste ihn am Halsband zurückhalten, damit er sich nicht auf die Maschine stürzte.
»Und jetzt schaut genau hin«, fuhr Anna fort und drückte auf den grün blinkenden Startknopf. »Und ab geht die Post!«
Aus dem Bauch der schwebenden Scheibe schoben sich zwei Greifarme wie die Fahrwerke eines Flugzeugs, dann unzählige pelzige Fäden, die an Quallententakel erinnerten. Als Nächstes sauste die Untertasse im Tiefflug über den Fliesenboden, wo sich Messer, Löffel und Gabeln wie ein Heer aus Zinnsoldaten aufrichteten, um geordnet und gesäubert Richtung Schublade zu marschieren. Tatsächlich hatte der Küchen-Chaos-Optimierer das Geschirr innerhalb weniger Sekunden von der dünnen Mehlschicht befreit und den Müll zurück in den Abfalleimer befördert. Jetzt mussten die Sachen nur noch an die richtige Stelle verfrachtet werden. Um die Arbeit schneller zu erledigen, bediente sich der wild gewordene Kreisel einer fragwürdigen Technik: Schwungvoll wie ein Hammerwerfer auf Weltrekordjagd, schleuderte er das Geschirr durch die Luft, hinüber zu den Schränken. Leider ohne vorher die Schranktüren zu öffnen. Teller, Tassen und Gläser prallten ab und zerschellten auf dem Boden.
Anna D. Lindbergh verschlug es die Sprache. Nachdem sie den ersten Schock überwunden hatte, versuchte sie jedoch verzweifelt, ihren Chaos-Optimierer abzuschalten. Ohne Erfolg. Ihre Erfindung kam jetzt erst richtig in Fahrt. Ungerührt und in rasender Geschwindigkeit machte sich das Ufo über Töpfe und

Pfannen her. Ein besonders großer Topf schoss geradewegs durch die Fensterscheibe.
»So ein Mist!«, jammerte Anna in den Lärm der zersplitternden Glasscheibe hinein und drückte wie wild auf ihrem Computer herum. »Im Labor hat es funktioniert! Ich versteh das nicht. Wieso muss denn zurzeit alles schiefgehen?«
Majus riss der Geduldsfaden. Entschlossen krempelte er seine Hemdsärmel nach oben und nahm die fehlgeleitete Maschine ins Visier. Mit einem Seitenblick fragte er Linus um Erlaubnis. Der nickte ihm zu – das Zeichen für den Angriff. Heldenhaft und fast so geschmeidig wie eine Raubkatze, stürzte sich Majus auf den gemeingefährlichen Putzroboter und begrub ihn unter seinem Titankörper wie ein Spieler beim American Football. Ein sattes Knacken – und aus dem Zylinder der silbernen Scheibe stieg weißer Rauch empor. Die Leuchtdioden von Majus zeigten ein breites Siegerlächeln. Linus brach in schallendes Gelächter aus. »Mit der Erfindung kannst du Opa Konkurrenz machen«, sagte er glucksend.
Seine Mutter hämmerte entnervt auf ihrem Computer herum. »Jetzt geh schon aus, du blödes Ding.«
Mit einem Faustschlag brachte Majus den Küchen-Zerstörer endgültig zum Schweigen. In dem Moment erschien Anton in der Tür. Er machte ein ernstes Gesicht, soweit man das unter der beschlagenen Taucherbrille erkennen konnte. Sein grüner Helm mit dem Kleinstgewächshaus war direkt über der Stirn eingedrückt. In den Händen hielt er einen großen Suppentopf, der ebenfalls eine Delle hatte. »Darf ich fragen, welcher Spaßvogel auf die Idee gekommen ist, Töpfe aus dem Fenster zu werfen?« Mit dem Fuß schob er einen zerbrochenen Teller an die Seite. »Wie sieht es hier überhaupt aus? Majus! Bist du das gewesen?«
»Nein! Das war ich nicht!«, protestierte der Roboter, erhob sich und drückte Anna das schrottreife Teil in die Hand.

»Ähm … ich …«, stammelte Anna. »Das … das ist meine Schuld. Hat nicht funktioniert, der Optimierer … das Programm hat sich irgendwie aufgehängt.« Sie zuckte mit den Schultern und schaute auf den Aluminiumklumpen in ihren Händen.

»*Dein* Fehler?«, fragte Anton ungläubig. Er konnte sich ein schadenfrohes Lächeln nicht verkneifen. »Beschwer du dich noch mal über meine Vergesslichkeit. Wenn das U-Boot läuft, werd ich auch wieder fliegen. Basta!«

»Ja, ja«, sagte Anna. »Wer den Schaden hat, braucht für den Spott nicht zu sorgen.« Sie öffnete die Klappe des Müllschluckers und stopfte ihre Erfindung hinein. »Danke«, schallte es aus dem kleinen Lautsprecher darüber. »Mit der von Ihnen gespendeten Energiemenge können wir das Haus einen Monat mit Strom und Warmwasser versorgen.«

»Ich mag Sprichwörter nicht«, sagte Majus. Er schien sich wieder beruhigt zu haben. »Abgesehen von ein paar Ausnahmen sind sie unlogisch und überflüssig.«

»Trotzdem hätte ich noch ein weiteres anzubieten«, sagte Anton hämisch grinsend. »Schuster, bleib bei deinen Leisten.«

Majus schaute Anton fragend an und zog die Brauen zusammen. »Alte Sprache. Uralt und völlig uncool.«

»Was soll das heißen?«, fragte Linus. Auch er hatte das Sprichwort noch nie gehört.

»Man soll das tun, was man am besten kann. Und ich glaube, was die Hausarbeit und das Kochen angeht, haben wir in Majus einen absoluten Experten. Nicht wahr?« Anton drückte Majus kumpelhaft an sich.

Der nickte zufrieden. Seine Leuchtdioden formten ein breites blinkendes Lächeln. »Das war ein Kompliment, nicht wahr?«

»Und ob«, sagte Anton. »Ich halt ja eh nichts von diesen seelenlosen Computersklaven, die momentan überall in den Läden angeboten werden. Schlucken Strom und tun dann doch nicht, was sie sollen. Sogar beim Kinderspielzeug fangen sie jetzt schon damit an. Gibt einfach zu viele Leute, die es gut finden, nur noch faul auf dem Sofa rumzulümmeln.«

Majus' Gesichtsausdruck veränderte sich schlagartig. Jetzt starrte er Anton beinahe ängstlich an und legte den Kopf schief. »Bin … bin ich auch so ein seelenloser *Computerknecht?*«

»Quatsch! Du doch nicht. Ich meine dieses Ding, das das hier veranstaltet hat, und die Roboter, die nichts in der Birne haben außer ein paar Datenprotokollen.« Anton boxte den Roboter kumpelhaft in die Seite. »Schau dich mal an! So wie du rumläufst, damit bist du deinen hirnlosen Kollegen doch so was von voraus. Das ist Freiheit. Du bist doch längst dein eigener Herr.«

»Freiheit«, wiederholte Majus mit leuchtenden Augen und tauschte einen verschwörerischen Blick mit Linus. Der zwinkerte ihm zu und warf einen Blick auf die Uhr. »Ich muss jetzt los zur Schule.«

»Und wer hilft mir beim Aufräumen?«, jammerte seine Mutter. »Majus? Könntest du vielleicht …? Ausnahmsweise?«

Drittes Kapitel

DAS DUNKLE GEMÄLDE

Linus mochte den schweren, kalten Stoff nicht, aus dem der Tarnanzug gefertigt war. Es fühlte sich an, als würde man sich in Alufolie einwickeln. Obwohl er den Anzug über seinen Pulli gezogen hatte, spürte er ein unangenehmes Kribbeln, als würden tausend kleine Ameisen auf seiner Haut herumwuseln. Er seufzte und schlüpfte in seine Spezialstiefel. Dann zog er sich die schimmernde Strumpfmaske über den Kopf, streifte sich die Handschuhe über und warf einen prüfenden Blick in den Spiegel. Nichts. Die unsichtbaren Körperteile waren natürlich nicht wirklich verschwunden. Wie bei einem Chamäleon oder auch einem Tintenfisch nahm der Tarnanzug die Farbe des Hintergrunds an. Sobald sich Linus bewegte, konnte man an den Rändern ein leichtes Flimmern erkennen. Auch wenn es manchmal lustig war, wie ein Geist über den Flughafen zu spazieren, so machte es Linus dennoch wütend, dass Herr Tober, der Chef des Flughafens, sie wie Ungeziefer behandelte, das er schnellstmöglich loswerden wollte. Dass ihr Haus mitten auf dem Flughafen stand, war dem geschäftstüchtigen Mann ein Dorn im Auge. Er hatte rund um ihr Haus Überwachungskameras angebracht, um zu überprüfen, dass sie den Übergang zum Terminal nicht mehr nutzten. »Wenn ich nur einen von Ihnen entdecke, werde ich Ihr Plastik-Ei plattmachen lassen«, hatte er zu Anton gesagt. Die richterliche Anordnung hing mahnend an der Innenseite der Haustür, damit keiner der Lindberghs ohne Tarnanzug die

Startbahn überquerte. Mit einem Interruptor war es möglich, den Flugverkehr für exakt acht Sekunden lahmzulegen. Es war ein Gerät, das wie eine Fernbedienung aussah und die Computer im Tower und im Cockpit der Maschinen stören konnte. Damit diese Störung nicht in die Start- oder Landephase eines Flugzeugs fiel, musste man sich exakt an die Flugpläne halten.
Vor der Zollabfertigung hatten sich heute Morgen bereits lange Schlangen gebildet. Die Metalldetektoren meldeten im Sekundentakt einen neuen Fund. Auf den Überwachungsmonitoren konnte man in unterschiedlichen Farben sehen, ob sich Flüssigkeiten oder Fotoapparate in den Koffern befanden. Linus ging weiter. Wegen der Vorführung seiner Mutter war er ohnehin schon zu spät dran. Dann überkam ihn plötzlich ein schlechtes Gewissen. Eigentlich hätte er gestern bei Monsieur Ohneheim vorbeigehen sollen, um zu schauen, ob es dem alten Mann wieder besser ging. Doch vor lauter Nachdenken über eine neue Erfindung hatte er die Verabredung glatt vergessen. Weil Captain Einsicht ständig Haare verlor und Majus deshalb den ganzen Tag lärmend und fluchend mit dem Staubsauger durchs Haus rannte, wollte er einen automatischen Hundehaarentferner erfinden. Eine Art Haube, mit Düsen und Bürsten, durch die der Captain einmal am Tag wie ein Auto durch eine Waschanlage gehen sollte. Bisher existierte die Erfindung nur in seinem Kopf und er hatte ein paar Skizzen in sein dreifach faltbares Erfinderbuch gekritzelt. Nächste Woche wollte er in Antons Werkstatt mit dem Bau des Prototypen beginnen.
Statt durch die Drehtür nach draußen zu gehen, eilte Linus also hinüber in den Terminal 2B. Dort, in einem ungenutzten Seitenarm, lebte Monsieur Ohneheim seit etlichen Jahren. Der gestrandete Franzose hatte nicht nur seine Erinnerung, sondern auch seinen Pass verloren. Von Herrn Tober wurde er hier nur geduldet. Ohne Pass durfte er nirgendwo hingehen. Die Polizei hatte schon vieles unternommen, um seine Identität zu klären,

jedoch ohne Erfolg. Keiner schien ihn zu kennen oder zu vermissen. Aus alten Möbeln und dem, was Reisende liegen ließen, hatte ihm Anton ein karges Zuhause gezimmert. Kam es am Flughafen zu Verspätungen oder Flugausfällen, hielt der kleine Mann die Kinder mit seinem Puppentheater bei Laune. Meist spielte er Märchen. Geschichten, bei denen es immer ein Happy End gab, anders als in seinem eigenen Leben. Manchmal glaubte der Monsieur unter den ankommenden Passagieren ein bekanntes Gesicht zu erkennen, dann rief er laut irgendeinen Namen und stürmte los, um sich wenig später enttäuscht zu entschuldigen.

Linus wollte nur kurz Hallo sagen und nach dem Rechten schauen, doch als er um die Ecke bog, blieb er stehen. Der Monsieur stand, dick eingemummt in seinen Wintermantel, vor einem seiner selbst gemalten Bilder. Sein Gesicht war blass, die hohe Stirn lag in Falten. Unter dem Mantelsaum lugte sein glänzender Seidenpyjama hervor. Das Bild war ein dunkler Farbklecks, auf dem Linus ganz fein die Umrisse eines Menschen zu erkennen glaubte. Er ging etwas näher heran. Der Monsieur bewegte die ausgetrockneten Lippen. Offensichtlich führte er Selbstgespräche. Seine Augen waren nur halb geöffnet. »Das kann nischt sein«, sagte er mit französischem Akzent. Seltsamerweise war der Akzent deutlich schwächer, als es an Werktagen sonst der Fall war. Mit unsicheren Schritten wandte sich der Mann von dem dunklen Gemälde ab und tapste zurück zu seinem Bett, wo er einschlief, noch bevor er sich zugedeckt hatte. Linus trat neben ihn und legte seine flache Hand auf die Stirn des Monsieurs. Er hatte starkes Fieber. Wahrscheinlich konnte er sich morgen gar nicht mehr daran erinnern, dass er aufgestanden war. Linus blieb daher unsichtbar. Er machte dem Monsieur kalte Wadenwickel und deckte ihn zu. Danach schrieb er Anton eine SMS, ob er nachher noch mal nach dem kranken Mann schauen könnte, und machte sich auf den Weg zur Schule.

Viertes Kapitel

DER ZWISCHENFALL

Das grüne Licht flackerte ein letztes Mal auf, bevor es endgültig erlosch. Kurz danach erwachte der Spielzeugroboter zum Leben. Ohne zu zögern, durchschlug er die durchsichtige Verpackung und kletterte aus dem Regal, direkt vor Bens Augen. Der kleine Junge hatte sich in dem hinteren Teil des riesigen Spielwarenladens verirrt und blieb verblüfft stehen. Ben überlegte, ob er umdrehen sollte. Er war einfach unter dem Absperrgitter durchgeschlüpft. Die vielen lärmenden Menschen waren ihm auf die Nerven gegangen.

»Wie heißt du?«, fragte der Roboter. Seine Stimme klang freundlich und sanft, überhaupt nicht wie von einer Maschine. Verwundert blickte Ben auf das leuchtend gelbe Preisschild, das vor dem Hals des Roboters baumelte, und seufzte. **299,- €** stand da fett gedruckt. Niemals würden ihm seine Eltern so ein teures Geburtstagsgeschenk kaufen. Höchstens fünfzig Euro, hatten sie gesagt, und selbst bei dem Betrag hatte sein Vater ausgesehen, als würde er gleich in Ohnmacht fallen.

»Ich bin Ben«, antwortete der Junge. »Und du bist ein ziemlich teures Spielzeug.«

»Ich bin kein Spielzeug«, entgegnete der Roboter und machte einen Schritt nach vorne. »Ich werde dein bester Freund sein, wenn du mich mitnimmst. Dann können wir zusammen Abenteuer erleben und Spiele machen und vieles mehr.« Die Stimme des Roboters ging nach oben, wie bei einem Reklamesprecher.

Ben grinste. »Krass! Echt krass. Könntest du – wie heißt *du* eigentlich?«
»EV 73698 aus der ersten Serie, die Betaversion.«
»Uff!« Der Junge verzog das Gesicht. »Das kann sich ja keiner merken.«
»Wenn du mich auswählst«, sagte der Roboter, während seine Augen zu leuchten begannen, »darfst du mir einen Namen geben.«
»Zu teuer.« Ben zuckte die Achseln und seufzte noch einmal. »Leider. Wäre echt cool, besser als mein alter Computer. Dann könnten wir gemeinsam Emilie ärgern und fernsehen und zum Fußball gehen.«
»Ben«, sagte der Roboter. Bei Bens Mutter hörte sich sein Name nie so freundlich an. »Willst *du* mir einen Namen geben?«

»Aber … ich dachte, das darf nur der tun, der dich kauft.«
»Eine Ausnahme«, antwortete der Roboter kurz. »In Sonderfällen dürfen wir bestehende Regeln verändern, solange es zum Wohl unseres Eigentümers ist.«
Ben wich zurück. »Du … du bist nicht mein Eigentum, und ich kann dich auch nicht mitnehmen. Eigentlich muss ich meinen Eltern helfen, ein Geschenk für meine Schwester auszusuchen.« Er blickte den langen Flur hinunter. »Sonst krieg ich Ärger.«
»Wie soll ich für dich heißen?«, machte der Roboter weiter und deutete ein kleines Nicken an, wobei er seinen rechten Arm wie ein Kellner hinter den Rücken führte. »Es geht nur um dich!«
»Ich werd dich nicht klauen!«, sagte Ben und schaute sich um. Wahrscheinlich hatten seine Eltern noch nicht mal bemerkt, dass er weg war. Es ging ja darum, für *Emilie* ein Geschenk auszusuchen. Obwohl es bis zu seinem achten Geburtstag auch nicht mehr lange dauerte, interessierte sich keiner für seine Wünsche. Sein Blick kehrte mit einem kleinen Lächeln zurück.
»Dann nenn ich dich Malte. Das ist mein zweiter Vorname.«
Jetzt lächelte auch der Roboter. Die hellbraunen Augen began-

nen zu glühen. Er streckte Ben die kleine Hand entgegen. »Ich heiße Malte, bin dein bester Freund und werde dich immer begleiten.«

Fünftes Kapitel

DIE ZEITMASCHINE

Linus ließ seinen Blick durch das weitläufige Labor streifen. Eigentlich war W1 gar kein richtiges Labor, dort gab es weder Messgeräte noch Erfindungen. Sein Vater hatte in dem sechseckigen Raum mit den bunten Tapeten seine Freizeit verbracht, verrückte Computerspiele erfunden und alte Agentenfilme geschaut. Sooft es ging, hatte ihn Linus dort besucht. Das letzte Mal vor dreieinhalb Jahren. Damals war sein Vater auf mysteriöse Weise verschwunden und seine Mutter hatte den Raum abgesperrt – bis zum heutigen Tag. An seinem letzten Geburtstag hatte sie ihm versprochen, dass er endlich wieder zu den Spielen seines Vaters durfte. Erst jetzt, nachdem sie alle Sachen durchgeschaut hatte, löste sie ihr Versprechen ein. Und obwohl sie es mit den Altersbeschränkungen ziemlich genau nahm, hatte sie ihm versichert, bei einigen Agentenfilmen ein Auge zuzudrücken. Vielleicht ahnte sie, dass er ihr nicht nur deshalb die letzten Wochen ständig in den Ohren gelegen hatte. Denn von diesem unterirdischen Labor war die Zeitmaschine nur einen Katzensprung entfernt und irgendwo in den Regalen musste auch der Film sein, in dem man sie damals in der Unterwasserwelt hatte mitspielen lassen.

Linus' Augen wanderten über die vollgestopften Regale, glitten hinüber zu den großen Monitoren und verharrten auf den knallgelben, verschlungenen Ohrensesseln, die ihn früher an die Muscheln von Einsiedlerkrebsen erinnert hatten. Außer den schwarzen Plastikplanen, die seine Mutter über die hinteren Regale gehängt hatte, schien sich nichts verändert zu haben. »Eines Tages wird das alles dir gehören«, hatte sein Vater manchmal zu ihm gesagt. Jetzt dämmerte Linus, was er damit gemeint haben könnte. Schließlich war sein Vater nicht nur Erfinder gewesen, sondern auch Spezialagent bei der Agentur. Wahrscheinlich musste man für den Job bereit sein, sein Leben zu riskieren.

»Linus, hast du mir zugehört?«, holte ihn seine Mutter zurück in die Wirklichkeit. Seit sie hier drin waren, spielte sie nervös mit den Händen. Sie schien es eilig zu haben, von hier wegzukommen. »Dieses eine Regal darfst du …«, sie blickte zu Riana und zwang sich zu lächeln, »dürft ihr beide benutzen. Nur dieses eine.« Sie wurde ernst. »Kann ich mich darauf verlassen?«

»Klaro«, sagte Riana, schaute zu den abgehängten Regalen und lächelte schief. »Ist ja ziemlich offensichtlich.«

»Ich muss dann mal wieder zurück an die Arbeit. Die Zeitmaschine …« Anna Lindbergh stockte und massierte sich erschöpft den Nasenrücken, als stünde sie kurz vor einem Migräneanfall.

»Bist du weitergekommen?« Linus blickte sie hoffnungsvoll an.

Seine Mutter schüttelte den Kopf und zuckte mit den Achseln. »Ich kapier einfach nicht, wie Peter mehr als sechs Millionen Volt erzeugen konnte, ohne den ganzen Flughafen in Schutt und Asche zu legen. Bei der Hitze, die da freigesetzt wird, braucht man einen gewaltigen Schutzmantel, aber davon steht nichts in den Plänen. Gar nichts. Und in dem Film hat er doch auch nichts gesagt, oder?« Sie blickte zuerst zu Linus und dann zu Riana.

»Leider nicht«, antwortete Linus.

Seine Mutter strich ihm ein paar Lockensträhnen aus der Stirn. Er spürte, wie ihre Hand zitterte. »Ich dachte, ich krieg den Kopf frei, deshalb hab ich mich mit diesem blöden Küchen-Ding beschäftigt.« Es klang wie eine Entschuldigung. Sie blickte auf ihre Armbanduhr und verdrehte die Augen. »Wieso ist es denn jetzt schon wieder so spät? Noch drei Erfindungen muss ich bis zur Sitzung heute Abend testen. Weiß gar nicht, wie ich das schaffen soll. Nun gut. Nicht jammern«, ermahnte sie sich selbst. »Denkt ihr bitte daran, das Licht auszuschalten, wenn ihr fertig seid? Und macht nicht zu lange.«

»Ja«, sagte Linus leise.

»Dann viel Spaß.« Sie gab ihm einen Kuss auf die Stirn. »Hey! Wenn du nicht gleich ein fröhlicheres Gesicht machst, überleg ich's mir noch mal anders.«

Linus überspielte seine Enttäuschung mit einem künstlichen Lächeln, obwohl ihm schmerzhaft bewusst wurde, wie sehr er seinen Vater vermisste. Wie lange sollte er denn noch in der Zeitspalte ausharren? Wie sah es dort überhaupt aus? Weder sein Großvater noch seine Mutter hatten darauf eine zufriedenstellende Antwort. Wenn Linus nachbohrte, wichen sie ihm aus oder taten so, als könne ein elfjähriges Kind dieses »Phänomen«, wie sie es nannten, nicht verstehen. Dabei hatte Linus den Eindruck, als wüssten sie selbst nicht mal genau, was das eigentlich war, eine Zeitspalte. Aber zugeben wollten sie das natürlich nicht. Anton hatte es mit einem Segelschiff versucht, das auf hoher See darauf wartete, dass der Wind aus der richtigen Richtung blies und es in seinen Heimathafen zurücktrieb. Seine Mutter widersprach ihm und faselte etwas von einem Raum ohne Türen und Fenster, den sie zuerst finden und dann öffnen müssten. Einig waren sich die beiden nur in einer Sache: Sein Vater war am Leben und es gab eine Möglichkeit, ihn zurückzuholen. Nur über das Wann und Wie schwiegen sie sich aus. Als Beweis für ihre Theorien diente ein verkokelter Zeitungsschnipsel mit einem Hilferuf von Peter L. Lindbergh, den die Zeitmaschine vor einigen Monaten ausgespuckt hatte. Wollte man dem Datum glauben, das darauf zu entziffern war, hatte es seinen

Vater mehr als achtzig Jahre in die Vergangenheit katapultiert. Wenn – ja, wenn er dort noch immer war …

Kaum war seine Mutter verschwunden, schaltete Linus den Computer und die Monitore ein. Im Gegensatz zum Zentralcomputer, der die elektronischen Geräte im Haus steuerte, waren die Rechner in den unterirdischen Laboren nicht miteinander verbunden. Mit ihnen konnte man auch nicht ins Internet gehen. Eine Sicherheitsmaßnahme.

»Hier stehen überall nur Zahlen drauf«, beklagte sich Riana. Sie inspizierte die Beschriftung auf den DVD-Hüllen. »Der Film hieß doch *Der unsichtbare Dritte*, oder?«

»Ja, aber mein Vater hat den Spielen Codes gegeben. Namen hielt er für Zeitverschwendung. Er wollte die Spiele ja nicht verkaufen.«

»Schon merkwürdig, deine Familie. Erfinden coole Sachen und kriegen dafür kaum Geld. Weiß nicht, ob das fair ist.« Riana runzelte die Stirn und blickte ihn misstrauisch an. »Du würdest es mir aber schon sagen, wenn sich die Leute von der Agentur nur bei dir melden?«

»Klar. Aber warum sollten sie das tun? Die haben uns doch beide ausgewählt. Sonst hätten sie dir doch gar keine Nachricht geschickt.«

»Schon … aber vielleicht haben sie ihre Meinung wieder geändert. Genau genommen gehör ich ja nicht richtig dazu. Meine Familie ist ja relativ …«, sie machte eine Pause und suchte nach dem richtigen Wort, … *»gewöhnlich«*.

»Gewöhnlich«, wiederholte Linus kopfschüttelnd. »Ihr seid nicht gewöhnlich, ihr seid reich.«

»Wenn überhaupt, dann haben meine Eltern die ganze Kohle!«, sagte sie eingeschnappt. »Und das ist ein großer Unterschied.« Sie steckte sich eine dicke Haarsträhne hinters Ohr. »Aber das bedeutet mir nichts, gar nichts, das ganze Geld.«

Riana drehte nachdenklich an dem dunklen Ring, den sie an der rechten Hand trug. »Mal ehrlich, findest du's denn gar nicht komisch, dass die Zwillinge jemanden wie mich, ohne passenden Stammbaum, ausbilden wollen? Wahrscheinlich müssen sie dazu erst eine Versammlung abhalten und ein Gesetz ändern. Und bestimmt haben sie sich deshalb so lange nicht gemeldet. Bei Geheimorganisationen ist das doch so. Überleg mal, wie lange das schon her ist. Die Sommerferien sind ja ewig her.« Riana suchte Zustimmung bei Linus. Er wollte nicht sagen, dass er sich dieselbe Frage auch schon gestellt hatte, denn das würde Riana nur noch mehr beunruhigen. Stattdessen versuchte er es mit einer anderen Erklärung. »Vielleicht suchen sie noch nach anderen Kindern, bevor sie mit der Agentenausbildung beginnen.«

»Du meinst, wir … wir sind gar nicht die Einzigen?«

»War nur so 'ne Idee.«

»Das sind ja tolle Aussichten. Hoffentlich sind keine Angeberidioten dabei. Davon gibt's in der neuen Schule ja schon genug.«

Die nächsten zwei Stunden saßen sie da und schoben ein Spiel nach dem andern in den Computer. Riana beschwerte sich am laufenden Band über die schlechten Grafiken, die langweiligen Aufgaben und die ruckelnden Bilder. Linus versuchte sich nicht anmerken zu lassen, wie sehr ihm ihr ständiges Gerede über 3-D-Ballerspiele und Actionfilme auf den Wecker ging. Ihm gefielen die lustigen, oft unfertigen Zeichnungen. Egal ob Häuser, Landschaften oder Fahrzeuge – alles war nur mit ein paar Strichen angedeutet. Sein Vater hatte sich mehr für die Idee an sich begeistert, weniger für die perfekte grafische Umsetzung. Das war ihm egal. Meist fehlte den Spielen sogar die Farbe. Früher war Linus das gar nicht aufgefallen. Er hatte sich den Rest einfach dazugedacht. Und diese Bilder kehrten jetzt auch wieder zu ihm zurück und ließen ihn in schönen Erinnerungen schwelgen.

Riana legte den abgenutzten Joystick aus der Hand. »Wenn dein

Vater tatsächlich das Spiel aus der Unterwasserwelt erfunden hat, warum sehen seine andern Sachen dann so retro aus?«
»*Retro«?*, wiederholte Linus.
»Alt«, sagte Riana arrogant, als müsste jedes elfjährige Kind dieses Wort kennen. »Obwohl mein Vater sagt, dass Retro ja wieder total in ist.«
»Was macht der noch mal?«
»Sehr witzig. Klamotten. Übrigens fand er die Sachen, die Majus neulich für mich genäht hat, großartig. Im Gegensatz zu meiner Mutter. Sie hat rumgetobt, weil ihr der Aufdruck mit dem surfenden Alien nicht gefallen hat.« Riana lachte.
Linus verzog keine Miene. »Natürlich hat mein Vater das Spiel aus der Unterwasserwelt erfunden. Die hier sind eben noch nicht ganz fertig. Vielleicht hast du nicht genügend Fantasie.«
Riana hob beschwichtigend die Hände. »Du bist aber empfindlich. Ich hab das nicht böse gemeint, und ich bestreite auch gar nicht, dass dein Vater sich das ausgedacht hat. Ich mein ja nur, dass die andern Sachen nicht so beeindruckend aussehen wie das Agentenspiel. Stammen wohl aus einer früheren Schaffensphase.«
»Ja, aus einer *früheren* Schaffensphase«, äffte Linus sie nach und sprang aus dem Sessel. Ihr überhebliches Getue ging ihm so was von auf die Nerven!
»Hast du wirklich keine Ahnung, wo die Kabinen sein könnten, mit denen sie uns in den Film geschossen haben?«, sagte Riana vorsichtig.
»Nein, hab ich nicht. Vielleicht sind sie in einem anderen Labor oder er hat sie irgendwo versteckt.«
»Schade. Echt schade. Das wäre so cool, noch einmal in einem Film mitzuspielen.« Riana lächelte. »Und wenn du deiner Mutter einfach sagst, was wir suchen? Vielleicht hat sie ja eine Idee, wo das Spiel sein könnte. Oder glaubt sie immer noch, dass man uns hypnotisiert hat?«

»Vielleicht hat sie ja recht.«

»Quatsch. Wir waren da drin und sind um unser Leben gerannt. Das war echt! Echter als in jedem anderen Spiel und mit Sicherheit keine Hypnose.«

»Schon, aber …«

»Was hältst du davon, wenn wir deinen Vater selbst fragen?«

»Spinnst du? Er ist weg! Das ist nicht lustig.«

»Ich weiß, in einer anderen Zeit. Ich hab es nicht vergessen.« Riana deutete mit dem Kopf zu der weißen Verbindungstür. »Geht es dort zur Zeitmaschine?«

»Ja, aber da arbeitet meine Mutter!«

»Sie hat doch vorhin gesagt, dass sie zuerst noch Erfindungen für den Rat testen muss. Oder hat sie etwa gelogen?«

»Wie auch immer. Sie hat es verboten!«

»Wir sind angehende Agenten. Agenten dürfen selbst entscheiden, welche Verbote sie akzeptieren und welche nicht. Wäre ja noch schöner, wenn sie bei jeder verschlossenen Tür um Erlaubnis fragen.« Sie drängte sich an Linus vorbei und ruckelte an der Tür. Verriegelt. »Braucht man dafür auch wieder einen Code?«, fragte sie entschlossen.

»Nein, die richtigen Augen.«

»Sag bloß nicht, dass du die Zeitmaschine nicht auch mal genauer anschauen willst.«

Natürlich wollte Linus das. Aber seine Mutter wäre ziemlich sauer, wenn sie etwas davon mitbekam.

»Was soll schon passieren?«, bohrte Riana weiter. »Nur zehn Minuten, dann weißt du auch, ob es die richtige Maschine ist oder nicht.«

Linus zögerte einen Moment. »Aber nur, wenn du nichts anrührst. Haben wir uns verstanden?«

»Aber klar doch.« Riana drehte sich wieder zur Tür um. »Worauf warten wir noch? Lass uns das Ding unter die Lupe nehmen und deinen Vater zurückholen.«

Linus seufzte genervt. Wenn Riana sich etwas in den Kopf setzte, war sie quengelig wie ein kleines Kind. Schließlich drückte er auf einen unscheinbaren weißen Knopf neben der Tür. Ein Summen ertönte. Aus der Wand schob sich ein flaches Kästchen mit einer getönten Glasscheibe. Seine Mutter hatte ihm die Zeitmaschine nur ein einziges Mal gezeigt, kurz nach der Rückkehr aus der Unterwasserwelt. Damals hatte er bestätigt, dass es sich um den denselben Apparat handelte, den er auf dem Überwachungsvideo gesehen hatte, obwohl er sich eigentlich gar nicht sicher gewesen war.
»Sind da hinten auch die alten Filmrollen und der Projektor?«, fragte Riana.
»Wir gehen nur zur Zeitmaschine!«
»Man wird ja wohl noch fragen dürfen.«
Linus hielt seine Augen in die gefächerten Strahlen. Ein dumpfes Zischen ertönte und die Tür glitt zur Seite. Der Augenscanner wurde wieder in die Wand gezogen. »Okay«, sagte Linus. »Aber wirklich nur zehn Minuten.«
»Geht klar. Vielleicht finden *wir* ja heraus, wie das Ding funktioniert und holen deinen Vater zurück«, sagte Riana siegessicher und betrat den Verbindungsgang. »Wir sind doch ein gutes Team. Nicht wahr?« Sie blickte Linus direkt in die Augen und wartete auf eine Antwort.
»Schon, aber um die Maschine zu verstehen, muss man Ahnung von Energie haben. Und bestimmt auch von Mathe. Da kann man nicht einfach irgendwo draufdrücken.«
»Ach, Quatsch. Dein Opa hat doch selbst neulich gesagt, dass die wichtigsten Erfindungen durch Experimente, aber vor allem durch Zufälle entstanden sind. Und wenn's wirklich schwierig wird, können wir ja Majus dazuholen. Der ist doch eine Rechenmaschine auf zwei Beinen.«
»Aber du fasst nichts an!«
»Nein, auf keinen Fall.«

Linus zog seine Spezialbrille aus der Hose und setzte sie auf, damit er die verschlüsselten Wegweiser an den Wänden entziffern konnte. Vor dem Verschwinden seines Vaters hatte er fast jeden Tag hier unten verbracht, aber selbst wenn er schon hundertmal allein hier gewesen wäre – ohne die sechsfach verspiegelte Weitwinkelbrille war es unmöglich, den richtigen Weg zu finden. Anders als bei einem gewöhnlichen Labyrinth blieben die Wände in diesen Gängen nicht an Ort und Stelle. Sie veränderten ständig ihre Position und führten nicht selten in Sackgassen oder zu Rutschen, die in ein Verlies mündeten. Nur mit der Spezialbrille zeigten die verworrenen Muster an den Wänden den richtigen Pfad. Eindringlinge wurden dadurch in die Irre geleitet, dass sie durch das ungleichmäßige Flimmern der Leuchtstoffröhren nach kurzer Zeit Pfeile und Namen an den Wänden erkannten und glaubten, einem geheimen Code auf die Spur gekommen zu sein. Ob Sackgasse oder Verlies, spätestens nach drei Stunden wurden sie von einem Transportroboter aufgesammelt und in den Weiher hinter Hangar 3 katapultiert.

Die Zeitmaschine war noch angeschaltet, als sie das Labor W7 erreichten. Linus' Mutter musste heute schon hier gewesen sein. Auf dem Zahnarztstuhl lag der seltsame Helm mit den vielen Kabeln. Der Helm, den sein Vater in dem Video getragen hatte. Sofort schossen Linus die Bilder wieder durch den Kopf. Er sah das erschrockene Gesicht seines Vaters, hörte den erstickten Schrei und wollte nur eines: ihn um jeden Preis zurückholen. Aber die vielen Knöpfe, die Balken, Zahlen und Wellen auf den vier Monitoren, damit konnte er nicht umgehen.

»Hände weg!«, befahl er Riana, als sie einen der Bildschirme berühren wollte. Zu spät. Aus der Metalldecke senkte sich der Holograf herunter. Der rechteckige Kasten war mit mehreren Objektiven und Kameras ausgestattet und konnte jedes beliebige Bild dreidimensional darstellen. Das Licht erlosch. Mitten im

Raum erschien ein unübersichtliches Netz aus verschiedenfarbigen Leitungen, die sich kreuzten und verknoteten. Ein unübersichtlicher Schaltplan, der Linus an das verzweigte Streckennetz der S-Bahnlinien von Kesselstadt erinnerte.
»Wo sollen wir anfangen?«, fragte Riana und griff nach einem Strang. Tatsächlich ließ er sich bewegen. Sofort ertönte eine weibliche Computerstimme. »Soll die neue Verbindung aktiviert werden?«
»Nein!«, sagte Linus.
»Bitte benutzen Sie den vorgegebenen Sprachcode«, forderte die Stimme. »Die neue Verbindung wird in zehn Sekunden aktiviert.«
»Was meint die Tante mit Sprachcode?«, fragte Riana.
»Meine Mutter steuert die Computer mit Sprachbefehlen. Wir müssen den Countdown stoppen.«
»Welcher Kurzbefehl steht denn für Nein?« Sie presste die Zähne aufeinander und zog eine Grimasse. »Nnnn.«
Linus verdrehte die Augen. »Wahrscheinlich eine Zahl. Meine Mutter mag Zahlen.« Er überlegte krampfhaft. Seine Mutter sagte immer, dass man die häufigsten Befehle den einfachsten Zahlen zuweisen müsste. »Zwei!«, brüllte Linus.
»Leitung deaktiviert«, meldete die Computerstimme.
»Respekt«, sagte Riana und klopfte ihm auf die Schulter. »Das war besser als James Bond. Darf ich raten? Die Eins steht für Ja.«
Linus nickte. Er ärgerte sich, dass Riana sie in diese Situation gebracht hatte. Nicht auszudenken, was alles hätte passieren können! Genau in dem Moment öffnete sich die Eingangstür. Linus versuchte erst gar nicht, das Programm zu beenden. Er warf Riana einen vorwurfsvollen Blick zu. Hätte er doch bloß nicht auf sie gehört.
Statt der entschlossenen Schritte seiner Mutter hallte aber nur ein gemächliches Tapsen durch den Raum. Captain Einsicht trottete herein. Riana blickte den Hund erstaunt an und grinste

übers ganze Gesicht. »Wo kommst du denn her?« Sie ging in die Hocke und begann ihn zu streicheln.
»Wahrscheinlich war er mit Opa beim U-Boot.«
»Braucht er keine Brille?«
»Er trägt eine Kontaktlinse.«
»Was auch sonst.«
Linus ging hinüber zu den Monitoren und suchte nach der Steuerung für den Holografen. Er wollte so schnell wie möglich wieder raus, bevor noch etwas passierte.
»Was machst du?«, fragte Riana.
»Den Beamer ausschalten.«
Sie schnalzte mit der Zunge. »Jetzt wart doch mal. Wir haben uns die Zeitmaschine doch noch gar nicht richtig angeschaut.« Riana kraulte dem Captain den Kopf. »Er kann doch mit Gedanken den Hubschrauber deines Opas steuern, hab ich recht?«

»Egal, was du vorhast: abgelehnt!« Linus wandte sich wieder dem Bildschirm zu. Wo war bloß das Symbol für den Holografen abgeblieben? Vorhin hatte es doch gleich auf der Startseite gestanden… Er wollte den Ausschnitt mit Daumen und Zeigefinger vergrößern, als ein neues Fenster aufploppte und das Symbol eines Helms mit verschiedenen Energieströmen angezeigt wurde. Unter dem Tisch setzten sich die Festplatten surrend in Bewegung. Die Computerstimme meldete sich zurück: »Bitte wählen Sie das Jahr und den Bestimmungsort.« Linus weitete erschrocken die Augen. Diesmal hatte er doch gar nichts verändert!
»Schau mal!«, hörte er Riana sagen.
»Jetzt nicht«, wiegelte er ab und suchte hektisch nach einer Möglichkeit, das Fenster zu schließen. Auf dem Monitor erschien eine Erdkugel, die sich drehte. Einzelne Länder leuchteten auf. Ein blinkender Pfeil schwebte senkrecht über Südamerika. Über dem Pfeil stand das Datum 7. Januar 1928. Kurz darauf begann auch die Jahreszahl zu blinken. Linus' Hände schwitzten

vor Aufregung, der Mauszeiger ließ sich kaum noch bewegen. Die Jahreszahl veränderte sich und ein weiteres Fenster ging auf. Schon wieder ein Countdown. Zehn Sekunden. Es war zum Davonlaufen! Aus dem hinteren Teil des Raums hörte man ein lauter werdendes Brummen. Das mussten die Transformatoren sein, von denen seine Mutter gesprochen hatte. Es klang wie bei einem Blitzgerät, das seine Akkus mit Energie vollsaugte.
»Das sieht so abgefahren aus«, sagte Riana. »So abgefahren.«
Linus drehte sich um und traute seinen Augen kaum. Riana hatte Captain Einsicht den Helm aufgezogen! Der Hund starrte ihn erstaunt an und legte den Kopf schräg. Lächelte er? Aus seinem Maul kam ein angeberisches Kläffen. Er liebte es, im Mittelpunkt zu stehen.
»Zieh den Helm ab!«, brüllte Linus.
Riana versuchte, den Kinnriemen zu lösen, aber der Captain drehte sich weg, als wäre er damit nicht einverstanden.
»Noch fünf Sekunden«, verkündete die Computerstimme.
Linus starrte auf das armdicke Stromkabel, das sich über den Boden schlängelte und in einer großen Steckdose verschwand. Selbst wenn er springen würde, konnte er das Kabel nicht mehr rechtzeitig erreichen und aus den Transformatoren ziehen. Er schloss die Augen und wünschte sich an einen anderen Ort. Ein lauter und höher werdendes Summen bohrte sich wie die Spitze einer glühenden Nadel in sein Trommelfell. Plötzlich verstummte das Geräusch. Linus öffnete die Augen. Das Licht war angegangen. Mitten im Raum stand seine Mutter. Sie hielt ihren kleinen Computer in der Hand, tippte ein paarmal darauf herum und kochte vor Wut.
»So lange hält also ein Versprechen«, sagte sie atemlos. »Vielen Dank auch!« Ohne Linus eines Blickes zu würdigen, ging sie hinüber zu den Monitoren und starrte auf die endlosen Zahlenkolonnen. Linus stellte sich neben den Captain und wartete darauf, was als Nächstes passierte. Etwas schien die Aufmerk-

samkeit seiner Mutter zu fesseln. »Geht nach oben«, sagte sie, ohne sich umzudrehen. »Und du, Riana, gehst jetzt bitte nach Hause. Morgen kannst du wiederkommen, aber für heute ist es wirklich genug.«

»Ja«, sagte Riana kleinlaut. »Tut … tut mir leid«, stammelte sie und legte den Helm zurück auf den Zahnarztstuhl. Sie wollte noch etwas hinzufügen, aber Linus bedeutete ihr mit einem Kopfschütteln, dass es besser war, zu gehen.

Sechstes Kapitel

EIN NEUER FREUND

Ben blickte wütend aus dem Fenster. Er hatte Stubenarrest. Nur weil seine Eltern ihn im Spielzeugladen gesucht hatten. Hätten sie sich nicht die ganze Zeit mit dem Verkäufer über Puppen für Emilie unterhalten, dann hätten sie schon mitgekriegt, dass er weggegangen war. Aber das wollten sie ja nicht hören. Sie wollten ja, dass es seine Schuld war. Sie wollten ihm zeigen, dass sie ihn nicht liebten und er ihnen nur noch »Scherereien« machte, wie seine Mutter vorhin gesagt hatte. Bevor sie auch noch in Tränen ausgebrochen war.

Er beobachtete die dicken Regentropfen, die der Wind gegen die Scheibe peitschte, und stellte sich vor, wie er seine Sachen packte und weglief. Er könnte auch Emilie irgendwo hinbringen, wo sie keiner fand. Er könnte sie in einen Zug setzen und hoffen, dass sie nie wieder zurückkam. Schließlich war er zuerst da gewesen und nicht seine kleine Schwester.

Eine getigerte Katze sprang vor ihm auf das Fensterbrett. Ben strich ihr über das Fell.

»Stimmt's, Simba? Wir waren vor Emilie da«, sagte er leise. Sein Blick verfing sich in einem einzelnen dicken Regentropfen. Darin flackerte ein braunes Licht auf, wie in einem Glassplitter. Die Katze stieß einen jammernden Ton aus und machte einen Satz auf den Schreibtisch, wo das unfertige Modell eines Kampfjets stand. Durch die Erschütterung kippte der Jet zur Seite. »Simba?«, fragte Ben verwundert. »Was hast du denn?« Er wollte

gerade aufstehen, um den umgestürzten Flieger wieder aufzurichten, als er ein helles Klopfen hörte, das vom Fenster her kam. Er drehte sich langsam um und konnte sein Glück kaum fassen: Vor dem Fenster, im prasselnden Regen, stand der Roboter aus dem Spielzeugladen. Malte! Der Roboter, den ihm seine Eltern niemals gekauft hätten. Sofort öffnete Ben das Fenster.
»Wie hast du mich gefunden?«, fragte er atemlos.
»Ich hab doch gesagt, dass ich für immer dein Freund sein werde.«

Siebtes Kapitel

SOLO FÜR MAJUS

Zur Strafe wurden Linus und Riana dazu verdonnert, Antons gigantische Abstellkammer aufzuräumen. Der Raum erstreckte sich über mehrere Stockwerke und war bis unter die Decke mit allerhand Gerümpel vollgestopft. Das meiste davon war uralt und hätte genauso gut in einem Museum stehen können. Notdürftig hatte Anton mehrere Schneisen in die Berge aus halb fertigen Erfindungen, alten Nähmaschinen und ausgemusterten Computern geschlagen. Stehlampen in allen Größen und Formen sorgten in den schmalen Gängen für ausreichend Licht. Linus war noch immer sauer auf Riana. Wegen ihr durfte er erst in zwei Wochen wieder ins Labor seines Vaters. Er hatte sich fest vorgenommen, das nächste Mal alleine nach unten zu gehen. Riana hatte ja ohnehin nur an allem rumgemeckert. Und ganz spurlos war der Zwischenfall mit der Zeitmaschine auch an Captain Einsicht nicht vorübergegangen. Seither wurde er von einer Art Schluckauf heimgesucht, und er pupste nach jeder Mahlzeit, was Anton auf die Idee für eine neue Erfindung gebracht hatte: den Pups-Generator F.U.R.Z. 01. Die Abkürzung stand für »Freiheitlich unbeschwerter Riechzersetzer« und der Generator lieferte genügend Strom, um den Captain mit einer Kopflampe auszustatten, damit er beim nächtlichen Pinkeln im Vorgarten nicht mehr den Wäschekorb traf.

Aber es gab noch eine Veränderung: Entgegen seiner Angewohnheit, hatte sich der Captain gestern Nacht in Linus' Zimmer geschlichen und wie ein Wächter neben sein Bett gestellt. Dank seines Traumhelms schlief Linus seit einigen Monaten tief und fest, ohne quälende Albträume, in denen sein Vater von Monstern getötet wurde. Linus war aufgewacht, als er eine Pfote auf seinem Oberarm gespürt hatte. Aus dem leicht geöffneten Maul des Captains drang ein seltsames Geräusch, eine Art Zischeln, das von seltsamen Plopp-Geräuschen unterbrochen wurde. Zuerst kamen nur schiefe Töne, dann folgten einzelne Worte. Linus glaubte zu träumen. Hunde können nicht sprechen, sagte er sich in Gedanken und hielt die Luft an. Der Captain bewegte seinen Mund auf eine merkwürdig menschliche Weise. Er zog seine Lefzen nach oben, aber der Klang seiner Stimme war schleppend und zeitversetzt. Selbst wenn es ein Traum war, so kam Linus dieser Traum ungeheuer realistisch vor. Unter die seltsam verzerrten Töne mischte sich ein einzelnes Wort, das Linus verstehen konnte: »Konverter.« Dieses Wort hatte er schon einmal gehört. In dem Überwachungsvideo aus der Unterwasserwelt, das seinen Vater im Streit mit einem unsichtbaren Fremden zeigte, der dieses Ding von ihm haben wollte. Gab man das Wort ins Internet ein, war dort die Rede von »umwandeln« und »verändern«, oft im Zusammenhang mit Filmdateien, die von einem Format in ein anderes übertragen wurden. Vielleicht hatte der Helm die letzten Worte seines Vaters gespeichert und an den Hund weitergegeben. Das war für ihn die einzige Erklärung, die einigermaßen einleuchtend klang.

Jetzt stand der Captain auf jeden Fall jaulend im hinteren Teil der Abstellkammer und blickte hinauf zu Anton, der es sich Kaugummi kauend auf dem Verstärker bequem gemacht hatte. »Wenn man euch so anschaut, kriegt man schlechte Laune. Vielleicht wollt ihr euch wieder vertragen? Seht euch den Captain an. Wahrscheinlich schlägt ihm eure Stimmung auf den Magen und er hat deshalb ständig diese widerlichen Blähungen und

benimmt sich so gestört.« Anton blickte dem Vierbeiner streng in die Augen, bis er mit dem Jaulen aufhörte. Dann ließ er eine giftig grüne Kaugummiblase aus seinem Mund quellen. Die Blase wuchs und wuchs, bis sein ganzer Oberkörper dahinter verschwunden war und man nur noch die Umrisse seiner aufgeplusterten Backen erkannte. Er legte den Kopf in den Nacken, die Blase richtete sich auf und schwebte wie ein Fesselballon vor seinem gespitzten Mund. Anton machte alberne Schwimmbewegungen, erhob sich in die Luft und segelte über ihre Köpfe hinweg. Mit rudernden Armen drehte er eine gemütliche Schleife durch die Abstellkammer. Linus und Riana mussten lachen. Majus blickte ein wenig neidisch auf den fliegenden Menschen. »Das will ich auch können«, seufzte er. »Ich will fliegen, fliegen, fliegen. Frei sein wie ein Vogel.«
Wie ein Bumerang, nur deutlich langsamer, landete Anton wieder an seinem Ausgangspunkt. »Für dich brauchen wir eher einen Raketenantrieb«, sagte er lachend zu Majus, zupfte die klebrigen Kaugummireste von seinem Bart, fasste hinter sich in das Regal und zog eine E-Gitarre heraus. »Wegen der Sache im Labor wird sich Anna schon wieder einkriegen. Ich werde heut Abend mit ihr reden und sie daran erinnern, welche Regeln sie schon alle gebrochen hat, um eine gute Erfinderin zu werden. Also vertragt euch wieder. Die Zeit ist zu kostbar, um sich zu streiten.«
Linus verzog keine Miene. Riana hatte die Arme vor der Brust verschränkt und blickte starr geradeaus. Majus hatte sich dazu bereit erklärt, die alten Schallplatten abzusaugen. Er nieste alle paar Sekunden, um allen zu beweisen, dass er jetzt auch noch eine Stauballergie hatte. Bewaffnet mit dem Saugrüssel schritt er nun hinüber zu Anton und verlangte die Herausgabe der Gitarre, um auch sie von der dünnen Staubschicht zu befreien. Anton winkte ab. »Die nicht. Das ist ein Erbstück. Die hat keinen Kratzer. Feinstaub macht einen eleganten Sound.«

Majus schaute Anton fragend an. »Ein Erbstück?«
»Da hat schon mein Vater drauf gespielt.«
»Sieht krass aus«, sagte Riana. »Kommt da überhaupt noch was raus?«
»Aber sicher.« Schelmisch grinsend schaltete Anton den Verstärker ein. Ein tiefes, bedrohliches Brummen erfüllte den Raum. Es klang wie ein schnarchendes Ungeheuer kurz vor dem Erwachen. Anton klimperte mit seinen Fingern in der Luft herum. Dann faltete er die Hände und drückte sie gegeneinander. »Erwartet kein großes Werk. Bin etwas außer Übung.« Er blickte zu Linus. »Ich spiele und du singst.«
Linus schaute ihn entsetzt an. »Nein, ich singe nicht.«
»Du kannst singen?«, fragte Riana erstaunt.
»Und ob er das kann. Er hat eine wunderschöne Knabenstimme.«

»Hab ich nicht!«, protestierte Linus.
»Doch«, sagte Majus.
»Verräter!«
»Linus hat schon als Baby fleißig geübt«, fuhr Anton fort. »Er war ein richtiger kleiner Schreihals. Einmal hat er sogar ein Glas zum Zerspringen gebracht, weil er keine Pfirsiche in seinem Brei haben wollte.«
Linus wäre am liebsten im Erdboden versunken. Jetzt hielt ihn Riana sicher endgültig für einen Schwächling.
»Gib mal 'ne Kostprobe«, sagte sie. »Bitte.« Sie klatschte in die Hände.
»Nein! Ich werde *nicht* singen! Auf keinen Fall.«
Anton schnaubte kopfschüttelnd. »Singende Jungs sind nicht in Mode. Früher hat er jeden Tag gesungen. Heute macht er das nur noch, wenn er glaubt, dass ihn keiner hört.«
»Fast keiner«, sagte Majus grinsend und hielt sich das Ende des Staubsaugerrüssels an den Mund, als sei es ein Mikrofon.
»Er erfindet sogar eigene Melodien. In ihm steckt ein richtiger Künstler.«

»Können wir bitte das Thema wechseln!«, sagte Linus.
»Okay, okay«, lenkte Anton ein, räusperte sich und dehnte seine Finger. »Aber Kreativität ist verdammt wichtig, wenn man ein guter Erfinder werden möchte. Die meisten Lösungen sind so verrückt, so simpel, dass normale Menschen sie von vorneherein ausschließen.«
Linus gefiel die Art nicht, wie Riana ihn jetzt anschaute. Wahrscheinlich würde sie ihn bei nächster Gelegenheit damit aufziehen.
Majus stieg auf die erste Sprosse der Leiter, die Anton neben den Verstärker gestellt hatte, und streckte die Hand aus. »Soll ich vielleicht besser?«, fragte er selbstbewusst. »Ich … ich hab da neulich eine Sendung gesehen. Sah nicht allzu schwer aus, das Gitarrespielen.« Der Roboter klapperte mit seinen Metallfingern, wie ein Klavierspieler, der sich auf ein besonders schweres Stück vorbereitete.
Anton stöhnte. »Manchmal wünsche ich mir für dich einen Ausschaltknopf.«
»Das ist nicht freundlich!«, empörte sich Majus. »Ich bin ein freier Geist und will als solcher respektiert werden. Ausschalten ist gemein, hinterhältig und roboterfeindlich!«
»Jetzt übertreib nicht gleich. Du darfst nachher auch mal. Aber erst wenn der Meister sein Werk vollbracht hat. Jetzt zeig ich euch mal, wie viel Rock 'n' Roll in diesen alten Fingern steckt.«
Anton drehte den faustgroßen Regler bis zur Mitte. Das Brummen wurde lauter, der Verstärker begann leise zu pfeifen. Er zog ein kleines, spitz zulaufendes Metallplättchen aus seiner Hosentasche und nahm es zwischen Daumen und Zeigefinger seiner rechten Hand. Mit der linken Hand suchte er stirnrunzelnd nach einem Akkord. Er schien zu überlegen, wie man die Finger auf das Griffbrett legen musste. »Und nun passt auf!«
Riana stellte sich erwartungsvoll neben Linus. »Dein Opa ist so cool.«

Anton schloss die Augen, holte mit dem rechten Arm aus und schrubbte einmal quer über die Saiten. Der Verstärker antwortete mit einem leisen, verstimmten Quietschen. »Ähm … das ist aber merkwürdig.«
Majus lächelte schadenfroh. »Das ist das Problem bei manchen Exemplaren der menschlichen Rasse. Sie können selbst mit der einfachsten Technik nicht umgehen.«
»Und wer hat dich zusammengeschraubt, du arroganter Blechheini?«
»Anna und Peter Lindbergh.«
»Noch so ein Kommentar und ich lösch deine Festplatte und programmiere dich zum Gärtner um.« Anton legte die Gitarre aus der Hand.
»Lass ihn doch mal probieren«, bat Linus. »Wenn er schon nicht fliegen kann.«

»Ja, bitte«, unterstützte ihn Riana.
»Auf wessen Seite steht ihr eigentlich?« Widerwillig streckte Anton dem Roboter die Gitarre hin und kletterte vom Verstärker. »Dann zeig mal, was du draufhast«, sagte er mit verschränkten Armen.
»Kein Problem.« Majus ging in die Hocke und steckte das Gitarrenkabel tiefer in die Buchse. Ein lautes Knacken ertönte. »So einfach kann die Lösung sein.« Er grinste breit.
»War's das jetzt mit dem dämlichen Vorgeplänkel?« Anton grunzte verächtlich. »Lass endlich was hören, du Supertalent!«
Riana richtete eine der Lampen auf Majus' Gesicht. Wie ein Rockstar thronte der Haushaltsroboter breitbeinig auf dem Verstärker, als wollte er ein ganzes Stadion zum Kochen bringen. Ganz entspannt öffnete er sein Hawaiihemd, krempelte die Ärmel nach oben und machte ein besonders lässiges Gesicht.
»Und was gibt unser Gitarrengott jetzt zum Besten?«, fragte Anton herausfordernd.

»Jimi Hendrix!«, erwiderte Majus mit rauchiger Stimme und schnallte sich die Gitarre um.
»Du elender Angeber!«, schimpfte Anton. »Fang endlich an!« Er klatschte rhythmisch in die Hände. Riana und Linus machten mit. »Wir wollen was sehen für unser Geld.«
Majus deutete mit dem Kopf eine Verbeugung an und ging kurz in die Hocke, um die Regler am Verstärker bis zum Anschlag aufzudrehen. Die großen, goldenen Membranen begannen bedenklich zu schwingen.
»Finger in die Ohren!«, befahl Anton, während Majus die Augen schloss und ein paar harmlose leise Töne zupfte. Seine schmalen Finger wanderten virtuos wie die eines Geigenspielers über die Saiten. Ein Vibrato hier, ein eleganter Ton da, ganz so, als hätte er nie etwas anderes getan, außer Gitarre zu spielen. Anton fiel die Kinnlade herunter. Nach dem ruhigen Einstieg wurde Majus immer schneller. Er wippte mit dem Kopf, hüpfte an besonders lauten Stellen in die Luft und drehte sich um die eigene Achse, bis der Verstärker bedenklich ins Schwanken geriet. Dann führte er die Gitarre hinter den Kopf, verdrehte seine Arme, als würden sie gleich aus den Gelenken springen, schlug mit der Handkante im Takt auf die Saiten, dass es sich anhörte, als würden mehrere Gitarren mit einem Schlagzeug um die Wette spielen. Linus strahlte übers ganze Gesicht. Es war der pure Wahnsinn. Das Grummeln in der Magengegend, die Wut auf Riana und seine Mutter – auf einmal war alles wie weggeblasen. Anton gab sich geschlagen. Er lächelte anerkennend und legte seine Arme um Linus und Riana. Majus nahm die Gitarre wieder nach vorne, strich mit seinen Metallborsten-Wimpern über die Saiten, bis ein kratziges Streichorchester in den Ohren zerrte. Unter den anschwellenden Klangteppich mischte sich ein lauter werdendes Knistern. Zuerst dachte Linus, das würde dazugehören. Erst als ein dumpfer Knall die Wände erschütterte und plötzlich Rauch und Stichflammen aus dem Verstärker schlugen, wusste er, dass

etwas schiefgegangen war. Majus' Augen blitzten auf, ruckartig schleuderte er die Gitarre von sich, knickte ein, stürzte kopfüber nach unten und krachte mit voller Wucht auf den harten Betonboden, wo er regungslos liegen blieb. Sofort war Linus bei ihm. »Wach auf! Majus!«, rief er erschrocken. Majus zeigte keine Regung. Seine Arme und Beine waren seltsam verdreht.
»Ist er … tot?«, fragte Riana ängstlich.
»Er kann nicht sterben«, sagte Anton und strich Majus zärtlich über den Kopf, als würde er seinen eigenen Worten nicht trauen. Nach einer weiteren Schrecksekunde öffnete der Roboter die Augen und verzog den Mund. Anton richtete ihn vorsichtig auf. Majus' Kopf wippte auf und ab wie bei einem Wackeldackel. »Dasch war unglaublich«, sagte er, als hätte er eine heiße Kartoffel verschluckt. Für einen Moment stoppte das Nicken und er reckte die Faust nach oben. »Ich liebe Rock 'n' Roll. Ich werde Rockschtar!« Dann setzte das Nicken wieder ein.

Anton zögerte nicht lange, sondern verpasste Majus einen Schlag auf den Hinterkopf. »Manchmal hilft das.«
»Was war dasch?«, fragte Majus und nickte noch stärker.
»Ich hol wohl besser ein bisschen Werkzeug«, seufzte Anton. »Bin gleich wieder da. Vielleicht ist eine Sicherung rausgesprungen.« Er ging zwei Schritte weiter, dann blieb er unentschlossen stehen und kratzte sich an der Stirn.
»Das Werkzeug!«, rief Riana. »Du wolltest das Werkzeug holen.«
»Natürlich«, sagte er und blinzelte. »Danke. Hätt ich auch selbst drauf kommen können.«
Majus rappelte sich auf und wippte rhythmisch mit dem Kopf, als würde er Musik hören. Mittlerweile hatte Edgar, der Haustornado, die Flammen erstickt und den Rauch nach draußen befördert. Mit einem lauten *Plopp* verschwand sein Rüssel in einer Öffnung in der Decke.
Eine halbe Stunde dauerte es, bis der Roboter sich wieder beruhigt hatte und das Nicken weniger wurde. Anton schloss seinen

Werkzeugkasten und machte ein nachdenkliches Gesicht. »Die Mechanik läuft einwandfrei.« Ratlos kratzte er sich den Bart. Er hatte Linus' Mutter hinzugezogen. Sie kannte sich besser mit den Feinheiten des Roboters aus. Aber auch sie schien im Moment nicht richtig zu wissen, wo der Fehler lag. Das Systemprotokoll auf ihrem Computer zeigte keine Unregelmäßigkeiten. Auch wenn Majus augenscheinlich keinen Kratzer abbekommen hatte, wirkten seine Bewegungen unsicher und fahrig.
»Streck mal deine Arme nach vorne«, befahl Anna. Majus gehorchte. »Okay. Jetzt die Zeigefinger. Gut. Und nun mit geschlossenen Augen vor der Nase zusammenführen.«
Der Roboter schien sich zu konzentrieren, aber die Gummikuppen seiner Finger verfehlten sich um etliche Zentimeter. Als Nächstes musste Majus auf einer Linie gehen, die Anna auf den Boden gemalt hatte. Er torkelte, als hätte er die letzten Stunden in einer Bar verbracht.
»Was hat er?«, fragte Linus.
»Einen Moment.« Seine Mutter öffnete eine kleine Klappe am Hinterkopf von Majus und blickte auf zwei Luftblasen, die in einer blauen Flüssigkeit umherwanderten. »Merkwürdig.« Sie schloss die Klappe wieder. »Der Gleichgewichtssensor scheint okay zu sein.« Captain Einsicht trottete zur Tür herein, setzte sich neben den lädierten Haushaltsroboter und kläffte.
»Warum bellscht du denn?«
»Bellscht?«, wiederholte Riana.
»Majus, könntest du den letzten Satz bitte noch mal wiederholen?« Anna Lindbergh schaute ihn besorgt an.
»Natürlich«, erwiderte Majus und wackelte dabei leicht mit dem Kopf. »Warum bellscht du denn? Wasch ischt denn daran so beschonders?« Der Roboter grinste.
»Geht das wieder weg?«, fragte Linus.
Seine Mutter machte ein unentschlossenes Gesicht. »Hm … das ist sonderbar. Wirklich sonderbar. Vielleicht ist doch der Kern

beschädigt. Das wäre nicht so gut.« Sie starrte auf die vielen Zahlen, die ihr Tablet-Computer im Sekundentakt ausspuckte. »Sieht alles normal aus. Ich würde sagen, wir beobachten mal, ob es sich wieder legt. Wenn nicht, wird es eine längere Geschichte.«

»Willscht du nachher Ball schpielen?«, fragte Majus.

Der Captain antwortete mit einem Kläffen.

»Klar kriegscht du eine Belohnung.«

Linus schüttelte ungläubig den Kopf. »Hast du gerade wirklich mit dem Captain gesprochen?«

Riana, Anton und seine Mutter blickten erwartungsvoll zu Majus. Sein Lächeln war ein blinkender schräger Strich. »Ischt dasch scho verwunderlich?« Majus strich dem Hund über den Kopf. »Wir kommunizieren auf derschelben Welle. Was schaut ihr mich so scheltscham an?«

Anna zog die Stirn in Falten und schüttelte langsam den Kopf. »Ich kümmere mich drum«, seufzte sie. »Aber erst nächste Woche.«

Achtes Kapitel

DIE ERSTE BOTSCHAFT

Als Linus abends an der Küche vorbeikam, stand dort Majus, spülte das Geschirr ab, ließ Schaumblasen durch die Luft tanzen und redete mit Captain Einsicht. Mittlerweile hatte sich das Nicken auf den ganzen Körper ausgebreitet. Der Roboter sah aus, als würde er tanzen. Auch der Sprachfehler hatte sich verschlimmert. Linus versuchte sich damit zu trösten, dass er sich jetzt ein bisschen wie Monsieur Ohneheim anhörte.

»Ich weisch, dasch du noch Hunger huscht«, sagte Majus. »Aber dasch ischt nicht gut für deine Geschundheit, scho schpät noch zu eschen.«

Linus konnte sich ein Kichern nicht verkneifen. Seine Mutter würde das schon wieder reparieren. »Gute Nacht, ihr beiden«, sagte er, schwang sich auf das Treppengeländer wie ein Reiter auf sein Pferd, drückte den silbernen Knopf an der ersten Sprosse und klammerte sich fest. Das galoppierende Treppengeländer war Antons neueste Erfindung, und auch wenn sie nicht immer zuverlässig arbeitete, war es ein Heidenspaß, damit durch das Haus zu reiten.

»Zweiter Stock«, sprach Linus überdeutlich in das kleine Mikrofon. Das Geländer hatte es heute besonders eilig. Es buckelte wie ein wild gewordener Hengst. Die Digitalanzeige auf der Oberseite flackerte auf. Die Akkus waren randvoll. Linus hatte Mühe, sich festzuhalten. »ZWEITER STOCK!«, befahl er. Das Treppengeländer nahm drei Stufen auf einmal – und hetzte an seinem

Zimmer vorbei. Linus drückte seine Fersen gegen die hinteren Sprossen, als seien es die Flanken eines Rennpferds und er ein hilfloser Jockey. Sie galoppierten auf das Ende der Empore zu. Durch das Fenster konnte man die Leuchtfeuer der Startbahn erkennen. Das Geländer beschleunigte, als wollte es die gläserne Wand durchbrechen. Linus riss die vorderste Sprosse unsanft nach hinten, doch das Geländer setzte seinen Höllenritt fort. Erst als er seine Fersen mit Gewalt in die hinteren Sprossen rammte, verringerte es seine Geschwindigkeit und blieb schließlich knapp vor der Wand stehen. Linus blieb kaum Zeit durchzuatmen, denn das Geländer machte einen Satz zurück, stieg nach oben und schlug mit den hinteren Sprossen aus, dass es Linus größte Mühe kostete, nicht abgeworfen zu werden. Schließlich machte es auf der Stelle kehrt und steuerte wie von der Tarantel gestochen auf Linus' Zimmer zu. »HALT!«, brüllte Linus. »HALT!« Doch das Treppengeländer dachte gar nicht daran, seinen Kurs zu ändern. Als sie nur noch wenige Meter von der angelehnten Tür entfernt waren, blieb es ohne Vorwarnung stehen. Selbst mit Bärenkräften und ebensolchen Krallen wäre es unmöglich gewesen, sich festzuhalten, deshalb versuchte Linus es gar nicht erst. Mit rudernden Armen schoss er durch die Luft, streifte knapp am Türrahmen vorbei und krachte bäuchlings auf sein Bett. Mit einem lauten Knall schloss sich hinter ihm die Zimmertür. Linus wartete darauf, dass gleich seine Mutter hereinkam und ihm eine Standpauke hielt. Doch von draußen kam nur ein leises Scharren und wenig später ein Poltern, das sich immer weiter entfernte. So schnell würde er das Treppengeländer nicht mehr benutzen.

Noch immer außer Atem, drehte sich Linus auf den Rücken und starrte an den Deckenmonitor. Ein einzelner kristallklarer Ton schallte aus den Lautsprechern. Dieses Geräusch hatte er schon einmal gehört! Sein Herzschlag beschleunigte und er spürte, wie seine Hände feucht wurden. Monatelang hatte er auf diesen Tag hingefiebert. Endlich war es so weit, endlich würde er in die Fußstapfen seines Vaters treten und zum Agenten ausgebildet werden. In der Mitte des Monitors erschien ein blinkender Strich, wie der Cursor eines Computers.

SEHR GEEHRTER LINUS TIZIAN LINDBERGH,
BITTE FINDEN SIE SICH MORGEN UM 19 UHR IN LABOR W1 EIN. DORT ERHALTEN SIE NEUE ANWEISUNGEN. DIESE NACHRICHT IST STRENG VERTRAULICH!

HOCHACHTUNGSVOLL
DIE AGENTur

Ein leises *Pling*, und der Bildschirm erlosch. Linus strahlte übers ganze Gesicht. Am liebsten hätte er geschrien vor Freude. Nach der ewig langen Funkstille hatte er die Hoffnung schon fast aufgegeben. Er sprang auf, ging hinüber zum Schreibtisch und zog das Telefon aus der Halterung. »Riana«, sagte er möglichst deutlich, und es begann zu wählen. Doch bevor das Freizeichen ertönte, drückte er auf den roten Knopf. *Streng vertraulich,* schoss es ihm durch den Kopf. Wenn er Riana jetzt anrief, würde er genau diese Regel brechen. Was, wenn sie mit ihrer Vermutung richtiglag? Vielleicht hatten die Zwillinge tatsächlich ihre Meinung geändert. Vielleicht genügte es nicht, flink und furchtlos zu sein. Vielleicht musste man tatsächlich aus einer Erfinderfamilie stammen …
Linus versuchte, den dicken Kloß in seinem Hals hinunterzuschlucken. Aber wozu hatten sie ihm dann in der ersten Nachricht damals geschrieben, dass Riana auch bei der Ausbildung mitmachen durfte? Er starrte das durchsichtige Telefon an. Vielleicht sollte er erst abwarten, was passierte. Aber ohne seine Hilfe konnte sie ja gar nicht das Labor betreten. Ohne seine Hilfe konnte sie es nicht mal auf ihr Grundstück schaffen.

Sie hatte ja nur den Tarnanzug, aber nicht den Interruptor, mit dem man die Elektronik der Flugzeuge und des Towers stören konnte. Er wandte seinen Blick vom Telefon ab und ließ sich aufs Bett fallen. Angenommen, Riana hatte dieselbe Nachricht erhalten, warum rief sie dann nicht bei ihm an? Er zog die Nachttischschublade auf. Von einem Foto starrte ihm sein Vater entgegen, in Uniform. Das Einzige, was ihm aus der Unterwasserwelt geblieben war.

Was hätte er an seiner Stelle getan?

Ein Lichtreflex glitt über die Wand und blieb direkt neben dem Traumhelm stehen. Seit er funktionierte, waren zwar die Albträume mit seinem Vater verschwunden, aber auch die anderen, die schönen Erinnerungen waren weniger geworden. Es war, als hätte der Helm die Verbindung zu seinem Vater unterbrochen. Vielleicht sollte er zwischendurch mal wieder ohne Helm schlafen. Auch auf die Gefahr hin, dass ihm sein Unterbewusstsein eine Horrorvorstellung ablieferte. Hauptsache, er würde die Erinnerung nicht ganz verlieren. Doch jetzt war nicht der richtige Zeitpunkt für solche Experimente. Schließlich konnte er es sich als angehender Agent nicht leisten, müde zu sein, und das war er bisher immer gewesen, wenn er einen Albtraum gehabt hatte.

Noch ein letztes Mal spielte Linus mit dem Gedanken, bei Riana anzurufen, doch dann entschied er sich, abzuwarten. Sollte sie ihn morgen in der Schule nicht auf die Nachricht ansprechen, dann bedeutete das wohl, dass nur er mit der Ausbildung beginnen durfte …

Neuntes Kapitel

DIE LÜGE

Ben hatte für seinen neuen Freund ein gutes Versteck gefunden. Hinter seinem Bett befand sich eine kleine Nische, in der seine alten Spielsachen lagerten und die man abschließen konnte. Zwar musste sich der Roboter ein wenig ducken, aber Bens Mutter würde ihn dort beim Saugen nicht entdecken. In den letzten Tagen hatte er sogar schon einen Nachtausflug mit Malte unternommen. Der Roboter verfügte über enorme Kräfte. Seine Arme und Beine waren ausfahrbar wie bei einer Gartenleiter. Wenn sich Ben auf die Schultern von Malte setzte, konnte der ihn wie ein Fahrstuhl fast geräuschlos in den ersten Stock herauf- und hinunterbefördern.

»Schlaf gut«, sagte Ben und drückte die Tür zu.

»Heute Nacht keinen Ausflug?«, fragte der Roboter und streckte noch einmal den Kopf heraus.

»Muss morgen zur Schule. Außerdem stürmt es draußen.«

»Ach was, die Schule. Das, was du dort lernst, kann ich dir viel besser beibringen.«

»Wirklich?«, fragte Ben hoffnungsvoll.

»Ich bin ein hervorragender Lehrer und extra dafür programmiert worden, Kindern den Schulstoff spannend zu vermitteln.«

»Aber das geht nicht«, seufzte Ben. »Ich muss da hingehen.«

»Nicht, wenn du krank bist.«

»Aber ich –« Ben brach mitten im Satz ab und begann zu grinsen. »Du meinst, ich soll so tun, als ob ich krank bin?«

»Kranke Kinder dürfen nicht in die Schule«, sagte Malte mit einem verschmitzten Lächeln. »Und Bauchschmerzen können sehr schlimm sein.«
Ben wurde wieder ernst. »Ich weiß nicht. Meine Mutter will dann bestimmt mit mir zum Arzt gehen. Nein, ich glaub, das ist keine gute Idee. Schlaf gut.« Er schaltete das Licht aus.
»Überleg es dir noch mal«, flüsterte der Roboter sanft. »Von mir bekommst du auch keine Noten.«

Am nächsten Morgen wurde Ben von einem spitzen Schrei aus dem Schlaf gerissen. Keine zwei Sekunden später wurde seine Tür aufgestoßen. Seine Mutter schaltete das Licht an und stürmte in sein Zimmer. In ihren Armen lag Simba. Ihr Fell war zerzaust und nass. Unter dem rechten Auge hatte sie einen dicken Kratzer und sie zitterte am ganzen Leib.
»Was ist nur in dich gefahren!« Seine Mutter war außer sich vor Wut. Ihre Stimme dröhnte in Bens Ohren. »Warum hast du Simba bei dem Wetter ausgesperrt?«, fauchte sie. »Wenn Papa von seiner Geschäftsreise zurückkommt, wird er ein ernstes Wort mit dir reden. So kann es nicht weitergehen. So nicht!«
»Aber … ich … ich war das gar nicht«, stammelte Ben.
»Auch noch lügen!« Die Katze sprang aus ihren Armen und flüchtete aus dem Zimmer, als würde sie sich vor etwas fürchten. Seine Mutter wollte noch etwas sagen, aber aus der Küche drang das Weinen seiner kleinen Schwester. »Wir reden nach der Schule weiter«, sagte sie, während sie aus dem Zimmer eilte.
Kaum war sie verschwunden, öffnete sich die Tür hinter dem Bett und Malte trat heraus. »Gerecht ist das nicht.« Er legte seinen Arm um Ben. Der wischte sich die Tränen aus dem Gesicht. »Ich hab's doch wirklich nicht getan.«
»Mir musst du das nicht erzählen. Ich glaube dir. Deine Mutter will dir damit nur zeigen, dass sie dich nicht mehr liebt. Vielleicht hat sie die Katze ja selbst rausgelassen.«

Zehntes Kapitel

UNERWARTETE BEGEGNUNG

Linus schlüpfte aus seinem schimmernden Tarnanzug, hängte ihn an die wartende Garderobe und stellte die Schultasche daneben. Captain Einsicht trottete aus der Küche und blieb schwanzwedelnd vor ihm stehen. In seinem Maul steckte ein Zettel. Anton hielt nicht allzu viel von dem Benachrichtigungssystem des Hauscomputers. Er vertraute auf die »gute alte Hundepost«, wie er sie nannte. Linus faltete den wasser- und hundesabberfesten Zettel auseinander und begann zu lesen. Seit Anton immer vergesslicher wurde, waren seine Nachrichten übersät mit durchgestrichenen Wörtern, neuen Satzanfängen und Tintenklecksen.

~~Deine Mutter~~ Ich bin im Testraum. Bereite ~~das Känguru~~ den Lizzard 2001 vor für heute Nacht. ~~Mama~~ Anna, deine Mutter, ist beim Rat.
Bitte nach Majus schauen. ~~Wirkt komisch.~~ Abendessen steht ~~in der Spülmaschine~~ im Kühlschrank (scheußlicher Fraß).
Bis später, Anton

Linus knickte die obere linke Ecke des Zettels und legte ihn auf den Fliesenboden, wo er zwei Sekunden später in Flammen aufging. Eine Sicherheitsmaßnahme, damit seine Mutter nicht mitbekam, dass Anton wieder an einer Flugmaschine arbeitete. Die Rauchfahne und das verkokelte Papier wurden von einem kleinen Ableger des Haustornados nach draußen befördert. Linus betrat die Küche. Keine Spur von Majus. Aus dem Radio über der Spüle dröhnte Rockmusik. Wahrscheinlich war der Roboter oben in seinem Nähzimmer und arbeitete an einem neuen Hawaiihemd. Linus zog den Kühlschrank auf. Ein Teller mit unappetitlichen Grünkern-Bratlingen und klumpiger Käsesoße starrte ihm entgegen. Der Anblick genügte, um das Essen auf unbestimmte Zeit zu verschieben. Großen Hunger hatte Linus ohnehin nicht. In weniger als einer halben Stunden würde er mit der Ausbildung zum Spezialagenten beginnen und es sah ganz danach aus, dass Riana nicht dabei war. Jedenfalls hatte sie in der Schule nicht die geringste Andeutung gemacht. Er seufzte innerlich und fühlte sich wie ein Verräter. Vielleicht konnte er noch einmal mit den Zwillingen sprechen … Auch wenn er sich kaum vorstellen konnte, dass sie bei Riana eine Ausnahme machten, wenn es so in ihren Regeln stand. Bestimmt hatten sie es sich mit der Entscheidung nicht leicht gemacht. »Geheimhaltung«, hatte ihm seine Mutter schon als Kind eingebläut, »Geheimhaltung ist das A und O, wenn man Erfindungen, Ideen und seine Familie schützen will.«

Wahrscheinlich musste er sich damit abfinden, Riana von nun an zu belügen. Die einzige Freundin, die er außerhalb des Flughafens hatte. Die Einzige, die die Wahrheit über seine Familie kannte.

Der Radiosender verstellte sich. Die Frequenzanzeige ratterte rauf und runter und blieb schließlich bei einem Klassiksender stehen. Die traurige Streichermusik passte zu seiner Stimmung. Dem Captain schien die Musik zu gefallen. Er streckte seinen Kopf nach oben und jaulte den Apparat an, als wollte er mitsingen. Es klang schauderhaft. Plötzlich öffnete sich die Spülmaschine und Antons Kaffeetasse mit der roten Zunge erhob sich zitternd daraus. Gemeinsam mit einem Kochlöffel tanzte sie im Dreivierteltakt durch den Raum, an Linus vorbei, der den Mund nicht mehr zukriegte. Was wollte seine Mutter denn mit dieser Erfindung bezwecken? Hatte sie nach dem Reinfall mit dem Küchen-Optimierer noch immer nicht genug? Wahrscheinlich hatte sie das Geschirr mit speziellen Magneten und Sensoren ausgestattet, die auf Töne reagierten. Die Tasse landete hart auf dem Küchentisch, wo sie von dem Kochlöffel mit taktvollen Schlägen zum Klingen gebracht wurde. Das Orchester setzte zum Finale an. Jetzt begann der Captain zu kläffen. Es folgte der Schlussakkord, dann war es still.

Seltsam still.

»Täterätä!«, schallte plötzlich die Stimme von Riana durch den Raum. Linus erschrak. Zuerst sah er nur ihre kleine Hand, die den Kochlöffel wie ein Dirigent durch die Luft schwang. Dann zog sich Riana die Maske vom Gesicht und schüttelte ihr Haar aus. »Lektion eins für Agenten«, sagte sie grinsend. »Seien Sie immer wachsam. Sie können jederzeit verfolgt werden. Hast dich zu früh gefreut. Sie haben mir auch eine Nachricht geschickt.«

»Wie bist du ohne den Interruptor über die Startbahn gekommen?«

»Gerannt. Das war so cool. Man muss nur die Flugzeuge im Blick behalten. Würde ich an deiner Stelle auch mal ausprobieren. Ist ein gutes Training.« Riana räumte die Tasse und den Löffel zurück in die Spülmaschine. »Wird wohl nichts mit deiner Solonummer.«

»Ich wollte dich anrufen, aber …«

»Alles gut«, sagte Riana und schlüpfte aus dem Tarnoverall. »So wie du dich in der Schule aufgeführt hast, war mir klar, dass du ein schlechtes Gewissen hast.«

»Und warum hast du nichts gesagt?«

»Na ja, um ehrlich zu sein, war ich mir plötzlich auch nicht mehr so sicher wegen der Geheimhaltung und so. Ich dachte, die wollen uns vielleicht testen.« Sie knüllte den Tarnanzug

zusammen und legte ihn auf den Tisch. »Kapierst du, warum sie uns ausgerechnet ins Labor deines Vaters bestellt haben? Da ist die Gefahr doch am größten, dass deine Mutter oder Anton vorbeikommen.«
»Meine Mutter ist beim Rat und Anton arbeitet an einer neuen Flugmaschine.« Linus schaute sich um. »Wahrscheinlich beobachten uns die von der Agentur und wissen, wo alle sind.«

Seit einer Stunde starrten die beiden nun auf die Eingangstür zum Labor. Jedes Mal, wenn sich die Lüftung einschaltete, tauschten sie Blicke und hofften, dass es endlich so weit war. Wie lange sollte ihre Geduld denn noch auf die Probe gestellt werden?
»Lektion zwei«, sagte Riana. »Zukünftige Agenten müssen warten.« Sie krallte ihre Finger in die Sessellehnen. »Und ich hasse Warten!«

»Vielleicht ist was dazwischengekommen«, suchte Linus nach einer Erklärung.
»Du meinst, die Zwillinge müssen noch kurz ihre Mails checken, bevor sie sich mit uns beschäftigen?« Sie sprang auf und marschierte hinüber zu einem der Regale, die mit schwarzer Folie abgedeckt waren. »Mir ist langweilig. Vielleicht können wir einen coolen Film anschauen.« Sie zog eine DVD aus dem Regal. Außer einer Nummer war auf dieser DVD auch noch ein düsteres Schwarz-Weiß-Bild mit einem pockennarbigen Mann abgebildet. »Ab sechzehn. Als ob die paar Jahre was ausmachen.«
Linus wollte kein Spielverderber sein. Wegen der Sache mit der Geheimhaltung fühlte er sich immer noch mies, obwohl ihm Riana ja auch nichts gesagt hatte.
Kaum war die DVD in der Schublade verschwunden, hörte man ein mehrfaches Klacken und ein grellweißer Blitz zuckte über den Monitor. Riana und Linus fuhren erschrocken zurück. Linus hielt sich die Hände vors Gesicht. »Ich bin blind!«

»Deine Mutter ist echt krass«, hörte er Riana sagen und öffnete langsam die Augen. Auf dem Monitor blinkte in Rot die Altersbeschränkung: AB 16 JAHREN!!!
»Interessante Erziehungsmethoden«, meinte Riana kopfschüttelnd. Linus wollte die DVD schon wieder herausnehmen, als er plötzlich eine schwere Hand auf seiner Schulter spürte. Fast hätte er laut aufgeschrien. Stattdessen sprang er aus dem Sessel wie ein kampfbereiter Agent und wirbelte herum – doch da war kein Gegner! Da war nichts. Gar nichts. Was hatte das zu bedeuten?
»Geht's noch?«, sagte Riana erschrocken. Linus wollte antworten, aber sein leerer Magen machte ihm einen Strich durch die Rechnung. Ihm wurde schwarz vor Augen, seine Beine knickten unter ihm weg wie gebrochene Streichhölzer und er sah Sterne, ganze Galaxien funkelnder Sterne. Noch im Fallen fragte er sich, warum ausgerechnet ihm das passieren musste. Aber der harte Aufprall blieb aus und zwischen die verblassende Sternenschar schob sich das Gesicht eines alten Bekannten: Majus!
»Wie oft musch ich dir noch schagen, dasch du regelmäschig eschen muscht!«, schimpfte der Roboter und verfrachtete Linus zurück in den Sessel. »Wozu geb ich mir denn scholche Mühe, geschundesch Eschen auf den Tisch zu zaubern?« Majus legte seine Tarnkappe über die Sessellehne und schlüpfte aus seinem Anzug.
Riana musste grinsen. »Dein Dialekt ist ja noch schlimmer geworden.«
»Wieso … wieso weißt du von diesem Treffen?«, fragte Linus.
»Weil schie mich auch eingeladen haben.« Majus streckte stolz die Brust raus. »Die wischen halt, wasch gut ischt.«
»Du hast doch neulich noch gesagt, dass du dich gar nicht an die Unterwasserwelt erinnern kannst.«
Majus tippte sich mit dem Zeigefinger gegen die Stirn. »Schind wieder aufgetaucht, die Erinnerungen. Unglaublich, aber wahr.«

»Cool«, sagte Riana, legte die Hand auf die wippende Schulter von Majus und wurde ernst. »Vielleicht solltest du trotzdem besser den Mund halten, wenn die Zwillinge auftauchen. Ich weiß nicht, wie sie reagieren, wenn sie mitkriegen, dass du nicht richtig tickst.«

»Ich?« Majus riss die Augen auf. »Alle Schyschteme laufen korrekt.«

»Ist trotzdem besser.« Riana nahm Majus' Kopf zwischen die Hände und hielt ihn fest. »Könntest du vielleicht auch mit dem Kopfwackeln aufhören? Das sieht gestört aus.«

»Geschtört. Bedeutung: nicht normal, verrückt, andersch, krank. Ich bin nicht krank!«

»Das sagt ja auch keiner.« Riana ließ seinen Kopf wieder los. Tatsächlich hörte Majus auf zu wackeln. Doch nun drehte sich sein rechter Fuß wie ein Scheibenwischer im Takt von innen nach außen. »Okay«, seufzte Riana. »Sei einfach, wie du bist.«

»Wie bin ich denn?«

»Wie du bist?«

Majus nickte eifrig. Riana stöhnte auf.

»Robotermäßig halt«, sagte Linus. »Also, nicht so richtig robotermäßig, eher menschlicher.«

Majus zog die Brauen zusammen. »Wiescho klingt dasch scho kompliziert?«

»Weil *du* eben *du* bist, und dein Ich kein normales Ich ist, sondern ein künstliches, das zu einer Maschine und nicht zu einem Menschen gehört.« Riana lächelte breit. »Verstanden?«

Jetzt zeigten die Augenbrauen von Majus himmelwärts.

»Ich glaub, mein Prozeschor ischt überlaschtet.«

»Ist doch auch egal«, sagte Linus und erhob sich. Seine Beine fühlten sich immer noch an wie Pudding, doch der Schwindel war verschwunden. »Hoffentlich haben die das nicht mitgekriegt.« Das letzte Wort hatte gerade seinen Mund verlassen, als sich die Seitentür öffnete und die beiden Zwillinge eintraten.

Elftes Kapitel

DER ERSTE AUFTRAG

Nach einer kurzen Begrüßung eilten Chin und Chan ihnen voraus in die Verbindungsgänge. Obwohl die Zwillinge keine Spezialbrillen trugen, fanden sie sich problemlos im Wechsellabyrinth zurecht. Den Zeichen an den Wänden schenkten sie keinerlei Beachtung. Linus fragte sich, wo sie mit ihnen hinwollten. Vielleicht fand die Ausbildung in der Unterwasserwelt statt. Doch zuerst betraten sie das Labor W7, in dem die Zeitmaschine stand. Der Raum lag halb im Dunkeln. Nur die Notbeleuchtung war angeschaltet. Die Zwillinge mussten die Bewegungssensoren deaktiviert haben, sonst hätten sich bei ihrem Eintreten die Deckenlichter eingeschaltet. Chin und Chan zwängten sich in einen Hohlraum zwischen den brummenden Transformatoren. Dort war es verdammt warm. Chin zog eine Fernbedienung aus der Tasche und richtete sie auf die graue Betonwand. Sofort tauchten die Umrisse einer niedrigen Tür auf, einer Tür, die Linus noch nie zuvor gesehen hatte. Sie führte in einen schmalen Stollen, in dem es feucht und modrig roch. Chan, der Zwilling mit der tieferen Stimme, wies sie an, stehen zu bleiben. Kurz war es stockdunkel. Majus griff nach Linus' Hand und drückte sie ganz fest. Er hatte Angst im Dunkeln. Linus hatte Mühe, nicht laut aufzuschreien. »Nicht so fest!«, flüsterte er. Aus der Dunkelheit kam ein merkwürdiges Knistern, als würde man Streichhölzer anzünden. Es folgte ein an- und abschwellendes Summen. Im nächsten Moment wurde der Felsengang in ein

warmes, gelbliches Licht getaucht. Linus und Riana blickten erstaunt auf den schwebenden Leuchtball, der sich vor ihnen in die Luft erhob und sich leicht auf und ab bewegte.
»Das sind Leuchtbienen«, sagte Chin, fasste in die schwebende Kugel hinein und schnappte sich ein Exemplar. Es war etwa drei Zentimeter lang und erinnerte eher an eine Hornisse als an eine Biene. Zappelnd lag das seltsame Insekt auf ihrer Handfläche. Die durchsichtigen Flügel schlugen so schnell wie bei einem Kolibri. Der längliche Körper war in zwei gleich große Abschnitte unterteilt, die über ein winziges Gelenk miteinander verbunden waren. Der hintere Teil glühte in einem honigfarbenen Licht. Mit nachlassendem Flügelschlag wurde das Licht schwächer, bis das hintere Segment nur noch wie Feuerglut glimmte.
»Ist das ein richtiges Insekt?«, fragte Riana.

»Nein, Leuchtbienen sind keine Lebewesen«, sagte Chin. »Es sind Kleinstroboter, die sich aus der Umgebung mit verbrauchter Luft versorgen und sie durch Spaltung in Energie umwandeln.« Mit ihren schlanken Fingern hob sie einen Flügel an und drehte den Körper vorsichtig auf den Rücken. Der Flügelschlag hörte jetzt ganz auf. Im vorderen Teil des Roboterinsekts erkannte man einen winzigen Chip.
»Cool«, sagte Majus. »Scho klein und schon scho hell.«
»Was hat er?«, fragte Chan.
Linus suchte erst gar nicht nach einer Ausrede. »Majus hatte einen kleinen Unfall. Ist aber nur das Sprachzentrum betroffen. Meine Mutter meint, dass der Rest normal funktioniert.«
Chan machte eine Handbewegung und die Leuchtkugel schwebte direkt vor Majus' Gesicht. Der Roboter lächelte vergnügt. Leider fing in dem Moment sein Kopf besonders stark an zu wackeln.
»Die Motorik hat wohl auch was abbekommen«, fügten die Zwillinge im Chor hinzu. »Vielleicht können *wir* das reparieren.«

»Aber nicht –« Weiter kam Linus nicht, denn Riana hatte ihm gegen das Schienbein getreten.
Chin lächelte verständnisvoll. »Ihrem Freund wird nichts passieren.«
Wenig später gelangten sie an eine große Tür. Dahinter wurde der Höhlengang noch enger und sie mussten gebückt weitergehen. Der Stollen schien nicht für Menschen gemacht zu sein. Nach etwa hundert Metern konnten sie sich wieder aufrichten. Trotz der Leuchtbienen waren die Wände jetzt nicht mehr zu sehen und auf jeden Schritt folgte ein langer Nachhall. Der Gang musste breiter geworden sein – und auch höher, denn der Leuchtball stieg etwa zehn Meter vor ihnen steil nach oben. Das Echo ihrer Schritte klang wie in einer Kirche. Das Licht der Bienen reichte nicht mehr aus, um den Boden zu erhellen. Linus spürte, wie die Unebenheiten verschwanden. Er hatte das Gefühl, mit seinen Turnschuhen hin und wieder den Halt zu verlieren. Majus eierte herum, als würde er über Eis gehen. Die Zwillinge blieben stehen. Mehrfaches Klicken ertönte. Ringsum an den schroffen Wänden flackerten Lichter auf, Fackeln, die aber nicht mittelalterlich wie in alten Burgen aussahen, sondern in Halterungen aus Edelstahl befestigt waren und ein fahles, kaltes Licht verbreiteten. Die Zwillinge hatten sie in eine Art Kathedrale geführt, einen runden Höhlensaal mit schwarz glänzendem Marmorboden und meterhohen Säulen. Die Säulen hätten wiederum nach Ägypten, in die Zeit der Pharaonen gepasst, dachte Linus. Wer auch immer das hier entworfen hatte, schien nicht recht zu wissen, was er wollte. Der Ort wirkte auf seltsame Weise unecht, erfunden, so als hätte man Filmkulissen aus verschiedenen Epochen der Geschichte zusammengewürfelt. Über ihnen, in etwa fünf Metern Höhe, verlief ein Rundgang, der durch ein einfaches Metallgeländer gesichert war. Ganz und gar unpassend wirkte der aufragende, silberne Obelisk in der Mitte des kreisrunden Raums, aus dessen Spitze ein roter Laserstrahl

emporschoss. Der Strecke nach zu urteilen, die sie zurückgelegt hatten, mussten sie sich ziemlich genau unter dem Sperrgebiet befinden.
Die Leuchtkugel löste sich auf, die Roboterinsekten flogen eine kleine Runde, wie ein Schwarm Amseln, bis sie sich zu einem großen V formierten und in der Spitze des glänzenden Pfeilers verschwanden. Die Zwillinge baten sie, zu warten, und liefen hinüber zum Obelisken.
Majus ließ seinen Blick durch den Raum schweifen. Er wirkte noch immer ängstlich, obwohl man von Sekunde zu Sekunde besser sehen konnte. Die Seitenwände des Obelisken glitten herunter und gaben den Blick auf ein Mosaik aus unzähligen Monitoren frei. Chin und Chan winkten die drei zu sich herüber.
Linus drückte seinen Rücken durch, wie er es aus Agentenfilmen kannte. Er wollte auf keinen Fall den Eindruck erwecken, ein Feigling zu sein. Zwar kam er sich dabei etwas komisch vor, aber er hatte sich vorgenommen, mit dem Beginn der Ausbildung selbstbewusst zu wirken und nicht wie ein elfjähriger Junge, der sich fragte, warum man ausgerechnet ihn ausgewählt hatte und nicht jemanden, der stärker war und vielleicht auch mehr Talent als Erfinder hatte als er. Wahrscheinlich war er nur deshalb für die Ausbildung infrage gekommen, weil sein Vater auch ein Agent war. Diesen Gedanken versuchte er zu verdrängen.
Riana musterte ihn verwundert.
»Ist was?«, fragte Linus.
»Nein, nein. Ich bin nur beeindruckt«, flüsterte sie ihm zu. »Das steht dir. Weiter so.«
Chin räusperte sich. »In diesem Moment beginnt Ihre Ausbildung«, verkündete sie feierlich und zeigte auf einen Bildschirm mit zwei Würfeln darauf. Die Seitenflächen der Würfel waren durchsichtig und im Zentrum pulsierte ein Licht. »Das sind Ihre Statusindikatoren. Sie werden in diesem Moment aktiviert und werden erst erlöschen, wenn …«

»Wir nicht mehr leben«, vollendete Riana den Satz und verzog das Gesicht. Die Zwillinge nickten.
»Und wasch ischt mit mir?«, fragte Majus und drängte sich zwischen Riana und Linus. »Wiescho hab ich schowasch nicht?«
»Automaten sterben nicht«, sagte Chin trocken. »Sie überdauern die Zeit, ohne sich zu verändern. Kein Zerfall, kein Wissen um die Vergänglichkeit der eigenen Existenz.«
»Aber sicher«, sagte Riana grinsend. »Die eigene Existenz, damit kennt sich Majus aus.«
»Automaten?«, wiederholte Linus und legte seinen Arm um die Schulter von Majus. »Majus ist kein Automat. Er hat Angst, wenn es irgendwo tief runtergeht oder dunkel ist, und er weiß auch, was Schmerz bedeutet.«
»Eine perfekte Simulation«, sagte Chan mit ungewohnt weicher Stimme. »Ihre Eltern haben etwas Großartiges geschaffen.«
»Werden wir hier unterrichtet?«, fragte Riana und zeigte in den Raum hinein.
»Nein«, erwiderte Chin. »Es gibt keinen Unterricht für unsere Rekruten. Nicht im klassischen Sinne, wie in der Schule. Unsere Ausbildung zielt darauf ab, den Anwärtern schnellstmöglich ein Höchstmaß an Eigenverantwortung zu übertragen. Grundkenntnisse über den Umgang mit Spezialgeräten, Fahrzeugen und Waffen werden durch den Opix 500 vermittelt.« Sie nickte Chan zu, die auf ein Quadrat an der Vorderseite des Obelisken drückte. Eine Schublade unter einem der Monitore öffnete sich. Chan klappte den Deckel auf und zog zwei längliche Stifte heraus, die sich kaum von einem Kugelschreiber unterschieden, nur durch drei kleine, rautenförmige Knöpfe an der abgeflachten Oberseite. »Mit dem Opix 500 kann man innerhalb weniger Sekunden ein Buch mit bis zu fünfhundert Seiten Umfang auswendig lernen. Ohne das Gehirn mit unnötigen Arbeiten zu belasten.«
Rianas Augen begannen zu leuchten. »Jackpot!«, jubelte sie. »Wir müssen nie wieder in die Schule!«

»Da müssen wir Sie leider enttäuschen«, sagten die Zwillinge. »Das Begreifen kann der Opix meist nicht ersetzen. Die nötigen Verbindungen dafür muss ein Gehirn fast ausschließlich durch Anstrengung erzeugen. Für dieses Problem kennt die Welt der Wissenschaft noch keine sinnvolle Lösung.« Chin drückte mit dem Daumen auf den Stift und die Spitze begann zu leuchten. »Mit dem grünen Knopf können Sie jedes beliebige Dokument digitalisieren.« Sie zielte mit der leuchtenden Spitze in die Innenseite ihrer Handfläche. Ein kleiner blinkender Punkt war zu sehen. »Sobald der Punkt zu blinken aufhört, wurden alle notwendigen Daten übertragen. Sollte es sich um ein Buch handeln, müssen Sie es dazu nicht einmal öffnen«, fügte Chan hinzu. »Auch die Daten der meisten Maschinen können damit ausgelesen werden.«

»Krieg ich auch einen Schtift?«, fragte Majus.

»Nein«, sagte Chan. »Das ist in Ihrem Fall nicht notwendig. Bevor Sie nachher zurückkehren, werden wir Ihnen noch ein paar Daten per Mikrowellen übertragen.«

»Ach scho«, sagte Majus enttäuscht.

Chin fuhr mit ihrer Erklärung fort: »Um die gespeicherten Informationen in Ihr Gehirn zu übertragen, müssen Sie den Stift mit dem gelben Knopf aktivieren und in eine Ihrer Pupillen leuchten. Innerhalb von zwei Sekunden wird das Wissen übertragen.«

»Geht das auch mit Kontaktlinsen?«, fragte Riana. Die Zwillinge bejahten. »Gut.« Sie nickte erleichtert, aber noch etwas anderes schien sie zu beschäftigen.

Linus glaubte zu wissen, worum es ging. »Auch wenn man farbenblind ist?«

Riana zuckte zusammen und warf ihm einen strafenden Blick zu.

»Das spielt keine Rolle«, sagte Chin und händigte den beiden die Stifte aus. »Drücken Sie jetzt bitte den gelben Knopf und zielen Sie auf Ihr linkes Auge, bis Sie den Lichtreflex wahrnehmen. Sobald der Vorgang abgeschlossen ist, schaltet sich der Opix selbsttätig aus.«

Linus zögerte einen Moment. Seine Mutter hatte ihn immer vor gebündelten Lichtstrahlen, wie sie von einem Laser erzeugt wurden, gewarnt. Die Strahlen konnten ein Auge zerstören, wenn man keine Schutzbrille trug.

»Dieses Licht ist völlig ungefährlich«, sagte Chan, als hätte sie seine Gedanken gelesen.

»Fertig«, verkündete Riana und ließ den Stift sinken. »Hat nicht mal wehgetan.«

Linus zielte auf sein linkes Auge und zwang sich dazu, nicht zu blinzeln. Das Licht war schwächer als vermutet. Er spürte einen Hitzestrom, der über sein Auge in seinen Kopf gelangte. Ein merkwürdiges Kitzeln breitete sich auf seiner Stirn aus. Er wunderte sich darüber, keine Bilder von dem zu sehen, was übers Auge in sein Gehirn gelangte. Nur für den winzigen Bruchteil einer Sekunde hatte er den Eindruck, dass sich die Farben veränderten. Dass sie verblassten. Vielleicht bildete er sich das auch nur ein.

»Und was haben wir uns jetzt auf die Festplatte gespielt?«, fragte Riana.

»Die Gebrauchsanweisungen für sämtliche Hilfsmittel, die Sie für Ihre Missionen benötigen. Sozusagen das Basiswissen für all unsere Agenten und auch ein paar Verteidigungsstrategien.«

»Also kann man mit dem Opix doch nicht nur auswendig lernen?«, wollte Riana wissen.

»Auch Verteidigung basiert größtenteils auf Wissen«, erwiderte Chan.

»Warum weiß ich nicht, was neu in meinem Kopf ist?«, fragte Linus.

»Sobald die Zeit gekommen ist, wird Ihr Gedächtnis Ihnen die richtigen Informationen zur Verfügung stellen.«

Linus nickte, obwohl er immer noch nicht ganz verstand, wie das alles funktionierte. Riana drehte den Stift herum. »Wofür ist denn der schwarze Knopf?« Sie tippte mit dem Finger auf eine durchsichtige Schutzkappe. Darunter befand sich ein länglicher Knopf.

»Damit können zwei Menschen für kurze Zeit ihre Gedanken austauschen.« Chan nahm ihr den Stift aus der Hand. »In dem Fall müssen Sie beide den Knopf gedrückt halten, um eine Verbindung herzustellen.«

»Und gleichzeitig ins Auge leuchten?«, erkundigte sich Linus.

»Nein. In diesem Fall reicht eine Berührung der Hautoberfläche. Doch diese Funktion birgt die Gefahr, dass es zu gravierenden Wahrnehmungsstörungen kommen kann. Vor allem dann, wenn die Akkuleistung nachlässt. Deshalb ist es wichtig, immer auf den Energiezustand zu achten. Nach circa zwei Minuten ist bei diesem Vorgang die Batterie erschöpft. Deshalb sollten Sie den Knopf wirklich nur im äußersten Notfall benutzen.«

Für die nächsten Minuten übernahm Chan das Wort. Sie zeigte ihnen zwei Koffer, die kaum größer als ein Schulbuch waren. Einer davon war silbern, der andere schwarz. In dem schwarzen Koffer befand sich eine Art Baukasten, mit dem sie an eigenen Abwehrwaffen und Spezialgeräten experimentieren konnten. Chan sagte, dass es der Agentur wichtig sei, den Nachwuchs in neue Entwicklungen einzubeziehen. Auch wenn der silberne Koffer fürs Erste wichtiger sei, sollten sie im Ernstfall immer beide mitnehmen. Linus konnte sich nur schwer vorstellen, dass in dem silbernen Koffer all die Sachen Platz hatten, von denen der Zwilling erzählte. Ein Treibsandprojektor, ein geschrumpftes Motorrad und ein Arsenal an Werkzeugen, mit dem Türschlösser für sie ein Kinderspiel seien. Bei den meisten Apparaten genügte es, einen kleinen Knopf zu drücken, um sie auf ihre Normalgröße zurückzusetzen. Als Letztes zog Chan eine silberne Pistole mit Doppellauf aus dem Koffer. Sie wirkte selbst in ihren zierlichen Händen lächerlich klein. »Diese Pistole«, sagte sie mit ernster Miene und strich über den achteckigen Lauf, »diese Pistole, die Freeze-and-Breeze 6000, ermöglicht es Ihnen, Menschen, Tiere, Maschinen und Autos für die Dauer von sechzig Sekunden einzufrieren und sich dadurch eine kurze Atempause zu verschaffen. Sie kann tödlich sein, wenn man mehrmals hintereinander abdrückt.« Chan legte die Pistole behutsam zurück in den Koffer und schloss die Metallverriegelung.

Riana zupfte ungeduldig am Saum ihres T-Shirts. »Können wir die Waffen und das Motorrad vielleicht vorher mal ausprobieren? Ich mein, ist doch besser, ein bisschen zu üben, oder nicht?«

»Nein, das ist nicht möglich«, sagte Chin ruhig. »Nur im Ernstfall.«

»Und für diesen *Ernstfall*, dafür kriegen wir doch sicher schulfrei, oder?«

Kurz war es still. Dann hob Chan verständnislos eine Augenbraue und fixierte Riana. »Das hier ist ernst!«, sagte sie barsch und mit besonders tiefer Stimme. »Die Agentur kann es sich nicht erlauben, Fehler zu machen. Vor allem bei der Auswahl ihrer Rekruten.«

»Tut … tut mir leid«, stammelte Riana. »So hab ich das nicht gemeint.«

»Wo isch denn unscher erschter Einschatz?«, fragte Majus und rückte näher an Riana heran, als wollte er ihr beistehen. Chan überreichte Linus ein rundes Metallstück in einem durchsichtigen Etui. Es hatte etwa die Größe einer Zwei-Euro-Münze und war bis zur Hälfte mit spitzen Zacken versehen. »Auf der Oberseite des silbernen Koffers befindet sich ein schmaler Schlitz.« Chin hielt den Koffer nach oben und deutete auf die kleine Öffnung neben dem Haltegriff, während Chan weiterredete. »Der Koffer lässt sich nur öffnen, wenn der Chip mit einem Auftrag geladen wurde. Sobald Ihre erste Mission feststeht, werden Sie benachrichtigt. Dann macht sich der Chip bemerkbar.«

Zwölftes Kapitel

DER ABSCHIEDSBRIEF

Ben war gerade eingeschlafen, als er ein Ruckeln an seiner Schulter spürte.

»Du musst aufstehen«, forderte Malte und zog ihm die Bettdecke weg. »Wir müssen vor Sonnenaufgang losgehen.«
Ben bemerkte, dass die braunen Augen des Roboters anders aussahen als sonst. Seine schlitzförmigen Pupillen wurden von einem rötlichen Schimmern umgeben.
»Ich weiß nicht«, flüsterte Ben und rieb sich über die Ärmel seines Schlafanzugs. Ihm war kalt und er fühlte sich unendlich müde. Das Haus zu verlassen, wegzulaufen, für immer! Gedanken, die ihm bei Tag noch Mut gemacht hatten, erfüllten ihn nun mit Angst. Durch die Ritzen der Rollläden drang das schwache Licht der Straßenlaternen und legte sich wie ein Gitternetz über den Teppichboden. Sein Blick blieb an den Trümmern seines Modellflugzeugs hängen. Sofort war die Wut auf seine Schwester wieder da. Nicht einmal sein Vater hatte Verständnis für ihn gehabt. Sogar er hatte sich auf die Seite seiner Mutter gestellt, ihm keinen Gute-Nacht-Kuss gegeben und damit gedroht, ihn nicht mehr zum Basketball mitzunehmen.
Der Roboter zog den Schulrucksack von Ben unter dem Bett hervor.
»Wir müssen los!« Ohne eine Antwort abzuwarten, legte er den Rucksack vor Ben auf das Bett, zog vorsichtig den Rollladen nach oben und öffnete das Fenster. Kühle Nachtluft wehte

herein. Einzelne Regentropfen platschten auf die Fensterbank. Schnell schlüpfte Ben in seine Sachen und legte den Abschiedsbrief auf den Schreibtisch. Dort würde ihn seine Mutter morgen früh finden.

Dreizehntes Kapitel

DIE SACHE MIT DEM OPIX

In den nächsten Tagen verging kaum eine Minute, in der Linus nicht an den Chip in seiner Hosentasche dachte. In der Schule war er schon ein paarmal beinahe vom Stuhl gefallen, weil er glaubte, ein Vibrieren zu spüren. Er hatte sich mit Riana darauf geeinigt, den Chip abwechselnd zu tragen: Riana an den geraden Tagen, er an den ungeraden.

Heute, vor dem Nachmittagsunterricht, verschwand Linus mit dem Biologiebuch auf die Toilette. Er war glücklich über den Opix 500. Nicht mehr die Worte anderer auswendig zu lernen, machte die Schule um einiges angenehmer. Nur in Mathe und Physik war der Stift weitgehend unbrauchbar. Aber das war nicht wirklich schlimm. Seit dem Wechsel auf die neue Schule konnte er sich ohnehin besser konzentrieren, wahrscheinlich weil er sich nicht mehr mit Constantin, diesem nervigen Angeber, herumschlagen musste. Zwar hatte er außer Riana bisher noch keine neuen Freunde gefunden, aber kein Außenseiter mehr zu sein, war auch schon ein großer Fortschritt.

Linus zielte mit dem Opix zuerst auf das Buch und dann in sein linkes Auge. Zur Sicherheit blätterte er anschließend auf eine beliebige Seite und versuchte, ein paar Übungsfragen zu beantworten. Auch diesmal funktionierte es. Zufrieden kehrte er zurück ins Klassenzimmer.

Riana stand an der Tür und unterhielt sich mit diesem Jungen aus der Parallelklasse, Jakob oder wie er hieß. Sie lächelte dabei unablässig und knetete nervös die Hände. Heute war Mittwoch, darum trug sie einen verrückten Hosenanzug aus der Kollektion von Majus. Dazu derbe Stiefel und Hosenträger mit Surferaufdruck. Eine sehr gewagte Mischung. Linus wunderte sich, dass keiner deshalb über sie lästerte. Würde er immer noch wie früher einmal die Woche die schrägen Sachen von Majus anziehen, dann würden seine neuen Mitschüler ihn mit Sicherheit genauso auslachen wie die an seiner alten Schule. Bei Riana war genau das Gegenteil der Fall. Sie wurde für ihren außergewöhnlichen Geschmack bewundert und es gab sogar schon ein paar Mädchen, die ihren Stil nachahmten. Wahrscheinlich konnte man alles anziehen, wenn man nur genug Selbstbewusstsein hatte …

Frau Gerber hatte den Raum betreten und verteilte die Aufgaben für den Test. Linus stellte sich vor, wie ihr breites Gebiss heraussprang und von einem Tisch zum nächsten hüpfte. Seit er den Opix hatte, war seine Angst vor Klassenarbeiten verschwunden. Selbst in den Fächern, für die er sein Gehirn anstrengen musste, lief es besser als vorher. Er überflog kurz die Aufgaben. Mühelos spuckte sein Kopf die richtigen Antworten aus. Damit sein Betrug nicht auffiel, baute er absichtlich ein paar Fehler ein. Schließlich gehörte das Verwischen von Spuren auch zum Job eines Agenten.

Er war gerade bei der letzten Aufgabe angelangt, als ein Lichtreflex in seinem linken Auge aufzuckte. Er blinzelte und sah einen ausgefransten schwarzen Fleck, der wie ein Vogel im Gegenlicht der Sonne herumflatterte. War das eine Nebenwirkung des Opix? Durfte man ihn nicht zu häufig benutzen? Oder sollte man vielleicht besser ab und zu das Auge wechseln? Aber davon hatten die Zwillinge nichts gesagt. Linus blickte wieder nach unten auf sein Heft und schrieb den letzten Satz hin. Ein weiterer Blitz durchzuckte sein linkes Auge. Er schloss es. Plötzlich begann es in seiner Hosentasche zu vibrieren. Ausgerechnet

jetzt! Was sollte er tun? Der Unterricht war erst in zwanzig Minuten zu Ende. Er könnte sagen, dass ihm schlecht sei, aber was sollte Riana dann machen? Wie wahrscheinlich war es, dass zwei Menschen gleichzeitig übel wurde? So übel, dass sie direkt nach Hause gehen durften und nicht erst in das Krankenzimmer des Hausmeisters, wo sie auf den Arzt, die Eltern oder sonst wen warten mussten. Großartig! Auch darüber hatten die Zwillinge nicht gesprochen. Jedenfalls mussten sie zuerst zum Flughafen. Dort lagen die beiden Koffer, und schließlich gehörte auch Majus zu ihrem Team!
Erst jetzt bemerkte Linus, dass die Vibration gar nicht von der rechten Seite kam, wo er den Chip aufbewahrte, sondern von links. Der Opix 500! Wieso vibrierte der Stift? Was hatte das zu bedeuten?

»Riana!«, schallte die Stimme von Frau Gerber durch das Klassenzimmer. »Könntest du bitte den Schminkspiegel weglegen? Das hier ist eine Schule und keine Castingshow!«
Einige Schüler lachten. Linus schaute hinüber zu Riana. Sie machte ihm unter dem Tisch hektische Zeichen. So wie es aussah, hatte sie vergessen, den Opix zu benutzen. Hätte sie vorhin nicht geflirtet, wäre das nicht passiert! Unauffällig zog Linus den Stift aus seiner Gesäßtasche. Der schwarze Knopf auf der Rückseite vibrierte. Riana bedeutete ihm, draufzudrücken. Linus schüttelte entschieden den Kopf. Hatte sie denn die Warnung der Zwillinge vergessen? Nur im absoluten Notfall! Riana funkelte ihn wütend an. Der Stift vibrierte herausfordernd in seiner Hand. Linus biss sich auf die Unterlippe und spielte mit dem Daumen an der Schutzkappe, als läge darunter der Zeitzünder einer Bombe. Vorsichtig schob er die dünne Plastikhaube nach hinten. Kaum lag sein Finger auf dem Knopf, spürte er ein seltsames Ziehen, als würde eine schwache elektrische Ladung durch seine Hand fließen. Er zögerte. Noch konnte er einen Rückzieher machen. Riana blickte ihn flehend an. Er seufzte.

Wenn das hier vorbei war, würde er ihr die Meinung sagen. Bestimmt würden sie Ärger mit den Zwillingen bekommen.
Kaum hatte Linus den Knopf nach unten gedrückt, verstärkte sich die elektrische Ladung und schoss durch seinen ganzen Körper bis nach oben in seinen Kopf. Der fühlte sich an, als würde er auf die Größe einer Wassermelone anwachsen. Dieses Gefühl hatte er bisher nur ein einziges Mal gespürt: als er in der Unterwasserwelt die enge Kabine betreten hatte und in den Film katapultiert worden war. In seinen Ohren begann es zu rauschen, als würde er sie an die Öffnung einer großen Muschel halten. Dann hörte er Rianas Gedanken, ihre Wut, ihr Bitten. Ihre ganze Unentschlossenheit sickerte durch ihn hindurch und vermischte sich mit seinen eigenen Gedanken. Es war, als würde eine Armee aus Soldaten einmarschieren und versuchen, die Kontrolle über sein Denken zu übernehmen. Das war kaum auszuhalten. Doch es sollte noch schlimmer kommen. Als Nächstes konnte er durch Rianas Augen blicken. Verschwommen und in knalligen Farben. Zwei Bilder, zwei Ansichten, die sich überlagerten und bizarre Formen und Farben hervorbrachten. Farbkleckse, flackernde Lichter, Dreiecke und Kreise, die um ihn herumtanzten, hüpften, miteinander verschmolzen und sich wieder auflösten. Linus fühlte sich an die abstrakten Gemälde aus dem Ideenzimmer seiner Mutter erinnert. Jedes Mal, wenn er dort zu lange hinschaute, wurde ihm schwindelig. Je mehr er sich dagegen wehrte, Rianas Gedanken und Blicke mit seinen zu verbinden, desto stärker tobte der Kampf in seinem Kopf. Nicht schon wieder, dachte er. Er hatte das Gefühl, gleich in Ohnmacht zu fallen.
Schau auf das Blatt und lies die Antwort für die erste Aufgabe!
Obwohl die Stimme von Riana mit einem langen Nachhall versehen war, war der Befehlston nicht zu überhören. Am liebsten hätte Linus den Knopf wieder losgelassen. Widerwillig las er die erste Antwort. Er musste sich erst noch daran gewöhnen, sich

selbst immer wieder im Hintergrund zu sehen, denn Riana schaute in seine Richtung.
Danke!, schickte sie ihm ihre Gedanken. *Vielen Dank.*
Sofort begann Riana wie besessen zu schreiben. Frau Gerber blieb vor ihrem Tisch stehen und schüttelte verwundert den Kopf. Das Vibrieren des Knopfes wurde schwächer. Rianas Gedanken klangen nur noch wie ein fernes Flüstern. Anders war es mit den Bildern. Sobald Linus die Augen schloss, konnte er sehen, woran sie dachte. Immer wieder tauchte verschwommen das Gesicht eines Jungen auf. Der Junge hatte Locken. Linus musste schmunzeln. Sie dachte an ihn. Das Bild wurde schärfer. Ähm, nein, das … das war gar nicht er. Es war der Junge, mit dem sie vorhin geredet hatte. Es war Jakob! Bevor er dazu imstande war, irgendwas zu empfinden, tauchte plötzlich sein

Vater vor seinem inneren Auge auf. Jetzt war das Chaos perfekt! Sein Vater saß zusammengekauert in einem Raum mit weißen, flirrenden Wänden. Der Boden war kein normaler Boden, sondern eine grüne, hüfthohe Wiese. Auch wenn das Gesicht seines Vaters nur von der Seite zu erkennen war, hatte Linus den Eindruck, dass seine Wangen eingefallen waren. Die blasse Haut wurde an manchen Stellen vom Flirren der Wand geschluckt. Linus war unglaublich froh. Endlich konnte er seinen Vater mal wieder sehen! Und obwohl er den Helm nicht trug, war es kein Albtraum. Merkwürdig war nur, dass dieser Traum am helllichten Tag gekommen war. Eine weich gezeichnete Nahaufnahme von Jakobs Gesicht verdrängte das Bild seines Vaters. Die blauen Augen, die vollen Lippen … alles kam in Zeitlupe näher, versehen mit einem dünnen Schleier. Die schleppende Kamerafahrt wurde von einem aufgeregten, schneller werdenden Klopfen begleitet. *Ba-bamm, ba-bamm, ba-bamm.* Linus spürte, wie sich dieses Klopfen auf sein eigenes Herz übertrug, es zum Beben brachte und seinen Atem unwillkürlich beschleunigte. Er bemerkte nicht, dass sein Oberkörper ins Wanken geriet. Noch im Fallen fragte er sich, warum ihm schon wieder schwindelig werden musste. Er hörte nicht den Aufschrei seiner Lehrerin, als er nach hinten kippte, mit dem Kopf gegen die Tischkante knallte und das Bewusstsein verlor.

Vierzehntes Kapitel

AUF GEFÄHRLICHER MISSION

»Ich konnte ja nicht ahnen, dass dich meine Gedanken umhauen«, sagte Riana, als sie abends den Aufzug bestiegen. Den ganzen Nachmittag hatte sie sich für den Vorfall in der Schule entschuldigt. Linus musste ihr versprechen, den Zwillingen nichts davon zu erzählen.

Jetzt lag der Chip in seiner flachen Hand – und er vibrierte. Vor einer halben Stunde hatte es angefangen. Linus schloss seine Hand fest um den Chip. Bei ihrem ersten Einsatz durfte nichts schiefgehen.

Zu dritt quetschten sie sich auf die Vorderbank des gelben Cadillacs, den Anton als Transportfahrzeug für die unterirdischen Gänge umgebaut hatte. Schließlich lagen die Labore und Lagerräume der Lindberghs ziemlich weit auseinander. Zu Fuß hätte man wegen der vielen Steigungen Stunden durch das mehrstöckige Labyrinth gebraucht. Majus ging ans Steuer.

»Was war denn nun mit deinem Vater?«, fragte Riana. »Hat er irgendwas gesagt, als du ihn in dem Traum gesehen hast?«

»Nein. War ja auch nur ein paar Sekunden.«

»Konntest du eigentlich auch meine Gedanken sehen, als wir miteinander verbunden waren?«

»Nein«, log Linus. »Geht wahrscheinlich nur in eine Richtung.« Er wollte nicht schon wieder über Jakob reden.

Schweigend erreichten sie den Eingang zum Labor. »Allesch auschschteigen«, sagte Majus und sprang aus dem Wagen.

»Irgendwie war das heute Morgen doch auch ein guter Test für den Ernstfall«, versuchte Riana sich zu rechtfertigen, nachdem sie das Labor betreten hatten. »Jetzt wissen wir schon, was alles schiefgehen kann.«

»Ja, ja«, murrte Linus, öffnete den Schrank unter den Monitoren, zog den silbernen Koffer heraus und legte ihn auf einen der Sessel. Riana nahm ihm den Chip aus der Hand. »Hältst du das wirklich für 'ne gute Idee, die Koffer hier zu verstecken? Deine Mutter ist doch bestimmt oft hier unten.«

»Sie geht immer gleich nach hinten, zur Zeitmaschine.«

Majus setzte sich in den Sessel und kratzte sich am Kopf. Seine gute Laune schien verschwunden. Riana ließ den Chip in den Schlitz auf der Oberseite des Koffers gleiten. Nur ein leises Brummen war zu hören. Der Kofferdeckel schnappte auf und sofort klappten einzelne Fächer heraus.

»Und was brauchen wir jetzt für den Einsatz?« Riana strich fasziniert über das Miniatur-Motorrad und den Treibsandprojektor.

»Wir wissen ja noch nicht mal, wo wir hinsollen«, sagte Linus und zog den schwarzen Koffer aus dem Schrank, den »Baukasten«, wie ihn die Zwillinge genannt hatten. Darin hatten sie die unterschiedlichsten Gegenstände entdeckt, doch es gab nirgendwo eine Gebrauchsanleitung. Es gab eine Vielzahl kleiner, durchsichtiger Würfel, die Linus an Legosteine erinnerten. Sie mussten magnetisch sein, denn manche von ihnen stießen sich ab. Andere wiederum brachte man kaum auseinander, hatten sie sich erst einmal miteinander verbunden. Je nachdem, ob man die Klötzchen senkrecht oder waagrecht stellte, veränderten sie ihre Form: Die scharfen Kanten wurden rund, vereinzelt traten kleine Metallspitzen aus den Längsseiten hervor. Sie fühlten sich warm an und waren sehr biegsam. An der Deckelinnenseite des Koffers waren winzige Werkzeuge befestigt, mehrere elektronische Messgeräte und eine Brille, in deren Rahmen kleine ovale

Bildschirme eingelassen waren. Doch die Bildschirme lieferten nur ein flackerndes Bild. Riana behauptete, einen Tunnel zu sehen, wenn sie die Brille aufsetzte, aber Linus hatte da so seine Zweifel. Wenn er die Brille aufsetzte, sah er nur eine flimmernde weiße Fläche. Er erinnerte sich an die Mahnung der Zwillinge, immer beide Koffer mitzunehmen, und stellte den Baukasten vor sich hin. Riana legte kopfschüttelnd die Hand darauf. »Glaubst du wirklich, dass Agenten Zeit haben zum Basteln, wenn's brenzlig wird? Vielleicht ist das eher was für langfristige Einsätze.«

»Die Zwillinge haben gesagt, dass wir beide mitnehmen sollen«, schnaubte Linus und verstaute ihn in seinem Rucksack. Ihre Bevormundung ging ihm auf die Nerven.

»Na gut.« Riana fasste sich an die Gesäßtasche. »Mist! Mein Handy. Hab's oben vergessen. Soll ich noch mal zurückgehen und nachschauen, ob was gekommen ist? Vielleicht schicken die eine SMS mit den Einsatzdaten.«

»Das glaub ich nicht.« Linus blickte verwundert zu Majus. Irgendetwas schien den Roboter zu amüsieren. Er kicherte leise vor sich hin.

»Warum kicherst du?«

»Esch kitzelt.« Majus kratzte sich an Kopf und Unterarmen, als hätte er Läuse. »Und irgendwie ischt mir auch komisch zumute.«

»Vielleicht das falsche Waschmittel«, sagte Riana lachend und roch an Majus' Hawaiihemd.

»Hier drin ischt esch ziemlich warm.« Majus öffnete die obersten beiden Knöpfe seines Hemds.

»Willst du dich ausziehen?«, fragte Riana.

Ein kristallklarer Ton hallte durch den Raum. Linus und Riana schauten sich wissend an. Beide kannten dieses Signal. Erwartungsvoll blickten sie zu den dunklen Computermonitoren, doch nichts passierte. Nur die Spiegelung ihrer eigenen aufgeregten Gesichter war darauf zu erkennen.

»Hihihi, hahaha«, kicherte Majus, verdrehte dabei den Oberkörper und kratzte sich noch stärker. »Dasch ischt aber merkwürdig.«

»Was hat er?«, fragte Riana.

»Vielleicht sollten wir ihn besser hierlassen«, erwiderte Linus.

»Nein«, gluckste Majus. »Ischt … haha … gleich vorbei.«

Riana kräuselte die Stirn. »Mach mal dein Hemd ganz auf.«

»Bitte?«, fragte Majus und wurde ernst.

»Bei dir flimmert was!«

Jetzt konnte Linus es auch sehen. Der kleine Monitor auf Majus' Brust hatte sich angeschaltet. Widerwillig öffnete Majus die Knöpfe und schaute ungläubig an sich hinab. »Dasch können die doch nicht machen! Mich benutzen, meinen Körper, meine Module, ohne zu fragen! Wo kommen wir denn da hin?«

»Nicht bewegen«, sagte Riana. »Bei Wackelbildern wird mir schlecht.«

Majus zog eine Schnute und hielt die beiden Hemdsflügel auseinander, damit Linus und Riana sehen konnten. Auf dem Monitor erschien die Satellitenaufnahme eines maroden Fabrikgebäudes.

»Sieht aus wie bei Google Earth«, murmelte Riana. Das Gebäude lag inmitten eines Waldstücks, umgeben von hohen Nadelbäumen, die einen natürlichen Schutzwall bildeten. Die Aufnahme verblasste und machte Platz für eine Übersichtskarte und eine Vielzahl von Texttafeln, die so schnell wechselten, dass es unmöglich war, sie zu lesen. Das Bild erlosch. Majus knöpfte sein Hemd wieder zu. »Dasch ischt unerhört!«

»Kannst du uns die Nachricht noch mal zeigen?«, fragte Linus. »Hast du die Sachen irgendwo gespeichert?«

Majus tippte sich an die Stirn. »Ischt nicht durch meinen Kopf gegangen, nur durch meinen Körper.«

»Und was jetzt?«, fragte Riana. »Keine Ahnung, wo das sein soll.«

Linus riss die Augen auf. »Hört ihr das auch?«
Ein Rattern mischte sich unter das Geräusch der Klimaanlage. Aus dem Koffer schob sich ein schmaler Papierstreifen, der aussah, als sei er durch einen kaputten Drucker gelaufen. Das Schriftbild war völlig verschmiert und so winzig, dass man nicht einmal mit einer Lupe hätte erkennen können, was darauf geschrieben stand. Riana inspizierte den Ausdruck mit der Sorgfalt einer Detektivin. Schließlich sog sie Luft durch die Zähne ein. »Ich glaub nicht, dass es sich um Geheimschrift handelt. Vermute eher, dass der Drucker kaputt ist. Wir brauchen einen Plan B. Haben die Zwillinge gesagt, ob es für Agenten so was wie einen Reparaturservice gibt? Eine Hotline, bei der wir anrufen können, wenn irgendein Gerät defekt ist?«
Linus nahm ihr den Papierstreifen aus der Hand. »Vielleicht hast du ja was übersehen.«

»Hohoho.« Riana fuchtelte ironisch mit den Händen in der Luft herum. »Jetzt ist der Meisterdetektiv an der Reihe. Sherlock Holmes junior.« Sie deutete eine Verbeugung an. »Lässt er seine Untergebenen an seinem unendlichen Wissen teilhaben?«
»Kannst du dir deine blöden Kommentare nicht ein Mal sparen? Du musst nicht immer versuchen witzig zu sein.« Linus kniff die Augen zusammen. »Ich mach mich ja auch nicht darüber lustig, wie du in der Schule hinter Jakob herhechelst.«
Riana holte tief Luft. Es hatte ihr die Sprache verschlagen. »Ich … ich …«, stammelte sie. »Auf so einen Schwachsinn kannst auch nur du kommen. Ich hechle überhaupt nicht hinter Jakob her! Ich hechle niemandem hinterher! Nimm das zurück! Sofort!« Soweit man es unter ihrer dunklen Haut erkennen konnte, wurde sie rot. Schmunzelnd erhob Linus seine Stimme und säuselte: »Jakob spielt so toll Basketball, und wo er bloß immer die ausgefallenen Klamotten herhat.«
»Du bist so doof«, funkelte ihn Riana an. »Halt die Klappe!« Sie ballte ihre kleinen Hände zu Fäusten.

»Du bist verliebt«, sagte Linus. »In Jakob.«
»Bin ich nicht!«
»Verliebt«, sagte Majus. »Dasch ischt aber toll.« Seine Miene erhellte sich und die Leuchtdioden um seinen Mund zeigten ein gewaltiges Grinsen. Keine Sekunde später bot sein Gesicht eine merkwürdige Mischung aus Freude, Entsetzen und Sehnsucht – in schnellem Wechsel und in genau dieser Reihenfolge. Eine Braue zeigte nach oben, die andere nach unten und dann umgekehrt. Die Leuchtdioden blinkten wie die Lichtorgel einer Diskothek in den grellsten Farben. Nachdem er sich wieder gefangen hatte, stieß er einen tiefen, lang gezogenen Seufzer aus und schaute Riana neidisch an. »Ich will auch verliebt schein. Wie geht dasch? Kannscht du mir dasch beibringen?«
»Ich?«, sagte Riana. »Wo-woher soll ich das denn wissen?« Aufgebracht stemmte sie die Hände in die Hüften. »Hier noch mal für *alle* zum Mitschreiben: Ich – bin – nicht – verliebt!«
Majus schaute zwischen Linus und Riana hin und her. Jetzt war sein Gesichtsausdruck wieder eindeutig: Er lächelte.
»Was grinst du so dämlich?«, fuhr ihn Riana an.
Majus neigte seinen Kopf erst nach links, dann wieder nach rechts. Seine Mundwinkel zeigten nach oben. »Hab gerade ein Schprichwort gefunden, dasch zu euch beiden passcht.«
»Ein Sprichwort?«, sagte Linus. »Ich dachte, du magst Sprichwörter nicht.«
»Man darf ja wohl noch scheine Meinung ändern, oder ischt dasch allein dem Menschen vorbehalten?«
»Willst du uns eventuell mitteilen, um welches Sprichwort es sich handelt?«, grummelte Riana.
»Bescher nicht.«
»Sag endlich, wie das Sprichwort heißt! Sofort! Sonst …« Riana begann Majus zu kitzeln.
»Nicht«, gluckste er. »Bitte nicht. Dasch ischt Folter.« Der Roboter schüttelte sich. Ein lautes Ratschen war zu hören. Sein

Hemd war am Rücken aufgerissen. Er zog es aus. »Schlechte Qualität.«
»Könnt ihr bitte damit aufhören?«, ging Linus dazwischen. »Wir haben schon genug Zeit verplempert.«
»Erst wenn Majus mit dem Sprichwort rausrückt«, beharrte Riana.
»Jetzt mach schon!«, forderte Linus.
Majus setzte das breiteste Grinsen auf, das seine Dioden hergaben. »Wasch schich liebt, dasch neckt schich«, verkündete er und lachte aus voller Brust.
Riana kniff wütend die Augen zusammen. »Können wir dieses merkwürdige *Ding* hierlassen? Ist ja nicht auszuhalten, dieser … dieser Blecheimer.«
»Titan«, verbesserte Majus sie glucksend. »Ich bin ausch Titan.«

»Wäre wirklich das Beste!«, pflichtete ihr Linus bei, bückte sich nach dem Papierstreifen und spürte den Opix, der bei dieser Bewegung einmal kurz in seiner Hosentasche vibrierte. Er zog den Stift heraus. Er war aktiviert. Warum das denn?
»Dass wir da nicht gleich drauf gekommen sind«, stöhnte Riana. »Logisch. Wahrscheinlich funktioniert das wie bei den Kassen im Supermarkt. Vielleicht sind dafür die vielen Balken.«
Tatsächlich war es mit dem Opix ein Kinderspiel, die Einsatzpläne und Ansichtskarten von dem Papierstreifen in ihre Köpfe zu übertragen. Das war etwas umständlich, aber vermutlich war der Code, den der Stift von dem Papier lesen konnte, verschlüsselt und somit für andere unbrauchbar.
Riana steckte den Stift wieder ein. »Und woher wissen wir jetzt, ob es funktioniert hat?«
Linus grinste. »Frag mich mal, wo wir hinmüssen.«
»Wozu das denn?«
»Los! Mach schon!«
»Also«, schnaubte sie gelangweilt. »Wo müssen wir hin?«
»Kesselstadt Nord«, gab Linus, ohne zu zögern, die Antwort. Er

versuchte seine Stimme erwachsen klingen zu lassen, was ihm nicht auf Anhieb gelang. Nach einem tiefen Räuspern unternahm er einen weiteren Versuch. Dabei stellte er sich vor, der erfahrene Kommandant einer Kriegsflotte zu sein, was sich tatsächlich auf seinen Tonfall übertrug. »Genaue Koordinaten: 48 Grad, 41 Minuten, 24 Sekunden nördlicher Breite. 9 Grad, 13 Minuten, 19 Sekunden östlicher Länge.« Nachdem das letzte Wort seine Lippen verlassen hatte, kehrte er wieder zu seiner normalen Stimme zurück und sagte: »Liegt auf der andern Seite von Kesselstadt. Im Parkviertel.«

»Okay, okay«, erwiderte Riana. »Du hast gewonnen. Aber bild dir darauf bloß nichts ein. Das hätte ich auch noch rausgekriegt.« Ihre Miene verfinsterte sich. »Und wie sollen wir da jetzt hinkommen? Sind ja mindestens –«

»Sechzehn Komma vier Kilometer.« Linus schmunzelte in sich hinein. Er war selbst überrascht, wie zuverlässig der Opix arbeitete.

Riana blickte auf die dicke Uhr, die an ihrem schmalen Handgelenk wie ein Klotz wirkte. »Meine Mutter bringt mich um. Gestern hab ich Klavierunterricht und Kunsterziehung geschwänzt, heute Ballett und Yoga, und dann komm ich auch noch nach neun nach Hause.« Sie hob die Augenbrauen und zuckte die Schultern. »Haben die Zwillinge irgendwas gesagt, wie wir das in Zukunft regeln sollen? Wenn es um Termine geht, versteht meine Mutter keinen Spaß.«

»Vielleicht schicken sie Doppelgänger«, meinte Linus. Schließlich hatte die Agentur damals, als sie in der Unterwasserwelt gewesen waren, auch eine Kopie von Majus zu ihnen nach Hause geschickt.

»Ich trau denen ja viel zu, aber ich glaub nicht, dass die Menschen kopieren können.«

»Immer mein Körper«, brummte Majus. Schon wieder flackerte sein Bildschirm auf. Die grobkörnige, stark gekrümmte Aufnah-

me eines kargen Raums erschien. Man blickte von oben hinein. Die eine Hälfte wurde von einem halbmondförmigen Schatten verdeckt.
»Ich glaub, das ist ein Aufzug«, sagte Riana. »Da sind doch Knöpfe an der Seite.«
»Kann sein«, sagte Linus.
Die Kamera musste an der Decke befestigt sein. Der halbmondförmige Schatten bewegte sich. Jetzt konnte man erkennen, dass es ein großer Hut mit breiter Krempe war. Er hatte einen Teil der Kamera verdeckt. Als Nächstes kamen Schuhspitzen ins Bild. Daneben auf dem Boden standen mehrere Papiertüten mit Henkeln aus goldenen Kordeln. Der Hut wurde abgenommen und lange blonde Haare quollen darunter hervor. Das glänzende Gesicht einer Frau schob sich vor die Kamera, die mit einem kleinen Schminkspiegel ihr Make-up kontrollierte.
»Krass! Meine Mutter!«, rief Riana. »Mal wieder auf Shoppingtour. Hoffentlich hat sie nicht für mich eingekauft. Ihr Geschmack ist echt jenseitig.«
Die Ansicht wechselte. Jetzt konnte man das Gesicht von vorne sehen. »Was ist denn jetzt los?«, hörte man sie sagen. »Das darf doch nicht wahr sein!« Rianas Mutter drückte wie wild auf den Knöpfen herum und fluchte. »Jetzt fahr schon weiter, du blöder Aufzug. Ich muss doch noch zum Yoga!« Sie betätigte den roten Nothebel, aber nichts passierte. Dann erlosch das Bild.
»Nicht schlecht«, sagte Riana. »Könnten die ruhig öfter machen. Jetzt bleibt nur noch die Frage, wie wir zu unserem Einsatzort kommen. Vielleicht mit dem Motorrad?«
»Das ist zu auffällig«, sagte Linus und das Zischen der Eingangstür ließ ihn zusammenzucken. Captain Einsicht trottete herein. Er setzte sich vor Linus hin, gähnte und stellte neugierig eins seiner buschigen Ohren auf. Linus kraulte ihm das Fell und begann zu lächeln. »Der Captain wird uns fliegen!«

Fünfzehntes Kapitel

TRIO MIT VIER PFOTEN

»Der Hund gehört aber nicht zu unserem Team.« Riana ging in die Hocke und strich Captain Einsicht durch das zerzauste Fell. An den Flanken fehlten kleine Haarbüschel. »Was ist denn mit dem passiert? Ist Anton wieder abgestürzt?«

»Nein«, sagte Linus zerknirscht. »War meine neue Erfindung. Hat nicht ganz funktioniert.«

»Was für eine Erfindung denn?«

»Eine Hundestriegelmaschine. Der Captain verliert in letzter Zeit so viele Haare.«

»Und ich musch deschhalb schtändig schaugen«, beschwerte sich Majus.

Riana strich über eine kahle Stelle. »Na ja, das Problem mit dem Haarverlust hat sich erledigt, wenn du so weitermachst.«

»Kann er jetzt mitkommen?«, murrte Linus.

»Soll also eine Art Wiedergutmachung sein? Weil du ihn so gequält hast?«

»Er liebt es zu fliegen«, sagte Linus. »Wie du dich vielleicht erinnerst, kann er das richtig gut.«

»Aber was ist, wenn die Zwillinge uns das ankreiden? Hast du daran mal gedacht?«

»Er kann doch nicht reden. Also ist er keine Gefahr für die Geheimhaltung und so. Und übrigens: Deine Aktion mit dem Opix war auch nicht besser. Wenn wir Ärger kriegen, dann wohl eher deshalb.«

»Jetzt komm nicht wieder damit. Dafür hab ich mich entschuldigt. Aber warum kannst *du* uns nicht fliegen? Das wäre auf jeden Fall besser, oder ist das so schwer?«
»Nein, aber … ist besser, wenn einer bei der Maschine bleibt«, druckste Linus herum. Er wollte nicht zugeben, dass er den rotorlosen Tarnhubschrauber nur ein einziges Mal geflogen hatte und dabei direkt im Acker gelandet war. Anton hatte das zwar nicht schlimm gefunden, aber seither wusste Linus, wie schwierig es war, den Flugapparat sicher nach unten zu bringen. Mit den Flugstunden bei seinem Großvater konnte er erst beginnen, wenn seine Mutter das Flugverbot offiziell aufhob. Und das würde frühestens in ein paar Wochen der Fall sein.
»Okay, der Captain kann mit«, entschied Riana. »Aber wenn es Ärger gibt, nimmst du das auf deine Kappe.«

Captain Einsicht landete den unsichtbaren Flugapparat, die Wie-soll-ich-sie-nennen 1, punktgenau im Innenhof einer ehemaligen Schule. Wie besprochen blieb er im Hubschrauber sitzen. Im Ernstfall konnte ihn Linus über seine Funkuhr alarmieren.
Zwischen der Schule und der Zufahrt zum Fabrikgelände lag ein kleines, dicht bewachsenes Waldstück. Kaum zu glauben, dass es hier in der Nähe eine Fabrik gab, die Roboter herstellte. Roboter der neuesten Generation, wie es in ihren Einsatzplänen stand. Vielleicht sogar aus der Baureihe, über die fast täglich Berichte im Fernsehen gezeigt wurden. Auf dem Flughafen machte das Gerücht die Runde, dass Herr Tober die Arbeiter auf dem Vorfeld und bei der Gepäckverladung durch Roboter ersetzen wollte, sobald es sie zu kaufen gab. Selbst Anton hatte davor großen Respekt. Immer wenn sie in den Terminals an einem Werbeplakat vorbeikamen, zog er nachdenklich die Stirn in Falten, und neulich Abend, da hatte er etwas Merkwürdiges vor sich hingemurmelt, als er vor dem Fernseher saß: »Peter, wenn du nur

sehen könntest, wie schamlos diese Erfinder ihr Wissen vermarkten.« Diese Worte hatten sich Linus in den Kopf gebrannt. Vielleicht waren die Haushaltsroboter gar nicht so ungefährlich, wie alle glaubten.

Die drei gingen nebeneinanderher, ohne zu reden. Majus trug als Einziger seinen Tarnanzug, zumindest bis zum Hals. Er sah wie ein schwebender Wackelkopf aus. Nach zwanzig Metern entließ sie der dunkle Nadelwald aus seinem Schatten und der Weg führte sie vor ein rostiges Eisentor, das aussah, als sei es schon jahrelang nicht mehr geöffnet worden. Auch hier gab es keinen Hinweis auf eine Fabrik. Nur ein paar Warnschilder, die das Betreten des Grundstücks strengstens verboten. Das Tor war durch ein viel zu kleines Vorhängeschloss gesichert. Eine gute Tarnung, um Neugierigen das Interesse zu nehmen. Dank Majus' kräftigen Armen war es kein Problem, das erste Hindernis zu überwinden. Sie mussten nicht einmal das Schloss knacken. »Räuberleiter«, murmelte der Roboter, wie ein Papagei, der ein neues Wort aufgeschnappt hatte. »Räuber-räuberräuberleiter«, klang es zischelnd in der Dunkelheit.

»Könntest du das bitte lassen?«, ermahnte ihn Riana. Sie hatten den Schotterweg verlassen und sich in den Wald geschlagen. Majus schien der Ernst der Lage nicht bewusst zu sein. Vielleicht dachte er, das Ganze sei ein Spiel. Schließlich kannte er bisher nur den Flughafen und die nähere Umgebung.

Alle zehn Meter blitzte zwischen den Bäumen eine Straßenlaterne auf. Linus beschlichen erste Zweifel. Wo sollte denn hier eine Fabrik sein? Noch einmal glich er die Pläne in seinem Kopf mit der Umgebung ab. Kein Zweifel, sie waren am richtigen Ort. Der Auftrag ihrer ersten Mission lautete, den Roboter mit der Seriennummer EV 73698 zu finden, zu stehlen oder ihn, wenn es keine andere Möglichkeit gab, unschädlich zu machen. Warum dieser Roboter so wichtig war, hatte man ihnen nicht mitgeteilt. Erst jetzt sickerte die Bedeutung des Wortes »unschädlich« zu Linus durch. Auch wenn es sich nur um eine Maschine, eine scheinbar leblose Ansammlung von Schaltkreisen und Platinen handelte, gefiel ihm diese Vorstellung nicht. Er hatte immer Majus vor Augen, seinen besten Freund, der ihn seit Kindertagen wie ein Bruder begleitete und von Jahr zu Jahr menschlicher wurde. Was, wenn das »Zielobjekt«, wie der Roboter im Einsatzprotokoll genannt wurde, genauso war wie Majus? Linus schob den Gedanken beiseite und ging weiter. Sie mussten den Auftrag ausführen!

Über ihnen rauschte der Wind. Die Baumwipfel wankten wie eine Armee aus bärtigen Riesen, die auf ihren Einsatz wartete. Nieselregen setzte ein. Feuchte Kälte kroch über den Boden in ihre Füße und fraß sich langsam empor. Obwohl es laut Protokoll keine Überwachungskameras auf dem Gelände gab, stapften sie weiter durch den aufgeweichten Untergrund abseits der Zufahrtsstraße. Vielleicht gab es irgendwo Patrouillen.

»Da entlang!«, flüsterte Riana. Sie hatte die Führung übernommen. Linus machte keine Anstalten, ihr den Platz streitig zu machen. Er war sogar froh darüber, weil er mit den Plänen in seinem Kopf nicht zurechtkam. Als würde er einen defekten Kompass in sich tragen, verschob sich ständig die Ansicht. Ohne Riana wäre er wahrscheinlich erst einmal im Kreis gelaufen. Nach etwa dreihundert Metern fiel das Gelände zu einer steilen Böschung ab. Majus ließ kurz seine Augen aufleuchten, damit sie sehen konnten, wo man am besten hinabstieg. Nächstes Mal würde Linus sich das Nachtsichtgerät aus Antons Werkstatt leihen.

Ein schmaler Pfad schlängelte sich in engen Windungen zwischen Büschen, Sträuchern und umgefallenen Bäumen hindurch. In der Ferne hörte man das gleichmäßige Rauschen eines Flusses.

»Wir müssen zurück zur Straße«, sagte Riana, nachdem sie kurz die Augen zusammengekniffen hatte. »Da unten kommt ein Fluss, der gerade mal acht Grad hat.«

»Du kannst die Temperatur sehen?«, fragte Linus verwundert.
»Musst nur danach fragen. Auch die Tiefe wird angezeigt. Sehen aus wie die Sprechblasen bei einem Comic.«
Linus machte einen Versuch, aber diese Details blieben ihm verborgen, warum auch immer. Vielleicht hatte er beim Überspielen der Daten gezwinkert und deshalb nicht alle Informationen in seinen Kopf übertragen. Sie gingen zurück zur Schotterstaße. Nach einer lang gezogenen Kurve endete sie vor einer frisch geteerten Kreuzung und teilte sich in zwei Richtungen. Der Asphalt war so frisch, dass sich darauf ölig schimmernde Pfützen bildeten. Reifenspuren verloren sich in der Dunkelheit. Linus hatte den Eindruck, dass die Bäume hier noch dichter zusammenstanden. Sie schienen sich regelrecht über die beiden Straßen zu wölben, wie ein Tunnel. Aus der Vogelperspektive musste es aussehen, als würde die Schotterstraße hier enden. Eine perfekte Tarnung. Wie aus dem Nichts tauchten plötzlich Nebelschwaden vor ihnen auf und trieben über die Weggabelung hinweg wie überdimensionale, leuchtende Wattebausche. Trotz des stärker werdenden Regens löste sich der Nebel nicht auf. Vielleicht wurde er künstlich hergestellt, um das Fabrikgebäude vor neugierigen Blicken zu schützen. Ohne zu zögern, entschied sich Riana für die Straße, die nach rechts abbog. Sie liefen an der Seite auf dem Kamm eines Erdwalls. So konnten sie in den Wald huschen, falls jemand auftauchte. Linus ärgerte sich. Wieso konnte Riana die Pläne so schnell lesen? Was machte sie anders als er? Sobald er sich in Gedanken fragte, wo sie hinmussten, vergingen etliche Sekunden, bis die passende Information in seinem Kopf bereitlag. Und leider verblasste der Plan auch nach wenigen Momenten schon wieder. Riana schien ihre Augen nie ganz zu schließen. Vielleicht war das der Trick. Doch Linus wollte nicht fragen. Er wollte ihr auf keinen Fall das Gefühl geben, besser zu sein.
Erneut kniff er die Augen zusammen, bis sie nur mehr zwei

Schlitze waren. *Lageplan?*, fragte er in Gedanken. Ein Netz aus Gitterlinien legte sich über die Straße, die Bäume und den mit Moos bewachsenen Erdwall. Linus versuchte seine Augen etwas weiter zu öffnen, stolperte über eine Wurzel und krachte in Majus hinein, der sich gerade noch an einem Baumstumpf abstützen konnte.

»Geht's noch lauter?«, knurrte Riana.

»Ich war dasch nicht«, entgegnete Majus und deutete mit dem Kopf zu Linus, der sich den Dreck von der Hose klopfte.

»Bin gestolpert.«

Riana verdrehte die Augen. »Da vorne muss es sein. Ab jetzt: absolute Ruhe!«

Der Nebel war zu einer undurchdringlichen Wand geworden. Riana starrte angestrengt in die Dunkelheit. »Noch hundertsieben Meter. Das Gebäude verfügt über drei Zugänge. Einen auf der Südseite, einen auf der Ostseite und einen weiteren auf dem Dach, neben einem Hubschrauberlandeplatz.«

Linus versuchte sich nicht anmerken zu lassen, wie sehr ihm ihre Angeberei auf die Nerven ging. Schließlich hatten sie durch ihn erst die Sache mit dem Papierstreifen und dem Opix herausgefunden. Hatte sie das schon wieder vergessen? Und ohne ihn und seinen Vater hätte sie sowieso erst gar nicht die Chance bekommen, bei der Ausbildung mitzumachen. Vielleicht sollte er sie bei Gelegenheit mal daran erinnern.

Sie marschierten weiter. Nach fünfzig Metern machte die Straße eine Biegung. Riana folgte einem leicht ansteigenden Pfad, der tiefer in den Wald hineinführte, und blieb auf einem Hügel stehen. Vor ihnen öffnete sich eine schmale Schneise, die von abgeschlagenen Bäumen gesäumt wurde. Am Ende schimmerten die Umrisse eines kleinen Häuschens durch den Nebel. Riana ging in die Hocke und strich mit den Händen Erde zur Seite. Darunter kamen dicke Rohrleitungen zum Vorschein.

»Wir sind richtig«, sagte sie. »Hast du das Fernglas dabei?«

»Ja, aber …«
»Gib her.«
Linus biss sich auf die Zunge. Ihr Befehlston gefiel ihm ganz und gar nicht. Widerwillig zog er das Fernglas aus dem Rucksack. Anstatt es Riana zu reichen, schaute er selbst hindurch.
»Und?«, fragte sie ungeduldig. »Wird der Eingang bewacht?«
»Zu viel Nebel!« Linus drückte ihr das Fernglas in die Hand. Wenn sie diese Mission erledigt hatten, würde er ihr sagen, dass sie sich nicht so aufführen musste.
Wie ein Hund schnupperte Majus an der feuchten Rinde einer Eiche und lächelte dabei genüsslich. »Riecht wie hundert Jahre Leben. Wasch paschiert damit?«
»Möbel oder Brennholz«, sagte Linus. »Das weißt du doch.«
»Dasch ischt aber nicht nett.«
Riana ließ ungeduldig das Fernglas sinken. »Könntet ihr den Unterricht vielleicht auf später vertagen? Der Nebel verzieht sich.« Das Geräusch eines Motors ließ sie verstummen. Ein Lastwagen kam in Schrittgeschwindigkeit die Straße herunter. Er hatte die Lichter ausgeschaltet. Man konnte nur erahnen, wo er sich befand. Ohne Riana eines Blickes zu würdigen, schlich Linus hinüber zum Waldrand. Er war lange genug hinter ihr hergelaufen. Im Schutz eines Holzstapels konnte er sehen, wie der Lastwagen von einer Art Leitstrahl vor das Haupttor geführt wurde. Auf dem regennassen Asphalt machten die Reifen schmatzende Geräusche. Eilig kehrte er zurück zu Majus und Riana und erzählte ihnen von seiner Beobachtung.
»Dafür hättest du uns nicht warten lassen müssen«, sagte Riana mit verschränkten Armen. »Wir könnten schon längst in der Fabrik sein.«

Sechzehntes Kapitel

DIE INSEL DER ROBOTER

Der Kontrollposten bestand aus zwei Männern in dicken, fellbesetzten Jacken. Sie standen vor einem Schlagbaum, der die letzten fünfzig Meter zum Hauptgebäude absperrte. Wie Linus vermutet hatte, kam der Nebel aus einer Reihe kleiner Düsen, die man am Wegesrand in den Boden eingelassen hatte. Neben der Durchfahrt konnte man jetzt das Häuschen deutlich erkennen. Es war halb zerfallen, und in einem kleinen Fenster brannte Licht. Der eine Wachposten, ein gedrungener, glatzköpfiger Mann, trug ein Funkgerät bei sich, sein großer bulliger Kollege eine spitz zulaufende Stirnlampe, die ein schwaches, dunkelblaues Licht absonderte, das sich in dem aufsteigenden Nebel verlor. Beide grüßten den Fahrer des Lastwagens mit einem Nicken. Der Glatzkopf hielt eine Art Scanner in den Laderaum und nickte dem anderen zu. Der nuschelte etwas in sein Funkgerät, das man aus der Ferne nicht verstehen konnte. Der Schlagbaum ging nach oben und ließ den Lastwagen passieren.

»Ischt euch auch kalt?«, fragte Majus und schüttelte sich.

»Kalt?« Linus schaute Majus verständnislos an. »Kannst du bitte aufhören, mit den Zähnen zu klappern? Dir kann nicht kalt sein.«

»Und ob!«

»Bitte!«

»Sonst lassen wir dich das nächste Mal in der Küche«, drohte Riana.

»Zwei gegen einsch. Dasch ischt unfair! Mir ischt wirklich kalt! Hab nichtsch drunter.«
»Auch kein Hawaiihemd?«, fragte Linus.
Majus schüttelte schlotternd den Kopf. »Hab ich dagelaschen.«
»Okay«, stöhnte Riana, zog ihre Jacke aus und reichte sie Majus.
»Danke. Dasch ischt Freundschaft.« Majus zog die Jacke über den Tarnanzug. Sie war an den Armen viel zu kurz. Jetzt konnte man wieder seinen Oberkörper sehen. Nur Füße, Beine und Hände fehlten.
»Drunterziehen«, sagte Riana und wandte sich an Linus. »Ich glaub, wir sollten uns jetzt auch unsichtbar machen.« Sie kramte die Tarnanzüge aus ihrem Rucksack hervor, reichte Linus seinen und schlüpfte dann in ihren eigenen.
»Vielleicht ist es besser, wenn wir von der Seite kommen«, schlug Linus vor, nachdem er sich die Anzughose übergestreift hatte.
»Nein.« Riana lächelte verschmitzt. »Wir gehen direkt durch den Haupteingang. Lektion … ähm … fünf: Man muss das tun, womit der Gegner nicht rechnet.«
»Sicher«, seufzte Linus, schlüpfte in den Overall und schluckte seine Wut hinunter.
Die Fußabdrücke von Majus zeichneten sich im feuchten Boden ab. Er ging an der Spitze. Plötzlich wollte Riana in der Mitte gehen. Anscheinend war sie doch nicht so mutig. Sie stiegen die Böschung hinab, überquerten die Straße und steuerten direkt auf den Kontrollpunkt zu. Der Glatzkopf schritt schon wieder auf die andere Seite des Schlagbaums und drückte auf einen gelb blinkenden Schalter. Wahrscheinlich sollte der Knopf verhindern, dass sich die Wachleute in ihrem Häuschen verkrochen, anstatt die Zufahrt zu bewachen. Linus versuchte so leise wie möglich zu atmen. Er stand nun etwa zehn Meter von den beiden Männern entfernt. Bei dem Bulligen blitzte unter dem Jackensaum ein Stück Metall auf. Er war bewaffnet. Linus ärger-

te sich, dass er auf Riana gehört hatte. Wieso brachten sie sich unnötig in Gefahr? Sie hätten genauso gut von der Seite kommen können. Zwar gab es dort viel Gestrüpp, aber sicherer wäre der Weg allemal gewesen. Hätte er doch bloß den Mund aufgemacht!

Sein Blick glitt hinunter zum dunklen Asphalt. Zwischen braunen Reifenspuren erkannte man schwach die Fußabdrücke von Majus. Der Regen war noch stärker geworden. Kleine schlammige Rinnsale überzogen die Zufahrt wie ein Geflecht aus feinen Adern. Die Straße wurde von einer Rinne durchschnitten, über die das Wasser ablief. Dahinter endeten die Spuren von Majus. So ein Mist! Woher sollte er jetzt wissen, wo der Roboter sich befand? Er suchte den Boden nach Rianas Spuren ab. Aber bei ihrem Fliegengewicht war es eher unwahrscheinlich, dass sie Fußabdrücke zurückließ. Der kleinere Wachmann blockierte den schmalen Durchgang zwischen Schranke und Kontrollhäuschen. Es schien ihm nichts auszumachen, dass der Regen auf seinen Glatzkopf prasselte und ihm in dicken Tropfen den Rücken hinunterlief. Linus schauderte bei dem Anblick. Jetzt setzte sich der Bullige in Bewegung, stapfte zurück zu dem Häuschen, stellte sich unter das Vordach und zündete sich eine Zigarette an. Linus näherte sich auf Zehenspitzen dem Durchgang, ohne dabei auf die kleinen Kieshäufchen zu treten, die sich vor der Schranke gesammelt hatten. Der Glatzköpfige kontrollierte sein Funkgerät und drückte auf einen Knopf an der Seite. Ein mehrmaliges Piepsen ertönte. Zufrieden zündete auch er sich eine Zigarette an und pustete den Rauch aus. Eine graue Wolke schwebte nach hinten. Linus erschrak. Für einen Augenblick glaubte er, die Umrisse von Majus zu erkennen, direkt hinter dem paffenden Glatzkopf. Dann gab es kein Zurück mehr. Er musste sich jetzt irgendwie an dem kleinen Mann vorbeiquetschen. Kurz überlegte er, unter dem Schlagbaum hindurchzukriechen, aber auf dem Boden darunter schimmerten kleine rote Punkte. Wahrscheinlich gab es dort eine Lichtschranke, die Alarm schlug, wenn jemand sie unterbrach. Linus drückte sich also mit dem Rücken gegen das Häuschen und schob sich mit kleinen, vorsichtigen Schritten nach vorne. Nur noch ein halber Meter lag zwischen ihm und dem Wachmann. Der scharfe Geruch des Tabaks stach ihm in die Nase. Wenn er sich ganz dünn machte, müsste es reichen, um vorbeizukommen. Nur bewegen durfte sich der Mann nicht. Zentimeter für Zentimeter rückte Linus vor. Erneut erschien Majus' wackelnder Kopf in einer Rauchwolke. Sein Freund hatte sich nicht von der Stelle bewegt. Vielleicht war Riana auch noch nicht auf der anderen Seite. Aus dem Augenwinkel beobachtete Linus, wie der bullige Wachmann hinauf zur Straße starrte. Wahrscheinlich erwarteten sie noch einen weiteren Lastwagen.

»Ich schalt schon mal ein«, sagte er und blickte auf seine dicke Armbanduhr. Der Schlagbaum begann zu brummen. Auf der Vorderseite blitzte ein rotes Licht auf. Das musste der Leitstrahl sein, mit denen sie die Lastwagen durch die Dunkelheit dirigierten. Vielleicht war es besser, auf den Transporter zu warten. Dann wären die Wachen für eine halbe Minute damit beschäftigt, den Wagen zu kontrollieren, und Linus könnte ganz bequem an ihm vorbei spazieren. Er schaute gebannt in die Dunkelheit. Doch es war kein Lastwagen, der auf den Schlagbaum zusteuerte, sondern eine schwarze Mercedeslimousine mit abgedunkelten Scheiben.

»Der Chef!«, sagte der Glatzkopf und schmiss seine glimmende Zigarette auf den Boden, direkt vor die Füße von Linus. Linus spreizte die Beine. Der Mann zertrat die Zigarette mit seinen Springerstiefeln und stellte sich stramm hin. Das war knapp! Sein Kollege tat dasselbe. Linus rührte sich nicht vom Fleck. Er war zu einer Salzsäule erstarrt. In Gedanken verfluchte er Riana. Wenn er heil hier rauskam, würde er ihr gewaltig die Meinung sagen.

Die hintere Scheibe der Limousine glitt hinunter. Linus versuchte, einen Blick in das Wageninnere zu erhaschen, doch der Wachmann versperrte ihm die Sicht.

»Geh durch«, flüsterte Riana dicht an seinem Ohr.

Linus zuckte zusammen. »Du –«, sagte er lauter als beabsichtigt, woraufhin der Bullige sich in ihre Richtung drehte und grimmig dreinschaute. Sofort spürte Linus die Hand von Riana auf seinem Mund. Mit der anderen zupfte sie am Stoff seiner Strumpfmaske herum. Oh Mann, wahrscheinlich hatte er die Maske nicht ganz über die Locken gezogen, deshalb wusste Riana, wo er sich befand.

Die Limousine rollte im Schritttempo an ihnen vorüber. Riana zog Linus am Ärmel und sie folgten dem Wagen.

Hinter einem undurchlässigen Schutzwall aus Tannen erschien die Fabrik. Sie sah aus wie ein unscheinbarer grauer Würfel. Von der dunklen Fassade bröckelte der Putz ab. Das Dach bestand aus löchrigem Wellblech. Die Regenrinne war abgerissen und das Wasser schoss in Kaskaden über einen grauen Stromkasten und eine Schubkarre mit plattem Reifen. Fremde sollten wohl von diesem trostlosen Bild getäuscht werden. Genauso wie über das wahre Ausmaß der Fabrik. Wie bei einem Eisberg lag der größte Teil des Gebäudes unter der Erde. Laut Plan gab es dort Lagerhallen, Labore und verschiedene Räume zum Testen und Programmieren der Roboter. All das flackerte durch Linus' Kopf, als sie einige Minuten stumm nebeneinander standen. Die Bilder waren klarer als vorhin und blieben an Ort und Stelle. Sobald sich Linus in Gedanken nach dem Blickwinkel fragte, bekam er die richtige Ansicht geliefert. Mit einem gedanklichen *Stopp* konnte er den Ausschnitt festhalten, vergrößern oder verkleinern.

»Majus«, sagte er leise. »Kannst du die Sachen auch sehen?«

»Ja«, antwortete der Roboter. »Jetzt bescher als vorhin.«

»Du hast sie also doch abgespeichert?«

»Nicht alle.«
»Wir müssen weiter«, drängelte Riana.
Drei schlanke Männer, alle in dunklen Anzügen und mit altmodischen Hüten, stiegen aus der Limousine und verschwanden wortlos durch den baufälligen Haupteingang. Ihr aufrechter Gang und die schweren Schritte erinnerten an Soldaten. Linus blinzelte. Erneut rief er sich den Übersichtsplan ins Gedächtnis. Er hatte Riana lange genug die Führung überlassen. Rechts neben dem Hauptgebäude gab es einen weiteren Zugang. »Kommt mit!«, sagte er leise, aber bestimmt und ignorierte das Murren von Riana.
»Aber –«
»Der Haupteingang ist zu gefährlich. Dort gibt es Wärmesensoren.«
»Wärmesensoren?«, sagte Riana verwundert. »Alles klar.«

Mit dieser kleinen Lüge konnte sich Linus an die Spitze setzen. Er zog eine kleine Taschenlampe unter dem Tarnanzug hervor und schaltete sie ein. Durch Drehen der Linse konnte man den Strahl stärker bündeln. Er leuchtete neben sich, damit Riana ihm folgen konnte.
Auf der Ostseite der Fabrik stand der Lastwagen, der sie eben überholt hatte, und wurde mit Paletten beladen.
»Schind dieschelben Laschtwagen wie auf dem Flughafen«, meldete sich Majus zu Wort.
»Bist du sicher?«, fragte Linus.
»Könnt ihr mich vielleicht einweihen?«, fragte Riana. »Was war auf dem Flughafen?«
»Die haben dort neulich Roboter für den Spielzeugladen angeliefert. Mitten in der Nacht.«
»Spielzeug? Ist ja kindisch. Ich hab gedacht, die schicken uns zu einem richtigen Einsatz –«
»Psst!«, unterbrach Linus. Ein weiterer Lastwagen mit großem Anhänger bog um die Ecke und fuhr vor die Rampe. Auf der

Plastikplane sah man das Bild eines alten Mannes, der sich von einem Roboter das Essen servieren ließ. Darüber stand der Werbeslogan: WIR LIEBEN IHR LEBEN!

»Okay«, sagte Riana. Ihre Armbanduhr blitzte auf. »Uhrenvergleich.«

»Wasch will schie?«, fragte Majus. »Ich hab keine Uhr.«

»Deine innere Uhr«, sagte Linus.

»Ischt geschtört.«

»Lasst uns einfach nach dem Roboter suchen und ihn mitnehmen«, sagte Riana. »Wenn er sich wehrt, machen wir ihn kalt.«

»Wasch heischt dasch: kaltmachen?«, fragte Majus. Hinter ihm stand Linus und machte Riana Zeichen, nicht weiterzureden. Leider hatte er vergessen, dass er unsichtbar war.

»Wir sollen dem Roboter das Hirn rauspusten. Gewissermaßen.«

»Ihn umbringen?«, fragte Majus erschrocken.

»So kann man das in dem Fall wirklich nicht nennen«, sagte Riana. »Es geht nur um einen Spielzeugroboter.«

»Die … die sind nicht wie du mit einem eigenen Willen ausgestattet«, mischte sich Linus ein. »Die tun nur das, was man ihnen auf die Festplatte spielt. Wie Maschinen eben.«

Majus schien diese Aussage nicht zufriedenzustellen. Man hörte, wie er sich am Hinterkopf kratzte. Das hatte er sich bei Anton abgeschaut. »Und wasch bin ich?«, fragte er nach einer längeren Pause. »Auch nur eine Maschine. Würdet ihr mich auch kaltmachen, wenn schie euch den Auftrag geben?«

»Natürlich nicht«, sagte Riana. »Du bist Majus, unser durchgeknallter Freund.«

»Obwohl durch meine Adern kein Blut fliescht?«, bohrte Majus nach.

»Strom ist wie Blut«, sagte Linus. »Wir müssen los. Sollen wir uns aufteilen?«

»Nein!«, entgegnete Majus. »Ich … ich teil mich nicht. Gehört

allesch zuschammen.« Man hörte, wie er mit der Mechanik klapperte.
»Ich wollte nur wissen, ob wir gemeinsam reingehen sollen oder nacheinander.«
»Gemeinscham«, kam es von Majus wie aus der Pistole geschossen. »Zuschammen ischt man weniger allein.«

Sie näherten sich einer schmalen Betontreppe, die nach oben auf eine Rampe führte. Der aufgerissene Fliesenboden war nur eine Attrappe. Wenn man genauer hinschaute, konnte man Verbindungsstellen zwischen den verdreckten Platten entdecken. An der Seitenwand blitzte hin und wieder ein Stahlträger auf. Wer auch immer hier am Werk war, er hatte eine perfekte Kulisse erschaffen. Ein heruntergekommenes Gebäude, das von außen keinerlei Aufmerksamkeit erweckte.

Diesmal ging Linus vorn. Die Taschenlampe hatte er eingesteckt, sie war einfach zu auffällig. Stattdessen rollte er aus einem Papiertaschentuch kleine Kügelchen und ließ alle paar Meter eines davon fallen, damit Majus und Riana wussten, wo er sich befand. Er blieb vor dem geöffneten Rolltor stehen. Ein Arbeiter mit zerfurchtem Gesicht und schwieligen Händen schob eine Palette mit Robotern in den Lastwagen. Roboter, die Linus um mehr als einen Kopf überragten und runde weiße Gesichter hatten. Hier wurde also nicht nur Spielzeug hergestellt. Die Gesichter sahen freundlich und sanft aus. Durch die geschlossenen Augen erinnerten sie an friedlich schlafende Menschen. Mit dem restlichen Körper hatte man sich weniger Mühe gegeben, ihn menschlich aussehen zu lassen. Der ovale Kopf saß auf einem kantigen Rumpf und ebenso kantigen Beinen, die in klobigen Schuhen steckten. Linus hatte ähnliche Schuhe schon einmal gesehen. Bei dem Bild von einem Astronauten. Schlanke Arme mit Kugelgelenken führten hinunter zu Händen mit drei Fingern. Wahrscheinlich bestand die Hülle der Automaten aus

Aluminium. Titan wäre zu teuer, um sie in Serie herzustellen, das wusste er von Anton.

Linus wartete, bis der Arbeiter wieder im Lastwagen verschwunden war, dann ließ er ein weiteres Kügelchen fallen und huschte in die Lagerhalle. Dort erlebte er eine Überraschung: Der Eingang führte auf eine große, halbrunde Plattform, die scheinbar ins Nichts ragte. Ganz vorsichtig schritt er vor an das halbhohe Geländer. Ein trockener Luftstrom blies ihm ins Gesicht. Die Halle erstreckte sich über sechs Stockwerke in die Tiefe und zog sich etwa fünfzig Meter in die Länge. Zwischen Hochregalen mit unzähligen Robotern bewegten sich vollautomatisierte Greifarme. Sie verschoben Paletten und verluden sie auf kleine Transporter, die lautlos über den glatten grauen Boden sausten, um ihre Fracht auf riesige Förderbänder zu packen. Eines der Förderbänder führte zu ihnen herauf auf die Plattform. Linus krallte seine Hände um das kalte Geländer. Er hatte das Gefühl, in die Tiefe gezogen zu werden. Wie um Gottes willen sollten sie aus dieser Armee den einen richtigen Roboter herausfinden? Das war nahezu unmöglich!

»Krass«, hörte er Riana neben sich flüstern.

»Krasch«, sagte Majus.

Der Arbeiter kam zurück. Linus drückte sich gegen das Geländer. Dort, wo es mit dem Förderband verbunden war, senkte es sich ab und ließ eine Palette mit Robotern passieren. Die Plastikfolie war mit Versandaufklebern in unterschiedlichen Sprachen beklebt. Alle paar Zentimeter tauchte das wabenförmige Firmenlogo auf. Darauf war die Hand eines Roboters zu sehen, die die Hand eines alten Menschen schüttelte. *Art of Humanetics* stand in großen Lettern darüber. Linus beobachtete den Arbeiter, der die Palette routiniert zum Lastwagen schob. Er schien der einzige Mensch inmitten von Maschinen zu sein. Der Fahrer war im Wagen sitzen geblieben. Vielleicht durfte er das hier nicht sehen.

»Da drüben«, flüsterte Riana, tastete nach Linus' Kopf und drehte ihn nach links. Auf der rechten Seite der Plattform befand sich ein Aufzug. Linus antwortete nicht. Von der Verladerampe hörte man Geräusche. Ein Motor sprang an, dann fuhr das Rolltor herunter. Kaum berührte es den Boden, erloschen die Neonlichter. Einzig ein violettes Licht, das von überall und nirgends zu kommen schien, erhellte jetzt die riesige Lagerhalle. Seltsamerweise verloren die Tarnanzüge in diesem Licht ihre Wirkung. Nicht völlig, aber die Umrisse ihrer Körper waren als starkes Flimmern zu erkennen. Linus hoffte, dass Anton recht behielt. Sein Großvater hatte gesagt, dass es derzeit keine Kamera gab, die den Stoff sichtbar machen konnte. Selbst der teuersten Optik sei das menschliche Auge in Sachen Farberkennung noch überlegen. Aber wenigstens konnten die drei nun auch ohne die Papierkügelchen erkennen, wo sie sich befanden.

Siebzehntes Kapitel

IM VORHOF ZUR HÖLLE

Professor Dagendorf steckte sein Handy wieder in den Mantel. Die erste Mission war erfolgreich angelaufen. Mal sehen, wie sich der junge Lindbergh und seine beiden Mitstreiter schlugen. Natürlich war ihm nicht wohl zumute, sie ohne große Vorbereitung auf die erste Mission zu schicken, aber Amelius Gorler hatte ihm keine andere Wahl gelassen. Widerwillig betrat er den gläsernen Aufzug und drückte den obersten Knopf. Dagendorf hasste Aufzüge. Erst recht, wenn sie wie dieser hier an der Außenfassade eines Hochhauses emporschossen und dabei seltsame Geräusche von sich gaben. Sein Blick haftete ängstlich auf dem Boden. Wenigstens dort hatte man auf Glas verzichtet. Die Fahrt kam ihm endlos vor. Er spielte mit dem Gedanken, erneut sein Handy zu zücken, aber dann würde ihm unweigerlich schlecht werden. Ein Glockenton erlöste ihn aus seiner Angststarre. Er atmete tief durch, straffte den Rücken und trat erleichtert in den Gang hinaus. Das achtzehnte Stockwerk der Konzernzentrale von *Digital Brain & Ressources* beeindruckte durch einen langen fensterlosen Flur, der rundherum mit schwarzem Granit ausgekleidet war und eine trockene Wärme abstrahlte. Es war, als würde man sich dem Vorhof zur Hölle nähern. Im Gehen rückte Dagendorf seine Krawatte zurecht. War der erste Auftrag zu gefährlich für zwei Kinder? Hätte er sich weigern sollen? Aber solange er nicht wusste, wo Peter Lindbergh den Konverter für Mindgame I versteckt hatte, musste er bei diesem Spiel mitmachen. Und er tat ja alles, was in seiner Macht stand, um die Gefahr auf ein Mindestmaß zu reduzieren. Bisher waren nicht mal die Baupläne für den Wandler aufgetaucht, und es sah auch nicht danach aus, als würde Linus wissen, woran sein Vater als Letztes gearbeitet hatte. Wahrscheinlich hatte Peter Lindbergh den Konverter auf die Größe einer Zigarettenschachtel geschrumpft und irgendwo außerhalb des Flughafens versteckt. Er musste geahnt haben, was für eine bahnbrechende Erfindung ihm gelungen war und mit welchen Mitteln die Computerindustrie versuchen würde, sie ihm abzujagen. Hatte der unscheinbare Kasten erst einmal die Wohnzimmer der Welt erobert, wären alle anderen Spielkonsolen von heute auf morgen ein alter Hut. Die Firma, die das neuartige Programm zuerst auf den Markt brachte, würde Milliarden verdienen. Aber auch wenn Dagendorf ein ordentliches Stück von dem großen Kuchen zustand, war ihm etwas anderes viel wichtiger: Er konnte endlich seine Familie zurückholen. Nach so vielen Jahren. Gorlers Leute standen kurz vor dem Durchbruch. Bald würden sie ihre Zeitmaschine zum Laufen bringen und ihn in die Vergangenheit befördern. Falls Anna Lindbergh allerdings die Lösung für das Energieproblem zuerst finden sollte, war es für ihn vielleicht auch schon vorher so weit.

Dagendorf drückte die Türklinke nach unten und betrat die riesige Bibliothek. Die hölzernen Wandregale, die teuren Teppiche und Antiquitäten wollten so gar nicht in den modernen Bürokomplex passen, aber Amelius Gorler, der Chef des Konzerns, hatte offensichtlich eine Schwäche für Dinge, die die Zeit überdauerten und sich nicht in irgendeiner Weise auf Festplatten speichern ließen. Dagendorf setzte sich in einen der schweren Ledersessel und wartete darauf, dass der dürre, glatzköpfige Mann seinen Auftritt hatte. Wie jedes Mal, wenn er von dem herrschsüchtigen Firmenchef einbestellt wurde, beschlich ihn das Gefühl, ein elender Verräter zu sein. Noch vor wenigen

Stunden hatte er den Rat der verantwortungsvollen Erfinder dazu gebracht, einen großen Batzen Geld für neue Schutzvorkehrungen auszugeben, obwohl er genau wusste, dass sie nutzlos waren. Anna und Anton Lindbergh vertrauten ihm blind. Hätten sie nur die leiseste Ahnung von seinem Betrug – sie würden ihn hassen und vor das oberste Gericht des Rates zerren.
Jetzt saß er hier, am anderen Ende von Kesselstadt, und war dazu bereit, seine Doppelrolle fortzuführen. Wenn alles gut ging, würde er in wenigen Monaten ein neues Leben beginnen. Zusammen mit seiner Familie, den Menschen, die ihm am meisten bedeuteten. Von diesem Neuanfang hatte er die ganzen letzten Jahre geträumt und jetzt stand er kurz davor, diesen Traum Wirklichkeit werden zu lassen.
Das Licht wurde gedämpft. Die Jalousien vor der abgeschrägten Fensterfront fuhren herunter. Aus der verzierten Holzdecke löste sich eine kreisrunde Plattform und senkte sich in den Raum. Ein einzelner Lichtkegel war darauf gerichtet. Fehlte nur noch die passende Musik, dachte Dagendorf und schüttelte innerlich den Kopf über diese Show. Auf der Plattform stand Amelius Gorler, wie immer im weißen Maßanzug. Er fingerte an seinen Manschettenknöpfen herum und machte ein unbeteiligtes Gesicht, als würde ihn das alles gar nichts angehen, als hätte sich ein anderer die Choreografie seines Auftritts ausgedacht. Seine rechte runzelige Hand spannte sich um den Knauf seines schwarz glänzenden Stocks wie die Fänge eines Greifvogels um seine Beute. Sosehr sich Dagendorf dagegen wehrte, auch diesmal verfehlte der Auftritt seine einschüchternde Wirkung nicht. Im Angesicht von Gorler fühlte er sich unterlegen und unbedeutend. Ohne das Ass in seinem Ärmel, ohne die Aussicht auf den Konverter, wäre er nie bis in die Zentrale der Macht vorgedrungen, dessen war er sich bewusst.
Gorler setzte sich ihm gegenüber in einen glänzenden braunen Ledersessel. Er gab Dagendorf ein Handzeichen, sitzen zu blei-

ben. Gorlers Sessel stand auf einem kleinen Podest. Ein breiter Läufer mit orientalischem Muster verdeckte die Erhöhung. Gorler war nicht sonderlich groß. Vielleicht einen Meter sechzig. Im Stehen hätte ihn Dagendorf um mehr als einen Kopf überragt, wahrscheinlich hatte er deshalb das Podest anfertigen lassen.

»Nun gut«, eröffnete Gorler das Gespräch. Seine Stimme klang brüchig, aber tief. Seine schmalen Lippen öffneten sich kaum, wenn er redete. »Herr Professor. Ihrem Blick kann ich entnehmen, dass Sie den Konverter noch immer nicht gefunden haben.«

Dagendorf räusperte sich. Die eisblauen Augen seines Gegenübers waren starr auf ihn gerichtet. Er bildete sich ein, dass sich die Blicke in seinen Kopf bohrten. »Wir sind auf einem guten Weg«, begann er, darauf bedacht, keine Schwäche zu zeigen. »Vor einer halben Stunde ist die erste Mission angelaufen.«

»Sie lenken ab.«

»Ich dachte, die Ausbildung der beiden Kinder würde Sie interessieren.«

»Natürlich interessiert mich, was der Nachwuchs macht. Schließlich ist er unsere Zukunft.« Ein winziges Lächeln zuckte über sein Gesicht. »Schauen wir mal, welche *Sprengkraft* unser Trio benötigt, um die Konkurrenz bei Laune zu halten.«

»Sprengkraft?«, wiederholte Dagendorf verwundert. »Was … was meinen Sie damit? Die drei sollen doch nur den Master-Roboter unschädlich machen. So lautet doch der Auftrag.«

Jetzt lächelte Gorler stärker. »Kleine Änderungen gehören zum Geschäft.« Er legte beide Hände auf den Knauf seines Stockes und drückte den Rücken durch. »Soeben haben wir über den Haushaltsroboter eine kleine Änderung des Einsatzplanes in Auftrag gegeben.«

»Was für eine Änderung meinen Sie?«, fragte Dagendorf überrascht. Mit allem hatte er gerechnet, nur nicht damit. Das Wohl der Kinder schien Gorler egal zu sein.

»Wir haben Informationen erhalten, dass unser Zielobjekt sich bereits verselbstständigt und die Fabrik mit einer der Auslieferungen verlassen hat. Möglicherweise ist es sogar schon in den Handel geraten. Deshalb war ich so frei, eine totale Zerstörung der Serie anzuordnen. Damit können wir uns erst einmal etwas Luft verschaffen.«

Am liebsten wäre Dagendorf aufgesprungen. Er musste sich zusammenreißen. »Aber dafür haben Linus und Riana – haben die beiden doch gar nicht die Ausrüstung und –«

Gorler brachte ihn mit einem Blick zum Schweigen. Dann senkte er seine Augenlider und nickte. »Der schwarze Koffer … Nun, ich habe mir erlaubt, ihn um den Bauplan einer zusätzlichen Waffe zu erweitern. Auf dem Weg zum richtigen Erfinder bedarf es kleiner Erfolge, um das Selbstbewusstsein für schwierigere Aufgaben zu stärken. Meinen Sie nicht auch? So lernt unser Nachwuchs auch gleich die Ernsthaftigkeit unserer Bestrebungen kennen.«

»Sie haben doch nicht etwa Sprengstoff in den Koffer, in die Bausteine getan?«

»Es sind schließlich über zweitausend Automaten, die dort momentan auf ihren Abtransport warten. Mit einer Schockpistole können die drei da wohl nicht viel ausrichten.« Gorler grunzte wie ein Schwein. Dagendorf verabscheute diesen Mann zutiefst, aber er war ihm ausgeliefert. Und so kurz vor dem Ziel konnte er nicht aufgeben. Unmöglich. »Aber wenn die drei den Plan exakt befolgen«, fuhr Gorler fort, »dann sollte ihnen nichts zustoßen.«

»Und wenn nicht?« Dagendorf konnte seine Wut nur schwer unterdrücken. Was hatte er nur getan?

Gorler schnippte eine Fluse von seiner Hose und spitzte den Mund, dann machte er ein unangenehmes Schmatzgeräusch. »Was soll ich sagen … na ja … dann hätten Sie sich wohl bei Ihrer Auswahl getäuscht. Fehler sind menschlich. Nicht wahr?«

»Sie hätten mich darüber informieren müssen!«
»Hätte ich?« Gorler deutete ein Lächeln an und schüttelte leicht den Kopf. »Jetzt kriegen Sie sich mal wieder ein. Auf diese Weise können wir auch gleich testen, wie stark die Verbindung zwischen diesem Roboter und dem jungen Lindbergh ist. Wäre doch für unsere eigene Serie sehr interessant zu wissen, nicht wahr? Es fehlen ja nur noch ein paar Details über die Zusammensetzung der Säurespeicher und den Aufbau der Nanointelligenz. Dann können wir die Welt schon bald mit unseren *außergewöhnlichen* und für jeden erschwinglichen Haushaltsrobotern überraschen.« Gorler lachte ein schauderhaftes Lachen, verschluckte sich kurz und wechselte blitzschnell zu einem eisernen Gesichtsausdruck. »Oder habe ich mich etwa in Ihnen getäuscht? Liegt Ihnen nichts mehr daran, Ihre Familie wiederzusehen? Wenn dem so ist, können Sie mir das ruhig mitteilen. Ich bin Ihnen nicht böse. Aber Sie wissen ja, dass Zeit eine große Rolle spielt, wenn man den Lauf der Welt verändern möchte.«

Dagendorf biss die Zähne zusammen und nickte. Gorler zog seine dicken weißen Brauen hoch und beugte sich nach vorne. »Angst ist der beste Lehrmeister. Sie führt uns an die Grenzen und lässt uns darüber hinweggehen. Damit haben Sie doch auch Erfahrung, nicht wahr?«
Dagendorf ignorierte die Anspielung und presste die Kiefer noch stärker aufeinander. Eventuell könnte er die Mission jetzt noch stoppen. Dazu müsste er die Zwillinge benachrichtigen. Sofort! Aber sein Eingreifen würde ihm Gorler nicht verzeihen. Wahrscheinlich würde er es als Vertrauensbruch ansehen und ihn nicht als Ersten mit seiner Zeitmaschine reisen lassen, selbst wenn er ihm den Konverter und die Pläne für die Verkleinerung brachte. Ihm blieb keine andere Wahl, als zu hoffen, dass den Kindern nichts passierte.
»Haben Sie schon einen Weg gefunden, wie man ausreichend

Energie für die Zeitmaschine erzeugen kann?«, fragte Dagendorf nach Sekunden des Schweigens.

»Meine Mitarbeiter beschäftigen sich mit einer kalten Kernfusion, aber das wird vermutlich noch Monate in Anspruch nehmen. Frau Lindbergh hat ja einen ähnlichen Weg eingeschlagen. Leider ohne den gewünschten Erfolg, wie Sie sicher wissen.«

Dagendorfs Schutzwall fiel in sich zusammen. Er blickte ausdruckslos durch Gorler hindurch. Insgeheim hatte er gehofft, seine Frau und seine Tochter noch in diesem Jahr wiederzusehen.

»Meine Wissenschaftsabteilung hat aber noch an einer anderen Variante gearbeitet«, machte Gorler weiter. In seiner Stimme schwang ein geheimnisvoller Unterton.

»Eine andere Variante?«, fragte Dagendorf. »Davon haben Sie gar nichts erzählt.«

»Wie Sie wissen, ist Geheimhaltung in diesen stürmischen Zeiten unser oberstes Gebot.« Gorler ließ seine kleinen weißen Zähne aufblitzen. »Die Welt ist voller Spione.«

»Wie sieht diese zweite Variante aus?«

»Am 12. Oktober gibt es ein Zeitphänomen. Dieses Phänomen tritt nur alle zweihundert Jahre auf. Berechnungen zufolge wird es zu einer kurzfristigen Parallelität des Raum-Zeit-Kontinuums kommen. Dadurch brauchen wir nur etwa ein Zehntel der Energie, die sonst benötigt wird, um von unserer Zeitebene in eine andere zu reisen.«

Dagendorfs Pulsschlag beschleunigte und er spürte, wie seine Hand zu zittern begann. Das war seine Chance! An diesem Tag könnte sein Leben noch einmal neu beginnen … Bevor er etwas erwidern konnte, erhob sich Gorler, kehrte ihm den Rücken und schritt betont langsam hinüber zur Plattform.

»Was soll ich dafür tun?«, rief Dagendorf ihm nach.

Gorler setzte einen Fuß auf die Plattform, als hätte er die Frage nicht gehört. Dann drehte er sich um, machte wieder dieses

unangenehme Schmatzgeräusch, rieb sein spitzes Kinn zwischen Daumen und Zeigefinger und sagte: »Bringen Sie mir nur den Konverter für Mindgame I und die Pläne für die Miniaturisierung…« Er runzelte die Stirn. »Na ja, wie soll ich sagen? Ach, natürlich wäre es auch schön, wenn wir den Kern des Haushaltsroboters so bald wie möglich in unsere Serie integrieren könnten. Wie Sie wissen, läuft die Produktion der Konkurrenz bereits auf Hochtouren. Aber dieses kleine Wettbewerbsproblem wird unser Nachwuchs ja hoffentlich in Kürze für uns erledigt haben. Dann können wir die Lücke in der Nachlieferung schließen und mit dem neuen Prozessorkern gleich das Alleinstellungsmerkmal unseres Produkts unterstreichen. Und Sie hätten dann auch Ihre Fahrkarte für die Vergangenheit gelöst … und müssten sich um Ihr Wohlergehen nicht mehr sorgen.«
Steckte hinter diesem Satz eine Drohung? Würde Gorler ihn aus dem Weg räumen lassen, wenn er seinen Teil der Abmachung nicht einhielt, nicht einhalten konnte? Hatte dieser Mann denn gar kein Gewissen? Aber er selbst war ja auch nicht viel besser als dieser schmächtige, selbstverliebte Teufel. Er war schuld am Tod seiner Familie. Hätte er sich nicht mit seiner Frau gestritten, wäre alles nicht passiert. Sofort hatte er wieder die Bilder vom Unfall im Kopf. Sie suchten ihn fast jede Nacht in seinen Albträumen heim. Das völlig zerstörte Auto, das Blaulicht des Rettungswagens, das stumm über den nassen Asphalt huschte. Der Lastwagenfahrer, der vor einem der Polizisten stand und weinend seine Unschuld beteuerte. Er musste es ungeschehen machen. Um jeden Preis. Danach könnte er auch Peter Lindbergh wieder zurückholen. Hätte sich sein Freund doch nur nicht geweigert, ihn die Zeitmaschine testen zu lassen, dann wäre das alles nie passiert…

Achtzehntes Kapitel

ANIMA I

Der Aufzug bremste stark ab. Linus spürte ein unangenehmes Ziehen in der Magengegend. Die Türen öffneten sich und er atmete aus. Die Luft war so trocken, dass ihm das Schlucken Schwierigkeiten bereitete. Er hatte Durst. Hätten sie doch wenigstens etwas zu trinken mitgenommen! Sie traten hinaus in den Gang und reckten ihre Köpfe nach oben. Rechts und links von ihnen ragten vollgestellte Regale auf. Linus kam sich vor wie im Bankenviertel von Kesselstadt, wo die dunklen Hochhäuser den Blick zur Sonne versperrten. Sie gingen wortlos und in bedächtigem Tempo an den Regalen mit den Robotern vorüber. Im fahlen violetten Licht wirkten sie wie stumme Soldaten, die auf ihren Einsatz warteten. Hundertschaften willenloser Krieger, die das taten, was man ihnen auf die Festplatte gespielt hatte. Linus' Augen huschten unruhig von einem zum andern. Was, wenn die Roboter gar nicht ausgeschaltet waren, sondern sich nur im Ruhezustand befanden? Kampfbereit.

Es sind nur harmlose Haushaltsroboter, sagte er sich in Gedanken. Trotzdem fühlte er sich von den unzähligen Augenpaaren beobachtet. Dieses Gefühl verstärkte sich, je tiefer sie in die Halle vordrangen. Alle paar Meter schaute er über die Schulter zurück. Jedes Geräusch ließ ihn zusammenzucken. Beim Anblick der kantigen Körper mit den unpassend runden Gesichtern schauderte ihm. Kamen diese Kreaturen erst einmal in Bewegung, hätten sie keine Chance. Dieses Heer würde sie einfach

über den Haufen rennen, sie niedertrampeln, als seien sie Ameisen.
Zwischen den Regalen, etwa in der Hallenmitte, öffnete sich rechts ein drei Meter breiter Korridor, an dessen Ende die Umrisse einer Stahltür zu erkennen waren. Riana bog ab. Sie hielt es nicht für nötig, sich mit ihm abzusprechen. Majus schlurfte mit schwankendem Blick hinter ihr her. So viele Artgenossen hatte er noch nie auf einem Haufen gesehen. In einer Nische zwischen Hochregal und Wand stand eine Maschine mit mehreren Greifarmen. Eine Art Fertigungsroboter, wie ihn Linus schon einmal bei einer Besichtigung der Kesselstädter Automobilwerke gesehen hatte. Hier wurden die Paletten mit den Robotern eingeschweißt. Immer sechs von ihnen passten auf einen Stahlträger. Die Maschine musste mitten in der Arbeit stehen geblieben sein. Eine Palette war nur bis zur Hälfte mit Folie umwickelt.

»Unwürdig«, sagte Majus, als Riana die Roboter begutachtete. »Wie können schie dasch nur machen?«
»Was denn?«, fragte Riana.
»Alle gleich auschschehen laschen. Und dann auch noch ganz ohne Klamotten.«
»Diejenigen, die das hier machen, interessieren sich bestimmt nicht für Mode.«
»Und überall diesche scharfen Kanten.«
»So finden wir den Roboter nie«, sagte Linus. »Das müssen Tausende sein.«
»Die haben bestimmt Seriennummern. Das macht man doch bei allen Computern so.« Riana wandte sich an Majus. »Kannst du mal kurz ein bisschen Licht machen?«
»Nicht!«, sagte Linus.
»Die Kamerasch schind auschgeschaltet«, bemerkte Majus und leuchtete in Rianas Richtung. »Esch schind Funkkamerasch. Ich hab dasch Schignal unterbrochen.«

»Hast du gut gemacht.«
Riana begann, einen der Roboter zu untersuchen. »Vielleicht ist die Nummer auf der Festplatte. Gib mal den schwarzen Koffer her.«
»Wieso?«
»Ich brauch jetzt das Werkzeug.«
»Ah ja.« Widerwillig reichte ihr Linus den schwarzen Koffer. Er hatte ihn im Rucksack unter dem Tarnanzug getragen. Riana öffnete ihn und zog eine winzige Zange und einen ebenso winzigen Schraubenzieher heraus. Mitten in der Bewegung hielt sie inne. »Schau mal, da … da ist noch ein weiteres Fach. Ein *Geheimfach*. Das war doch vorher noch nicht da, oder?« Sie drückte auf eine ovale Klappe und ein gefaltetes Stück Papier schob sich ihr entgegen, das im violetten Licht grellweiß schimmerte. Linus ging in die Hocke und schaute verwundert auf den Fund. »Was steht denn drauf?«

»Das ist ein Bauplan, cool!« Riana faltete das Blatt auseinander. Das dünne Papier raschelte in ihren Händen. »Wenn ich das richtig verstehe, können wir damit eine Waffe bauen. Eine richtige Waffe mit ordentlichem Bums. Das ist mal 'ne Ansage.« Sie starrte auf den Plan, griff in den Koffer und nahm einige der durchsichtigen Bausteine heraus. Kaum lagen sie in ihrer Hand, begannen sie, sich zu bewegen und selbstständig zu verbinden. An manchen Stellen schmolzen sie und veränderten ihre Form.
»Ist ja der Hammer!«
»Werden die nicht heiß?«, wollte Linus wissen.
»Nein. Fühlt sich eher wie Eiswürfel an.«
»Aber wozu brauchen wir denn noch eine Waffe, wir haben doch die Freeze-and-Breeze. Und warum geht das plötzlich so einfach mit dem Zusammenbauen? Ich dachte, mit dem Baukasten sollten *wir* etwas erfinden.«
»Mach dich locker«, ätzte Riana und blickte auf den durchsichtigen sechskantigen Stab in ihren Händen. Die einzelnen Bau-

steine waren nicht mehr zu erkennen. Wenn es sich um eine Pistole handelte, fehlten der Griff und auch der Abzug. »Jetzt müssen wir nur noch rausfinden, wie das Teil funktioniert«, sagte Riana und studierte den Plan. Linus hatte Mühe, seine Wut im Zaum zu halten. Riana war so was von egoistisch. Sie zog die Brille aus dem Koffer und setzte sie auf. »Tatsächlich. Da ist ein Fadenkreuz. Man muss das Ziel nur ins Visier nehmen. Krass.« Die Waffe in den ausgestreckten Händen, drehte sie sich und blickte hinüber zu einer Reihe mit Spielzeugrobotern. »Aha. Sehr clever … wenn man beide Daumen zusammenführt, dann –«

Linus riss ihre Arme nach unten. »Hör damit auf!«, fuhr er sie an. »Wenn das Ding plötzlich losgeht, werden sie uns schnappen. Und du weißt doch auch gar nicht genau, wie die Waffe funktioniert. Oder hast du den Plan etwa schon ganz gelesen?«

»*Learning by doing*«, herrschte ihn Riana an, riss sich die Brille vom Gesicht und zerknüllte die Anleitung. »Manche Dinge erklären sich von selbst. Dazu braucht man keine Anleitung. Wie hat es dein Opa so treffend formuliert? Improvisation ist alles. Das solltest du dir vielleicht mal zu Herzen nehmen. Dann klappt es auch besser mit deinen Erfindungen.« Sie stopfte dem Roboter die zerknüllte Anleitung in den halb geöffneten Mund.

»Dasch ischt nicht nett!«, beschwerte sich Majus.

»Ihr beide müsst echt lockerer werden!« Riana legte die Waffe zurück in den Koffer und griff wieder nach dem kleinen Schraubenzieher.

»Wir sollten jetzt dorthin gehen, wo die Roboter produziert werden, bevor wir zu viel Zeit verlieren.« Linus versuchte seine Wut nicht mehr länger zu verbergen. Er würde ihr schon zeigen, dass er sowohl Erfinder als auch Agent war. »Die Fertigungshalle ist gleich hinter der Tür«, machte er mit kühler Stimme weiter. »Da gibt's bestimmt einen Computer, auf dem die Daten der Roboter gespeichert sind.«

»Nein! Zuerst will ich mir mal das Innenleben von so ’nem Ding anschauen.« Riana bearbeitete mit dem Schraubenzieher den Hinterkopf eines Roboters. Sie rutschte ab und kratzte über das Plastik. Eine lange Furche blieb zurück.
»Dasch musch nicht schein!«, protestierte Majus und hielt Rianas Hand fest.
»Jetzt hab dich nicht so. Die Dinger sind dumm wie Brot.«
»Dumm wie Brot?« Majus nahm ihr den Schraubenzieher aus der Hand. »Brot kann Wischen schpeichern?«
»Das ist ein Vergleich«, sagte Linus. »Sie will damit nur sagen, dass der Roboter nichts in der Birne hat … ähm … ich mein, dass er nicht intelligent ist. Im Gegensatz zu dir.«
»Ach scho.«
Ein scharrendes Geräusch ließ sie zusammenzucken. Linus fuhr herum und suchte die Reihen der Roboter ab. Nichts. Nur dieses violette Licht, das einem vorkam, als könnte man es mit den Händen greifen. Er blickte zu der schwarzen Stahltür und kniff die Augen leicht zusammen. Sofort erschienen in seinem Kopf die Pläne und ein Hinweis auf das Werkzeug, mit dem sie das Türschloss knacken konnten. Hinter der Tür gab es mehrere Produktionsmaschinen und einen Raum, der die seltsame Bezeichnung Anima I trug. Dort musste es aussehen wie in einem Chemielabor. Ein rotes Warnschild tauchte auf dem Plan auf: GIFTIGE CHEMIKALIEN! Große Kühlaggregate im hinteren Drittel des Raums hielten die Temperatur unter achtzehn Grad. Je mehr Fragen sich Linus in Gedanken stellte, desto mehr Bezeichnungen und Pfeile erschienen vor seinem geistigen Auge. Wie bei den Konstruktionsplänen seines Vaters. Linus hob die Augenlider. Das Bild verblasste. Vielleicht fanden sie dort einen Hinweis auf die Seriennummern. Linus schloss den schwarzen Koffer wieder und überreichte ihn Majus. Riana schien die Bevormundung nicht zu gefallen, aber ein erneutes Scharren kam ihr zuvor. Diesmal konnte Linus das Geräusch orten. Es

war von links gekommen. Dort standen Paletten mit hüfthohen Spielzeugrobotern. Er versuchte, mit seiner Taschenlampe hinüberzuleuchten, aber sie war zu schwach.
»Majus, leuchte mal dorthin«, flüsterte er.
»Was hast du?« Riana bewegte sich nicht von der Stelle.
»Hast du das nicht gehört?«
Sie schüttelte den Kopf und rückte näher an Majus heran. Plötzlich schien sie Angst zu haben. Linus empfand Genugtuung. Sie hatte lange genug die furchtlose Superheldin markiert. Für zwei Minuten sagte keiner ein Wort. Sie blieben stehen wie festgefroren. Majus drehte sich langsam um die eigene Achse und leuchtete die nähere Umgebung aus. Das Geräusch war verschwunden.
»Wir müssen durch die Tür«, sagte Linus.
»Ist gut«, erwiderte Riana mit zitternder Stimme.

Neunzehntes Kapitel

KEIN ZURÜCK MEHR

Ben war müde. Entsetzlich müde. Was hätte er dafür gegeben, jetzt zu Hause in seinem Bett zu liegen und zu schlafen. Einfach nur zu schlafen. Stattdessen saß er auf einer modrig stinkenden Matratze in einem Ferienhaus und hatte Hunger. Malte hatte sich aus Draht eine Verbindung zur Steckdose gebastelt. Seit einer Stunde redete er kein Wort mehr, sondern lud seine Akkus auf.

»Können wir wieder zurückgehen?«, fragte Ben. »Ich … ich will wieder nach Hause.«

Es dauerte einen Moment, bis Malte reagierte. Schwerfällig hob er die Lider. »Du willst wirklich zurück zu deinen Eltern?«, fragte er gedehnt. »Sie werden dich in ein Heim stecken, sobald du zu ihnen zurückkehrst. Das tun Eltern mit Kindern, die nicht gehorchen.«

»Glaubst du das wirklich?«

»Ich glaub es nicht, ich weiß es. Und sie haben ja deine kleine Schwester. Sie bekommt all ihre Liebe. Das ist nun mal so. Der Jüngere wird immer stärker geliebt als der Ältere.« Malte zog die beiden Drähte aus der Steckdose. Ein Knistern. Funken sprühten nach allen Seiten. Der Spielzeugroboter streckte sich zufrieden, wie ein Mensch, der voller Tatendrang einen neuen Tag begrüßte. Er schritt hinüber zu Ben und strich ihm sanft durchs Haar. »Bald wirst du mit mir eine ganze Armee anführen«, sagte er mit ungewohnt weicher Stimme. »Glaub mir, das wird dir Spaß

machen. Die Verlockungen der Macht sind etwas, dagegen kann sich kein Mensch wehren. Egal, wie alt er ist.«
Ben nickte, obwohl er nicht verstand, was dieser Satz bedeutete. Von draußen hörte man das Knattern eines tief fliegenden Hubschraubers. Vielleicht suchte die Polizei nach ihm, dachte Ben. Hatten sie ihn erst einmal gefunden, würden sie ihn in ein Heim stecken. Zu Kindern, die er nicht kannte. Kinder, mit denen er vielleicht gar nicht klarkam. Und seine Eltern würden ihn nicht besuchen.
»Wann gehen wir weiter?«, fragte Ben mit belegter Stimme.
»Sobald es dunkel ist. Jetzt ist es zu gefährlich.«
»Aber ich habe Hunger.«
»Leg dich schlafen, dann vergisst du den Hunger. Und morgen Abend werde ich dir ein Festmahl servieren.«
Ben nickte. Er legte sich wieder hin, drückte seine kleinen Fäuste gegen seinen knurrenden Magen und lauschte dem Geräusch des Hubschraubers, das sich in der Ferne verlor.

Zwanzigstes Kapitel

DER MASTER-ROBOTER

Der Raum war stark heruntergekühlt. Mehrere Strahler an Wänden und Decke verbreiteten ein gelbliches Licht, das wie Nebel über den grauen Boden kroch. In diesem Licht war das Flimmern der Tarnanzüge noch stärker. Die Luft roch stickig und trocken, als hätte man seit Wochen nicht mehr gelüftet. Jeder Atemzug kostete Kraft. Ein beißender Geruch kratzte in Linus' Nase. Er musterte die meterhohen Glaskolben, die in regelmäßigen Abständen die mit Edelstahl ausgekleidete linke Seitenwand säumten. Die Kolben waren mit bunten, zähen Flüssigkeiten gefüllt und über Rohrleitungen miteinander verbunden. Blasen kletterten darin empor. Er dachte an den Warnhinweis auf dem Plan: Giftige Chemikalien.

»Wozu brauchen die so viel Chemie?«, fragte Riana.

»Für dasch Denken«, antwortete Majus. »Schie benutzen die Schäuren, um elektronische Impulsche zu übertragen. Dadurch können die Prozeschoren schneller arbeiten alsch gewöhnlich.«

»Ist das bei dir auch so?« Linus erinnerte sich an den Unfall mit der Gitarre. Damals hatte seine Mutter Majus' Kopf geöffnet und auf zwei winzige Blasen in einer blauen Flüssigkeit gezeigt. Soweit er es noch zusammenbrachte, dienten die Blasen dem Gleichgewichtssinn. Wie bei einer Wasserwaage ermöglichten sie seinem Freund den aufrechten Gang. Aber vielleicht erfüllte die Flüssigkeit auch noch einen anderen Zweck.

»Nein«, antwortete Majus nach einer Weile. »Nicht, dasch ich wüschte.« Er stapfte steifbeinig hinüber zu einer Rinne, die sich in einer Spirale aus einem Loch in der Decke herunterwand. Das untere Ende schwebte wenige Zentimeter über einer Halbkugel aus Metall, die innen mit unzähligen kupferfarbenen Kontakten ausgekleidet war.

»Sollen wir nicht wenigstens die Freeze-and-Breeze rausholen?«, fragte Riana. »Oder den Treibsandprojektor?« Sie versuchte den Ernst ihrer Frage durch ein Lächeln zu überspielen. Ihre Augen verrieten jedoch, dass ihre Angst größer geworden war.

»Nein«, sagte Linus. Er wusste, dass Majus sie im Notfall beschützen würde, so wie damals in der Unterwasserwelt. Seine Eltern hatten den Haushaltsroboter darauf programmiert, ihn und seine Freunde zu verteidigen, sollten sie in Gefahr sein. Aus irgendeinem Grund hatte er Riana das nie erzählt. Sie glaubte immer noch, dass die kämpferische Seite von Majus nur zum Vorschein gekommen war, weil man ihn beschädigt hatte. Natürlich war es nicht fair, ihr das jetzt zu verschweigen, aber wenn sie davon wüsste, würde sie sich bestimmt wieder aufspielen wie vorhin, und darauf hatte Linus überhaupt keine Lust.

Majus hantierte an einem kleinen Schaltpult herum, das neben der Halbkugel angebracht war. Die Halbkugel senkte sich ab und verschwand in einer Öffnung im Boden. Mit einem dumpfen Klacken kehrte sie nach einigen Sekunden zurück. Nun war die Innenseite mit einer weißen, geleeartigen Masse ausgegossen, die leicht vibrierte. Es sah aus wie flüssiges Plastik. Linus erinnerte diese Apparatur an die Gussform, die Anton damals benutzt hatte, als er aus Plastikabfällen und Aluminium-Joghurtdeckeln das Gehäuse der Kugelkameras der Varius-Kolibri 4010 gegossen hatte. Nur sah diese Masse weniger stabil aus. Wahrscheinlich wegen des fehlenden Aluminiums. Majus trat einen Schritt zurück und blickte nachdenklich zu dem Loch in der Decke. Linus wollte ihn gerade auf seine Vermutung ansprechen, als ein leises Zischen ihm zuvorkam. Wie die Kugel in einer Bowlingbahn kullerte eine faustgroße Kapsel über die Rinne nach unten und landete mit einem Schmatzgeräusch in der weichen Plastikmasse. Pumpen setzten sich in Gang und schienen die Kapsel und das aushärtende Plastik miteinander zu verbinden. Der Großrechner am Ende des Raums begann zu arbeiten. Auf einem Monitor an der Decke erschien ein Querschnitt, der aussah wie bei einem menschlichen Gehirn. Daneben leuchteten Balken unterschiedlicher Höhe in den Farben der Flüssigkeiten, die sich in den Glaskolben befanden. Linus beugte sich über die Kapsel. Von oben konnte man durch die transparente Hülle blicken. Sie war wie eine Grapefruit in eine Vielzahl von großen und kleinen Kammern unterteilt. Majus ging in die Hocke, fasste unter die Halbkugel und zog einen Strang dünner Rohrleitungen hervor.

»Was hat das zu bedeuten?«, fragte Riana. »Mixen die damit einen Cocktail oder so?«

»Dasch ischt ein guter Vergleich«, sagte Majus. »Schie können damit den Grad der Intelligenz und die Kapazität desch Schpeichersch feschtlegen.«

»Mit der Flüssigkeit?«, vergewisserte sich Riana. Majus nickte.

»Dann wird hier also das Gehirn zusammen…«, sie unterbrach sich, »…zusammengegossen?« Ihr Blick wanderte hinüber zu den Kolben. Die Flüssigkeiten hatten zu brodeln begonnen.

»Schie haben dafür eine Vorlage«, sagte Majus mit ungewohnt bedächtiger Stimme. Seine Augen waren starr auf den Monitor gerichtet. Dort konnte man sehen, wie die einzelnen Kammern befüllt wurden. »Wie … wie lautet noch mal unser Auftrag?«, fragte Majus wie aus heiterem Himmel.

Linus runzelte die Stirn. »Du kannst dich nicht daran erinnern?«

»Nein«, sagte Majus. »Etwasch hier schtört meinen Erinnerungschbereich.«

»Wir sollen einen Roboter finden und unschädlich machen«,

sagte Riana langsam und deutlich, als sei Majus begriffsstutzig. »Deshalb wollten wir nach der Seriennummer suchen, damit wir wissen, wo er steht.«
»Wahrscheinlich ischt *er* der Maschter«, sagte Majus, als würde ihn diese Erkenntnis beunruhigen.
»Was ist das, ein Master?«
Majus' Gesicht verfinsterte sich. »Wenn Roboter in Scherie gebaut werden, gibt esch immer einen Maschter, eine Nummer einsch, nach der alle Nachkommen gefertigt werden. Nur dieschesch eine Modell verfügt über die Fähigkeit, schich schelbscht weiterzuentwickeln, Fehler zu korrigieren und eigenschtändig zu denken.« Er machte eine Pause und fügte nachdenklich hinzu: »Scho wie ich.«
»Aber du heißt doch Majus12«, sagte Linus. »Du warst doch gar nicht der erste Roboter deiner Serie.«
»Manchmal kann esch bei der Produktion zu Fehlern kommen, dann entschteht ausch Verschehen ein weiterer Maschter.«
»Du bist also ein Fehler?«
»Eine Laune der Natur, gewischermaschen.«
»Aber warum speichern sie die Daten nicht einfach auf Festplatten und übertragen sie von dort aus auf die Roboter?«
»Eine gewöhnliche Feschtplatte kann nur einen Zeitpunkt feschthalten, einen Schnappschusch, wie bei einem Foto, ohne die Information zu hinterfragen. Weder Fehler in der Programmierung noch neue Erkenntnische werden verwertet. Dasch kann nur ein lebender, wachschender Schpeicher tun. Scho wie ein menschlichesch Gehirn esch kann.« Majus deutete hinüber zu der Kapsel, die nun in allen Regenbogenfarben schimmerte. »Dasch hier ischt die Zukunft aller Roboter.«
Riana strich mit der Hand über die Kapsel. An der Stelle, an der sie die Oberfläche berührte, leuchteten die Flüssigkeiten auf. »Das hab ich schon richtig verstanden, oder? Nur dieser Master, dieser eine Roboter, kann denken und lernen wie wir?« Riana

schüttelte leicht den Kopf. »Aber warum? Wäre doch auch gut, wenn die anderen das könnten.«
»Schie können esch bisch zu einem gewischen Grad«, sagte Majus. Seine Stimme klang ernster, als Linus es jemals gehört hatte. »Schonscht wäre esch möglich, dasch schie schich einesch Tagesch weigern zu arbeiten und schich gegen ihre Eigentümer auflehnen. Im schlimmschten Fall könnte esch paschieren, dasch man die Kontrolle über schie verliert. Der Mensch, der dasch hier geschaffen hat, will beschtimmen, in welcher Geschwindigkeit schich scheine Maschinen weiterentwickeln.« Die Leuchtdioden um Majus' Mund pulsierten. Linus folgte dem Blick seines Freundes hinüber zur Kapsel. Manche Bereiche schienen sich zu mischen. Schmutzige Marmorierungen schlängelten sich an den einzelnen Kammern entlang.
»Der Master-Roboter könnte also auch böse werden, wenn er geschlagen wird oder man ihn einsperrt?«, fragte Linus.
Majus nickte. »Oder wenn esch schein freier Wille ischt.«

Einundzwanzigstes Kapitel

EINER GEGEN TAUSEND

VORGANG ABGESCHLOSSEN, blinkte es auf dem Deckenmonitor. Die Kapsel war erneut im Boden verschwunden. Als sie nach etwa einer Minute wieder an die Oberfläche zurückkehrte, war sie von einem weißen, glänzenden Schutzmantel umgeben, der dampfte und einen beißenden Geruch verströmte, wie verbranntes Plastik. Ein Greifarm hob die Kapsel aus der Gussform und setzte sie auf einen Metallholm. Majus machte einen Schritt auf die dampfende Kapsel zu und drehte sie herum. Auf der Vorderseite erkannte man ein Gesicht: Das sanfte Gesicht, das man auch den anderen Robotern auf die Körper gesetzt hatte. Die Augen waren geschlossen. Man konnte nicht genau sagen, ob es sich um einen Mann oder eine Frau handelte. Auch das Alter war nur schwer zu bestimmen. Mit dem Zeigefinger fuhr Riana die Lippen des Androiden nach und kniff dabei konzentriert die Augen zusammen. Wahrscheinlich rief sie sich den Einsatzplan ins Gedächtnis. »Ist ja ganz warm.« Sie weitete die Augen und blickte zu Linus. »Der, den wir finden sollen, sieht anders aus. Irgendwie kindlicher, wie die Spielzeugroboter draußen.« Ihr Finger hatte gerade die kleine Kerbe unterhalb der Nase erreicht, als der Roboterkopf die Augen aufriss. Riana stieß einen lauten, gellenden Schrei aus und machte einen Satz nach hinten. Das Robotergesicht fing an, sich an unterschiedlichen Stellen zu bewegen. Mundwinkel, Augenbrauen, Stirn. Die starre Maske füllte sich mit Leben, als würden unter der künstlichen

Haut unzählige Muskeln arbeiten. Majus war fasziniert von diesem Schauspiel. Verschiedene Mimiken waren zu erkennen. Ekel, Freude, Hass, Trauer, Angst, Überraschung. Die tiefblauen Augen passten sich dem jeweiligen Gesichtsausdruck an.
Riana rappelte sich wieder auf. »Das ist echt unheimlich. Lasst uns nach diesem Master-Dingsda suchen und dann nichts wie weg von hier.« Sie eilte zur Tür.
Majus schnitt ihr den Weg ab. »Wir können da nicht rauschgehen.«
»Wieso?«, fragte Riana. »Was ist da draußen?«
»Die Roboter schind jetzt in Alarmbereitschaft.« Majus lauschte an der Tür.
»Woher weißt du das?«, wollte Linus wissen.
»Schie verschtändigen schich über hohe Frequenzen. Ultraschall. Dasch meischte unhörbar für Menschenohren. Wie bei Fledermäuschen.«
Riana wich von der Tür zurück. »Sie reden miteinander? Was sagen sie?«
»Schie geben Aktivierungschschignale ausch und teilen schich in Gruppen auf.«
»Wissen sie, dass wir hier sind?« Linus konnte seine Furcht nicht verbergen. Sie saßen in der Falle. Entweder sie nahmen den Weg zurück durch die Halle oder sie mussten durch das Hauptgebäude gehen. Eine andere Möglichkeit gab es nicht.
»Was sollen wir jetzt machen?«, fragte Riana.
Majus wich ängstlich von der Tür zurück. »Schie werden unsch nicht entkommen laschen.«
»Glaubst du, dass die Roboter uns sehen können?«, fragte Linus. Vielleicht waren ihre Augen besser als die der Überwachungskameras. Vielleicht verbesserte das violette Licht ihr Sehvermögen. Erst jetzt wurde ihm so richtig bewusst, was sie getan hatten. Nicht nur, dass sie bei Nacht und Nebel in eine Firma eingebrochen waren. Jetzt legten sie sich auch noch mit einer Armee aus

Robotern an. So schnell wie möglich mussten sie von hier verschwinden. Wenn es dazu nicht schon zu spät war … Die Menschen, die diese Roboter gebaut hatten, würden ihre Pläne sicher nicht von zwei Kindern durchkreuzen lassen, die sich für Agenten hielten.

Linus lief panisch umher, wie ein Löwe in einem Käfig. Selbst wenn sie die Tür verbarrikadierten, würde das die Roboter nicht lange aufhalten. Von draußen hörte man Getrappel und ab und zu ein seltsames Quietschen. Dann ein Kratzen und Schlurfen, als würde man ein Metallstück über eine raue Betonwand reiben. Durch einen schmalen Spalt unter der Tür flutete zischelnd eiskalte Luft herein. Von irgendwoher kam ein leises, schneller werdendes Piepsen. Was ging da draußen bloß vor sich?

Im hinteren Teil des Raums, neben einem Großrechner, entdeckte Linus eine Trittleiter. Sein Blick folgte mehreren dicken Abluftschläuchen, die zur Decke führten und dort von einem breiten Lüftungsschacht geschluckt wurden. Er eilte dorthin.

»Wo endet der Luftschacht?«, fragte er, während er auf die Trittleiter stieg. Aus irgendeinem Grund konnte er die Pläne gerade nicht aus seinem Gedächtnis abrufen. Vielleicht lag es an der Aufregung. Sein Herz raste wie verrückt.

»Ich … ich weiß es nicht«, sagte Riana mit zusammengekniffenen Augen. »Bei mir ist alles verschwommen. Selbst die Einsatzpläne kann ich nicht mehr lesen.«

»Versuch es noch mal«, sagte Linus. »Bitte.«

»Die Roboter schetzen schich in Bewegung«, meldete Majus. »Schie kommen!«

Linus stieg von der Leiter. Der Boden unter seinen Füßen vibrierte. Von draußen hörte man dumpfes Poltern. Die Luft wurde noch kälter. Vielleicht vereisten sie die Stahltür. Sein Vater hatte ihm einmal erklärt, dass Metall brüchig wurde, wenn man es sehr stark herunterkühlte. Kurz war es still, bevor das Poltern wieder einsetzte. Die Roboter schienen auf irgendetwas zu warten. Vielleicht auf einen Befehl. Vielleicht hatte der Master die Führung übernommen. Gleich würden sie hier sein. Was dann passierte, wollte sich Linus gar nicht ausmalen. Wie konnten die Zwillinge sie nur einer solchen Gefahr aussetzen? Sie waren doch gar keine richtigen Agenten. Und auch wenn sie außer der Freeze-and-Breeze nun noch eine weitere Waffe hatten, konnte er sich kaum vorstellen, dass sie damit einer solchen Menge an Gegnern gewachsen waren. Es blieb ihnen keine andere Wahl: Sie mussten abhauen! Auch wenn Majus sie verteidigen würde, war es ein aussichtsloser Kampf.

»Majus«, sagte Linus, nachdem er sich wieder gefasst hatte. »Kannst du die Tür zuschweißen oder so?«

»Schweischen?«, erwiderte Majus überrascht. »Aber mein Modul ischt defekt.« Er öffnete eine kleine Klappe an seinem Oberkörper, zog eine Schachtel Schrauben heraus und hielt sie in die Luft. »Ischt Schrauben auch okay?«

»Hauptsache, die Tür ist dicht«, sagte Riana. Mit einem Mal waren all ihr Mut, all ihre Überheblichkeit und Stärke verschwunden. Panik spiegelte sich in ihrem Gesicht. »Wo ist der schwarze Koffer? Wir brauchen jetzt die Waffe und da stand auch noch was von Sprengstoff in der Anleitung.« Sie schaute zu Majus, aber der wandte sich der Tür zu.

»Hab ich drauschen vergeschen. Tut mir leid.«

»Was hast du?«, sagte Riana fassungslos. »Dann sind wir verloren.« Sie schloss die Augen und sank mit dem Rücken zur Wand auf den Boden. »Das ist nicht fair«, schluchzte sie, zog die Knie heran und vergrub ihren Kopf darin.

Majus riss ein Stück von der Rinne ab und begann es zwischen Tür und Wand festzuschrauben.

»Hört ihr das auch?«, fragte Linus.

»Wasch?« Majus verharrte in der Bewegung.

Plötzlich war es totenstill. Nur das Gluckern in den Glaskolben war zu hören. Selbst die Vibrationen hatten aufgehört.

»Was geht da vor?«
Majus horchte nach draußen. »Schie schweigen.«
Linus versuchte erneut, die Pläne aus seinem Gedächtnis abzurufen. Aber außer einem kurzen Aufflackern, bei dem einige Rohrleitungen zu sehen waren, konnte er nichts erkennen. Wenn er doch wenigstens wüsste, wo der Luftschacht hinführte!
»Mach weiter«, befahl er Majus, obwohl er wusste, dass die Absperrung gegen die Übermacht der Roboterarmee ziemlich lächerlich war. Riana war wieder aufgestanden. Sie wirkte wie benommen. »Majus wird uns verteidigen«, versuchte Linus sie zu trösten. »Wir brauchen den schwarzen Koffer und die Waffen nicht.« Auch wenn er nicht daran glaubte, dass sich dadurch ihre Situation verbesserte, ließ er sich seine Zweifel nicht anmerken. Er schämte sich sogar dafür, dass er Riana die Wahrheit so lange verschwiegen hatte. »Er muss uns verteidigen, wenn wir in Gefahr sind. Darauf wurde er programmiert.«
Ein Lächeln – Hoffnung – zuckte über Rianas Gesicht, doch dann ließ sie die Schultern hängen. »Einer gegen tausend. Was kann der schon ausrichten?«

Zweiundzwanzigstes Kapitel

IMMER IM DIENST

Dagendorf ließ sich von der Drehtür nach draußen in die kalte Nacht spülen. Jetzt war er sich ganz sicher: Gorler hatte ihm gedroht. Aber was erwartete er von einem Menschen, dem es einzig und allein um Geld und Macht ging? Wahrscheinlich hatte der alte Mann nicht einmal Familie, war einsam und verbittert und konnte sich nur freuen, wenn er dabei zusah, wie sein Vermögen wuchs. Er zog sein Handy heraus und versuchte eine Verbindung zu Majus herzustellen. Hoffentlich hatte ihn der Befehl, die Roboter in die Luft zu jagen, nicht erreicht. Wenn doch, konnte Dagendorf nur hoffen, dass Linus und dem Mädchen nichts passierte. Die Leitung war gestört. Er versuchte es abermals. Kaum war der Kontakt hergestellt, brach die Verbindung wieder ab. Sofort rief er bei den Zwillingen an. Chin erklärte ihm, dass ihre Verbindung ebenfalls unterbrochen war. Das letzte Signal hätten sie vor einer Stunde erhalten. Einen Moment spielte Dagendorf mit dem Gedanken, die Zwillinge hinterherzuschicken, aber dann legte er auf. Ein Eingreifen würde ihm Gorler niemals verzeihen. Er musste darauf hoffen, dass es die Nachricht nicht bis zu dem Roboter geschafft hatte. Die Ungewissheit war der Preis, den er bezahlen musste, wenn er seine Familie zurückhaben wollte. Ein sehr hoher Preis, aber er war diesen Weg schon so weit gegangen, zu weit, um an dieser Stelle aufzugeben.

Regen setzte ein. Dagendorf stellte seinen Mantelkragen auf und beschleunigte den Schritt. Aus dem Eingang eines Restaurants drängte ein munter plapperndes Grüppchen nach draußen und spannte die Regenschirme auf. Er wollte gerade die Straßenseite wechseln, als eine bekannte Stimme seinen Namen rief: Anton Lindbergh. Der alte Mann war aus der Menge herausgetreten und winkte ihn zu sich. Er trug einen zerschlissenen Parka, der mit Buttons übersät war, und eine Schirmmütze, auf der irgendwelche Pflanzen wuchsen. Seit Dagendorf ein Kind gewesen war, hatte er Anton für seinen Einfallsreichtum und die verrückten Ideen bewundert.

»Schön, dich auch mal außerhalb des Rats zu sehen«, sagte Anton.

»Musste noch zum Patentamt, einen Brief einwerfen. Morgen ist Stichtag.«

»Immer im Dienst.« Anton nickte lächelnd und warf einen Blick zurück über die Schulter. »Ich komme nach«, sagte er in die Gruppe hinein. »Hab einen alten Freund getroffen.« Er wandte sich wieder zu Dagendorf um. »Du lässt dich gar nicht mehr bei uns zu Hause blicken. Nur noch im Rat. Linus würde sich bestimmt freuen, dich mal wieder zu Gesicht zu bekommen. Schließlich bist du wie ein Onkel für den Jungen.«

»Ja, ich weiß«, sagte Dagendorf und versuchte sein Gesicht so neutral wie möglich aussehen zu lassen. »Es tut mir leid, aber…« Er redete nicht weiter. In Gegenwart von Anton, der ihm so vieles beigebracht hatte, fühlte er sich elend.

Anton legte die Hand auf seine Schulter. »Schon gut. Ich weiß, was es bedeutet, einen geliebten Menschen zu verlieren. Es gibt Wunden, die niemals verheilen.«

Dagendorf nickte. Antons Hand lag bleischwer auf seiner Schulter. »Ist … ist Anna mit der Zeitmaschine vorangekommen?«

»Nein, leider nicht. Sie arbeitet Tag und Nacht daran.«

»Hat sie wenigstens einen Hinweis gefunden, wer Peter im Labor überfallen hat?«

»Es gab keinerlei Spuren.« Anton nahm seine Hand von Dagendorfs Schulter.
»Hat Anna immer noch das Energieproblem?«, bohrte Dagendorf weiter. »Wenn ich ihr doch nur helfen könnte… Aber auf dem Gebiet kenne ich mich nicht aus.«
»Anton!«, rief jemand aus der Gruppe. »Kommst du?«
»Ich muss dann mal weiter. Die Einladung steht. Bei den Ratstreffen bleibt ja nie Zeit für Privates.«
Dagendorf lächelte matt. »Grüß Linus von mir … ähm, und Anna natürlich.«
»Das mach ich.« Anton zögerte einen Moment, dann ging er einen Schritt auf Dagendorf zu und umarmte ihn kurz. Dagendorf spürte einen dicken Kloß im Hals.
»Immer nach vorn schauen«, flüsterte Anton, bevor er sich abrupt von ihm löste und zurück zu seinen Freunden eilte. Dagendorf blieb noch kurz stehen und schaute die regennasse Straße hinunter, bis Anton um die Ecke verschwunden war, dann ging er mit schweren Schritten zurück zum Wagen. Dem Jungen durfte nichts passieren!

Dreiundzwanzigstes Kapitel

ANGRIFF DER ROBOTER

Vor einer Minute hatte der Boden wieder begonnen zu vibrieren. Die Roboter waren in Bewegung. Von draußen hörte man ein ungleichmäßiges Rattern, gefolgt von einem wiederkehrenden Zischen. Türen wurden aufgezogen und wieder geschlossen. Vermutlich wurden jetzt auch die Roboter aus den Hochregalen geholt. Es war noch kälter geworden. Linus spürte, wie sich auf seinen Oberarmen Gänsehaut bildete. Das Licht unter dem Türspalt flackerte. Wahrscheinlich hatten sich einige von ihnen bereits im Gang postiert. Doch wer gab ihnen die Befehle? Wer sagte, wann sie angreifen sollten?

»Woher wissen sie, was sie tun sollen?«, fragte Linus, an Majus gewandt. »Sagt ihnen das dieser Master?«

»Nein, ischt vermutlich ein Abwehrprogramm. Wahrscheinlich hat man schie scho programmiert, dasch schie Eindringlinge aufhalten, schobald der Alarm auschgelöscht wird.«

»Weißt du … weißt du auch, was sie mit uns tun werden, wenn sie uns haben?« Riana hatte den Mund halb geöffnet. Ihre Brust hob und senkte sich unregelmäßig.

Majus schüttelte den Kopf. Im Vorraum musste das Licht ausgegangen sein. Der Lichtschein unter der Tür war verschwunden.

»Schie gehen in Schtellung. Wir … wir müschen von hier weg.«

Linus blickte hinauf zum Luftschacht. Er stieg erneut auf die Trittleiter und begann damit, die Schläuche aus den Halterungen zu reißen.

»Da passen wir nie im Leben durch«, meinte Riana. »Die Öffnungen sind viel zu klein.«
Linus reagierte nicht. Noch ein Schlauch war übrig, doch der ließ sich nicht aus der Verankerung reißen. Linus hängte sich mit seinem ganzen Gewicht daran. Er verlor den Halt unter seinen Füßen, baumelte sekundenlang in der Luft, bevor er die Trittleiter noch einmal kurz mit seinen Zehenspitzen berührte – dann riss der Schlauch und Linus krachte auf den Boden. Für einige Sekunden blieb ihm die Luft weg. Majus und Riana halfen ihm auf. Er fasste sich an die Rippen. Ein stechender Schmerz machte jeden Atemzug zur Qual.
Ein helles Klicken war zu hören und das Gesicht auf dem Metallholm erwachte wieder zum Leben. Die Lippen öffneten sich und geweitete Pupillen verdrängten die tiefblaue, künstliche Iris. »SIE SIND HIER!«, brüllte der Kopf mit einer Stimme, die sich anhörte, als würden unzählige schiefe Töne übereinanderliegen, sich reiben und zu einem ohrenbetäubenden Geräusch anschwellen, das nur noch entfernt an Menschensprache erinnerte. Etwas Metallisches kratzte über die Tür. Dann ein leises Quietschen. Die Klinke wurde nach unten gedrückt.
»Kannst du den Luftschacht aufreißen?«, fragte Linus hastig. Riana blickte starr vor Entsetzen zur Tür. Jemand machte sich am Schloss zu schaffen. Ein lauter Schlag hallte durch den Raum. Der Lack an der Innenseite dehnte sich, riss auf und blätterte an einigen Stellen ab. In wenigen Augenblicken würden die Roboter vor ihnen stehen! Majus stieg auf die Leiter, fasste mit der Hand in eine der runden Öffnungen und zog an der Verkleidung. Zwar beulte sich das Blech an den Rändern etwas aus, aber dem Roboter gelang es nicht, es einzureißen oder die Öffnung zu vergrößern.
»Geht zurück«, befahl er.
Linus und Riana tauschten Blicke. Die Tür begann zu wackeln. Das Metallstück, das Majus über Tür und Wand geschraubt hat-

te, ächzte unter der Belastung. Eine einzelne Schraube löste sich und schoss quer durch den Raum. Gleich würde die Barriere brechen.

Majus steckte nun mit beiden Händen im Lüftungsschacht. Die Deckenbefestigung bewegte sich keinen Millimeter. Der Roboter zog die Beine an und begann hin- und herzuschwingen wie ein Turner an den Ringen. Vor und zurück. Zurück und vor. Das Metallstück an der Tür bog sich weiter durch. Schraubenköpfe schossen quer durch den Raum. Riana ballte ihre Hände zu Fäusten. Eine Schraube hatte sie im Gesicht getroffen.

»So einfach kriegt ihr uns nicht!«, brüllte sie zur Tür und wischte über die blutende Schnittwunde unter ihrem linken Auge. Dann nahm sie Anlauf, machte drei, vier energische Schritte, stieß sich ab, streckte im Sprung die Arme aus und griff nach den Beinen von Majus. Wie eine Akrobatin zog sie die eigenen Beine an die Brust und schwang sich hoch zur Decke. Was dann geschah, konnte Linus nicht sehen. Eine Roboterhand hatte sich durch einen Spalt in der Tür nach drinnen geschoben und das Licht ausgeschaltet. Ein lautes Knarren ertönte, Stahlblech traf auf harten Betonboden, Glas splitterte. Riana schrie. Die Neonleuchten flackerten wieder auf. Ein langes Verbindungsstück des Schachts war herausgebrochen und lag verbeult auf dem Boden. Daneben Majus und Riana. Auf ihrer Stirn klaffte eine tiefe Schnittwunde. Aber sie war bei Bewusstsein und erhob sich wankend. Tränen rannen ihr übers Gesicht, vermischten sich mit Rotz und Blut und tropften auf den Boden. Ein weiteres Knarren, die Eingangstür peitschte nach innen und krachte mit voller Wucht gegen die Wand. Einer der Glaskolben brach aus der Verankerung, kippte nach vorne und schlug vor dem Roboterkopf auf. Das Glas zersplitterte und die zähe Flüssigkeit ergoss sich über das Gesicht. Ein Zischen, dann begann die Plastikmaske zu schmelzen, als sei sie aus Wachs. Auch Linus hatte ein paar Tropfen von der Säure abbekommen. Sie fraßen

sich durch den Stoff des Tarnanzugs. Schnell riss er sich den Overall vom Körper. »Majus!«, rief er. »Du musst uns verteidigen. Bitte!«
Majus schaute auf seine Hände, zielte damit auf die beiden Roboter, die in der Tür standen – aber nichts geschah! Kein Fangseil, keine Lichtblitze, die daraus hervorzuckten.
»Ich kann nicht«, sagte er verzweifelt. »Esch geht nicht. Blockiert.«
Riana griff nach der Trittleiter und schleuderte sie den Robotern entgegen. Die beiden blieben ungerührt stehen. Ihre Münder verzogen sich zu einem kalten, überlegenen Lächeln. Sie spielten mit ihnen oder sie stimmten sich darüber ab, auf welche Weise sie ihnen den Garaus machen würden.
»Kletter in den Schacht!«, brüllte Linus. Riana schüttelte den Kopf und zog den Treibsandprojektor unter dem Tarnanzug hervor. Linus stöhnte innerlich auf. Sie konnte es einfach nicht lassen! Ihre Hand zitterte. »Tu das nicht!«, sagte Linus. Wenn sie jetzt auf den Auslöser drückte, wären sie alle verloren. Die Zwillinge hatten sie ausdrücklich davor gewarnt, den Projektor jemals in einem geschlossenen Raum zu benutzen.
»Aber –« Riana ließ ihre Hand wieder sinken. Majus fasste ihr von hinten unter die Achseln und hob sie hinauf zum Lüftungsschacht. Sie warf einen letzten mutlosen Blick zurück und kletterte hinein.
»Na, kommt schon«, sagte Linus zu den Robotern, ohne dass ein Hauch von Angst in seiner Stimme schwang. Er wusste selbst nicht, wo er plötzlich diesen Mut hernahm. Vielleicht war es sein Vater, an den er dachte. Vielleicht steckte in ihm so etwas wie ein Krieger. Kein General, kein Genie oder großartiger Erfinder. Er spürte etwas, eine unsichtbare Hand, die ihn führte, die sich wie ein Schutzschild vor ihn stellte. Mit einer schnellen Bewegung hob er das geborstene Metallstück, das Majus vor die Tür geschraubt hatte, vom Boden auf. Er war kein guter Werfer.

In der Schule wurde er immer als Letzter in eine Mannschaft gewählt, wenn sie Basketball oder Volleyball spielten. Doch dieses Mal musste es klappen.
»Wie heißt ihr denn?«, fragte er die beiden Roboter herausfordernd. Sie wechselten Blicke und schienen nicht recht zu wissen, was sie mit dieser Frage anfangen sollten. »Kommt ruhig näher«, lockte Linus und winkte sie heran. Die beiden Automaten bewegten sich. Einer von ihnen warf einen Seitenblick auf den entstellten Roboterkopf. Linus wusste, dass er nur einen einzigen Versuch hatte. Wenn sein Plan schiefging, war er verloren. »Ihr habt Angst, nicht wahr?« Linus schwang das Metallstück drohend durch die Luft. Hinter den beiden Robotern drängten weitere in den Raum. Abgesandte der Spielzeugarmee. Deren Gesichter waren eindeutig grimmig. Majus hatte gesagt, dass sich die Roboter untereinander verständigten. Wenn er einen von ihnen erwischte, würden die anderen entweder in die Offensive gehen oder – und das war der Strohhalm, an dem er sich festklammerte – sie würden für kurze Zeit nach dem richtigen Programmbefehl suchen und sich neu abstimmen. Linus warf einen Blick über die Schulter zu Majus. Der Tarnanzug hing ihm in Fetzen vom Körper und flatterte um seine dünnen Beine. In seinen Händen hielt er einen Schraubenzieher.
»Ist der Master unter ihnen?«, fragte Linus. Jetzt klang seine Stimme nicht mehr ganz so siegessicher.
Majus zögerte. »Nein. Der Maschter ischt nicht hier.«
Jetzt hatte Linus Gewissheit. Er schloss seine Hand um das Metallstück und machte einen Schritt auf die Roboter zu, als wollte er sie attackieren. Sofort streckten sie die Arme nach ihm aus. Sie waren nicht besonders schnell. Das war sein Vorteil. Er wich langsam zurück, bis er das abgebrochene Stück des Lüftungsschachts an seinen Fersen spürte. »Kommt schon«, sagte er, und die beiden Roboter folgten ihm. Kaum waren sie auf Höhe des ersten Kolbens, holte Linus aus und schleuderte das Metall-

stück mit einem lauten Schrei in Richtung der Flüssigkeit. Das Glas platzte. Mit einem Hechtsprung verschanzte er sich hinter dem verbeulten Schachtstück und zog Majus mit sich. Ein paar Säuretropfen klatschten vor ihnen auf den Boden. Zischend und dampfend ätzten sie sich durch die Oberfläche. Linus stand auf. Seine Augen suchten einen weiteren Gegenstand, mit dem er den anderen Kolben zerstören konnte. Aber da war nichts. Er schaute hilflos zu Majus. Der erhob sich. »Geh!«, sagte er. »Ich mach dir eine Räuberleiter. Ich musch euch beschützen.« Die Roboter waren stehen geblieben. Schäumende Dampfblasen stiegen von ihren Hüllen auf. Sie blickten an sich hinab, als könnten sie die Verletzungen spüren. Majus faltete seine Hände und stellte sich unter den geöffneten Lüftungsschacht. »Die anderen werden gleich angreifen. Du muscht gehen!«

»Aber –«

»Bitte!«

Linus stieg auf die Hände von Majus, dann auf seine Schulter, stieß sich ab und schlüpfte in den engen, dunklen Schacht. Panik ergriff ihn und er krabbelte, so schnell er konnte, davon. Nach einigen Metern hielt er an. Er konnte seinen besten Freund unmöglich zurücklassen! Was war er nur für ein Feigling! Er drehte sich um und robbte wieder zurück. Noch bevor er die Öffnung erreichte, hörte er Schritte, dann das Geräusch von Glassplittern, die unter harten Sohlen knirschten. Er durfte nichts Unüberlegtes tun, sonst waren sie beide verloren. Auf der rechten Seite, kurz vor der Stelle, an der der Luftschacht abgerissen war, gab es eine rechteckige Aussparung mit Lüftungsschlitzen. Mit den Fingern drückte Linus die Lamellen nach oben und spähte in den Raum. Die Roboter standen immer noch an derselben Stelle, doch sie hatten Gesellschaft bekommen: von den drei Männern im Anzug! Sie hatten ihre Hüte abgesetzt. Wulstige Glatzköpfe mit sehnigen Nacken wie von sehr alten Menschen glänzten blassgelb im Neonlicht. Alle hatten sie dieselbe schlanke Statur. Linus konnte kaum einen Unterschied feststellen. Stumm begutachteten die drei die halb zerstörten Roboter. Die Säure musste sich in die Elektronik gefressen haben. Das Licht in ihren Augen war erloschen, als hätte man sie ausgeknipst. Aber wo war Majus? Hatten sie ihn gefangen genommen und aus dem Raum geführt?

Einer der Männer drehte sich um, als hätte er Linus' Anwesenheit bemerkt. Seine kleinen, eng stehenden Augen lagen tief in dunklen Höhlen. Das blasse Gesicht sah unnatürlich glatt aus. Augenbrauen waren kaum zu erkennen. Mit stechendem Blick und unbewegter Miene suchte der Mann den Raum ab. »Sie sind nicht mehr hier«, sagte er mit blecherner Stimme, ohne sich zu seinen Begleitern umzudrehen. »Wir müssen Meldung machen.« Er führte sein Handgelenk zum Mund und murmelte etwas in ein silbernes Armband, das entfernt an eine Uhr erinnerte. Linus konnte nicht verstehen, was er sagte. Es klang wie eine fremde Sprache. Der Mann nickte und ließ seine Hand wieder sinken. Als hätten es die drei Männer plötzlich eilig, schalteten sie das Licht aus, ließen die Roboter zurück und marschierten aus dem Raum. Linus robbte weiter vor, bis an die abgerissene Schachtkante. »Majus«, rief er halb flüsternd. »Bist du da irgendwo?«

»Hier unten«, kam Majus' Stimme leise aus dem hinteren Teil des Raums. Ein Scheppern, Quietschen und Klappern war zu hören.

»Du hast dich zusammengefaltet«, stellte Linus erleichtert fest. Daran hatte er gar nicht mehr gedacht. Sein Freund konnte sich im Notfall auf die Größe eines Schuhkartons verkleinern. Linus zog seine Taschenlampe hervor. Die Akkus waren nicht mehr ganz frisch, aber das Licht reichte aus, um sich zu orientieren. Majus fuchtelte mit den Händen vor dem Lüftungsschacht herum.

»Du muscht mich hochziehen. Schnell!«

Vierundzwanzigstes Kapitel

ALLES ERFINDUNG?

Von draußen hörte man leise das Plätschern des Regens. Winzige Wassertröpfchen klebten an den abgerissenen Spinnweben. Linus, Riana und Majus waren wieder vereint. Sie hatten das Ende des Luftschachts erreicht, aber in Sicherheit waren sie erst, wenn sie es zurück zu Captain Einsicht geschafft hatten. Aber

wie sollten sie dort unentdeckt hinkommen, jetzt, wo ihre Tarnanzüge nur noch Fetzen waren? Linus musste den Captain alarmieren. Er blickte auf seine Uhr. Kein Empfang! Trotzdem versuchte er, eine Nachricht zu schicken. Es war ihre einzige Chance. Dann standen sie regungslos und stumm nebeneinander und starrten nach oben. Immer wieder war hektisches Getrappel zu hören. Stimmen kamen näher und entfernten sich. Sie suchten nach ihnen. Wahrscheinlich hatte man den aufgebrochenen Luftschacht hinter den zerstörten Robotern entdeckt. Jetzt würde man sie jagen. Zwei Kinder und einen Roboter. Ein ungleicher Kampf.

Durch das verdreckte Metallgitter konnte man ein grellweißes Licht sehen. Sie mussten rund um das Gebäude Strahler angeschaltet haben. Gitterlinien zeichneten sich auf Rianas erschöpftem Gesicht ab. Linus kniff die Augen zusammen. Laut Plan trat der Luftschacht zehn Meter vor der Schranke an die Oberfläche. Rauszuklettern wäre so, als würde ein Maulwurf mitten auf einem Golfplatz einen Hügel bauen. Sollten sie es dennoch schaffen, wären da noch die beiden Wachmänner. Ohne funktionierende Tarnanzüge kam Linus die Flucht unmöglich vor. Riana zitterte vor Kälte. In ihren dicken schwarzen Haaren klebte verkrustetes Blut. Ihr Gesicht sah aus, als sei sie in eine Schlägerei geraten. Majus hatte ihr die Jacke zurückgegeben. Sie war an den Ellenbogen aufgerissen und das graue Innenfutter quoll heraus. Seine Fingerkuppen waren ganz schwarz.

»Wir müssen irgendwie das Gitter aufkriegen«, brach Linus die Stille und blickte Majus zweifelnd an. »Was ist eigentlich mit deiner Hand passiert?«

»Bin im Schacht an eine Leitung gekommen. Zu viel Strom.«

»Sag das noch mal.«

»Wieso?«

»Mach schon.«

»Zu viel Strom. Was soll das?«

Linus lächelte kurz auf. »Dein Sprachfehler ist weg.«

»Und was sollen wir jetzt tun?«, fragte Riana schniefend, den Blick stumpf auf den Boden gerichtet. »Hätte ich doch bloß mein Handy mitgenommen. Dann könnten wir jetzt Hilfe rufen.«

»Aber das … das dürften wir eh nicht tun«, entgegnete Linus. »Das hier ist geheim. Das hat nichts mit der normalen Welt zu tun.«

Riana hob den Kopf. Die Haut unter ihrem linken Auge zitterte. Ihr Unterkiefer bebte, als würde sie versuchen, die Worte zurückzuhalten, die ihr auf der Zunge lagen. »Schau uns doch mal an«, stieß sie schließlich wütend hervor. »Sehen so echte Agenten aus? Glaubst du wirklich daran, dass die ausgerechnet auf uns gewartet haben? Auf zwei Kinder ohne besonderes Talent, ohne besondere Fähigkeiten? Das ist doch absoluter Quatsch. Ja, du willst wie dein Vater sein. Ein Held. Ein General, ein großer Erfinder. Aber auch der hat bestimmt jemanden gehabt, der ihm gezeigt hat, wie das alles funktioniert. Ist doch totaler Schwachsinn, uns hierherzuschicken, auf eine *Mission*, die nur schiefgehen kann.« Sie kickte gegen einen Stein. »Und übrigens: Es gibt nur *eine* Welt. Auch wenn deine Familie vielleicht ein paar Spielereien erfunden hat, die keiner außer ein paar Freaks kennt. Das hier ist nicht *Alice im Wunderland* oder *Star Wars*. Hier gibt's keine Welt in der Welt oder so. Wir sind auch nicht in der Zukunft. Und die Sache mit der Zeitmaschine, dem Computerspiel und dem Film … Vielleicht hat deine Mutter das alles erfunden, hast du daran schon mal gedacht? Um dir nicht die Wahrheit sagen zu müssen.«

»Was willst du damit sagen?«

»Erwachsene lassen sich ja die krassesten Sachen einfallen, um etwas zu vertuschen. Weißt du, wie lange es bei meinen Eltern gedauert hat, bis sie mir die ganze Wahrheit über mich und meine Herkunft erzählt haben? Die haben immer so getan, als hätten sie mich aus irgendeinem Heim in Berlin geholt. Erst im Internet hab ich rausgefunden, dass es dieses Heim gar nicht gibt. Sogar gefälschte Bilder haben sie mir untergejubelt.«

»Mein Vater ist verschwunden. Er ist in einer anderen Zeit gefangen. Und er liebt mich und meine Mutter. Wenn deine Eltern dich nicht lieben, tut es mir leid.« Den letzten Satz hätte Linus am liebsten rückgängig gemacht. Doch dazu war es zu spät.

»Meine Eltern lieben mich auch! Und sie sind wenigstens normal und keine Spinner wie deine Familie. Weißt du, warum deine Eltern nie Geld haben? Weil sie zu blöd sind, ihre Erfindungen an den Mann zu bringen. Sie sind die geborenen Loser. So wie du! Vielleicht wirst du mehr geliebt als ich, vielleicht ist das so. Aber ich bin froh, dass ich kein verdammtes Weichei bin und auch mal den Mund aufmache, wenn mir was nicht passt.«

»Du willst also keine Agentin mehr werden?«

»Das hab ich nicht gesagt.«

»Doch, hast du! Wenn wir hier raus sind, kannst du deinen Entschluss ja den Zwillingen mitteilen.« Linus machte einen Schritt nach vorne und setzte einen Fuß auf den untersten Metalltritt,

der in die Betonwand eingelassen war. »Wenn du glaubst, dass das alles nicht ernst ist, kannst du ja hier warten, bis jemand kommt und dich rausholt.«
Majus machte ein trauriges Gesicht. Der Schlagabtausch der beiden schien ihm offensichtlich nicht zu gefallen. Unvermittelt hielt er Linus am Hosenbund zurück.
»Was soll das?«, sagte Linus genervt. »Lass los!«
»Hier«, sagte Majus und reichte ihm einen Schraubenzieher.
Linus lächelte auf. »'tschuldigung«, nuschelte er, nahm das Werkzeug entgegen und versuchte, damit die Schrauben am Gitterrahmen zu lösen.
»Aber ihr lasst mich doch jetzt nicht alleine«, sagte Riana und blickte ängstlich zu Majus. Der nahm sie in die Arme. Riana vergrub ihren Kopf an seiner Brust und begann zu weinen. »Ich hab das doch nicht so gemeint.«
Sosehr Linus es auch versuchte, in diesem Moment tat ihm Riana nicht leid. Seine Armbanduhr begann zu blinken. Er hatte wieder Empfang! Endlich wurde seine Nachricht gesendet! Jetzt musste Captain Einsicht nur noch den Hubschrauber starten. Hoffentlich hatten sie ihn nicht trotz der Tarnung entdeckt. Das wäre eine Katastrophe! Linus drückte das Gitter vorsichtig nach oben und linste hinüber zum Wachposten. Vor der Schranke war es taghell. Keine Spur von den beiden Männern. Die Luftschächte führten ja an verschiedenen Stellen nach draußen. Wahrscheinlich suchten sie auf der falschen Seite nach ihnen. Das brachte ihnen einen kleinen Vorsprung. Ein an- und abschwellendes Rauschen war zu hören. Für normale Ohren klang es wie eine Windböe. Ein Lächeln breitete sich auf Linus' Gesicht aus. Er kannte das eigentümliche Geräusch. Ganz vorsichtig streckte er den Kopf aus dem Schacht. Auf der linken Seite, direkt vor einer Reihe Kiefern, flirrte die Luft wie im Sommer über heißem Asphalt. Er hatte sich nicht getäuscht. Der Captain hatte sie gefunden.

Fünfundzwanzigstes Kapitel

DIE NACHRICHT

Es war spät in der Nacht, als sie den Flughafen erreichten. Die letzte halbe Stunde hatten sie kein Wort gesprochen. Majus hatte Rianas Wunden versorgt. Mit einer Spezial-Brennnesselsalbe aus Antons Arzneischrank konnte man Schnittwunden fast unsichtbar machen, während sie heilten. Ihre erste Mission war gescheitert. Sie hatten den Master-Roboter nicht gefunden. Vielleicht würden die Zwillinge sie jetzt rauswerfen. Das wäre ihr gutes Recht. Schließlich hatten sie versagt. Anstatt zu kämpfen, waren sie einfach abgehauen.

Agenten, dachte Linus verbittert. Sie waren alles, nur keine Agenten.

Sie bestiegen den Aufzug. Linus spürte erst jetzt, wie erschöpft er war. Seine Beine schmerzten, er stützte sich an Majus ab.

»Warum hast du nicht geschossen?«, fragte Riana, an Majus gewandt. Der Vorwurf in ihrer Stimme war nicht zu überhören. »Ich dachte, du musst uns im Ernstfall beschützen.«

Majus ließ die Mundwinkel hängen und zuckte mit den Schultern. »Es ging nicht.« Er betrachtete seine Hände, öffnete und schloss sie, als wollte er testen, ob sie noch funktionierten. »Etwas hat mich daran gehindert.«

»Aber wir waren in Gefahr«, setzte Linus nach.

»Ich weiß. Es tut mir leid.« Majus machte ein merkwürdiges Gesicht. Wäre er ein Mensch gewesen, hätte Linus gedacht, dass er ihnen etwas verheimlichte.

»Ist noch was?« Linus blickte Majus forschend in die Augen. Majus trat einen Schritt zurück und öffnete seinen ramponierten Tarnanzug. Auf seinem Monitor stand eine unmissverständliche Nachricht:

ZERSTÖRUNG DER GESAMTEN ROBOTERPRODUKTION! WAFFE UND SPRENGSTOFF BEFINDEN SICH IM SCHWARZEN KOFFER.

»Wann hast du die Nachricht bekommen?«, fragte Linus verblüfft.
»Kurz nachdem wir die Lagerhalle betreten hatten.«
»Du hättest uns das sagen müssen«, herrschte ihn Riana an.
»Es wäre nicht rechtens gewesen. Man kann Unschuldige nicht dafür bestrafen, wenn ein Einzelner fehlgeleitet ist.«
»Hast du deshalb nicht geschossen?«, schlussfolgerte Linus.
»Nein, da war noch etwas anderes.«
»Was?«
»Ich weiß es nicht. Wirklich.«
»Dann hast du den Baukasten also mit Absicht vergessen?«
Majus nickte kleinlaut. »Wir hätten sie nicht in die Luft sprengen dürfen.«
»Aber die Roboter!«, rief Riana aufgebracht. »Sie hätten uns getötet, wenn Linus nicht die Idee mit der Säure gehabt hätte!«
Majus schüttelte langsam den Kopf. »Nein. Sie dürfen keine Menschen verletzen. Das würde gegen die Gesetze verstoßen.«
»Welche Gesetze?«
»Die Gesetze, nach denen sie alle programmiert wurden.«
Linus erinnerte sich daran, dass sein Vater früher einmal so etwas erwähnt hatte. Roboter, die mit der Fähigkeit ausgestattet wurden, sich selbst weiterzuentwickeln, könnten irgendwann auch auf die Idee kommen, sich gegen ihre Eigentümer aufzulehnen. Sich zu wehren, wenn man sie schlecht behandelte oder

ihnen Arbeiten zumutete, bei denen sie sich selbst in Gefahr brachten. Linus dachte an den Kampf in der Unterwasserwelt. Damals hatte Majus ihn und Riana gegen die Roboter verteidigt. Hätte er das auch getan, wenn sie von Menschen angegriffen worden wären? »Darfst *du* gegen diese Gesetze verstoßen?«, fragte Linus.

Majus zögerte mit der Antwort. »Ich bin der Master meiner Serie. Ich kann mich über diese Gesetze stellen, wenn es mein eigener Wille ist. Aber es ist nicht leicht, die richtigen Entscheidungen zu treffen. Freiheit ist schwieriger, als ich gedacht habe.«

Sechsundzwanzigstes Kapitel

MONSIEUR OHNEHEIM TRÄUMT

In den nächsten Tagen kehrte eine seltsame Ruhe ein. Der erste Einsatz war vorüber, Rianas Wunden verheilt, aber die Zwillinge meldeten sich nicht. Wahrscheinlich war die Ausbildung zu Ende, bevor sie richtig begonnen hatte. Linus starrte oft stundenlang verzweifelt auf den Deckenmonitor in seinem Zimmer und hoffte auf eine Nachricht. Vergebens. Wer war der Schuldige? Er, weil er Riana gebremst hatte, als sie die Waffe aus dem schwarzen Koffer benutzen wollte? Majus, weil er den Koffer versteckt hatte? Oder Riana, weil sie den Opix benutzt hatte, obwohl es kein Notfall war? Linus wusste es nicht. Er wusste nur, dass er eine kurze Pause von Riana brauchte. Vielleicht war sie gar keine richtige Freundin. Vielleicht sehnte sie sich nur nach einem spannenden Abenteuer. Für sie wäre es ja nicht so schlimm, wenn sich die Agentur nicht mehr bei ihnen meldete.
Was würde sein Vater dazu sagen, wenn er ihm erzählte, wie feige er gewesen war? Linus' Handy klingelte. Rianas Nummer erschien auf dem Display. Er ließ es klingeln. Sie würden sich eh nur wieder streiten und sich gegenseitig die Schuld in die Schuhe schieben.

Majus schien die Niederlage nicht sonderlich zu beschäftigen. Er nähte neue Tarnanzüge, die alten waren nicht mehr zu gebrauchen. Linus beobachtete seinen Freund, wie er oft sehnsüchtig am Fenster stand und nach draußen blickte. Vielleicht würde er sie eines Tages verlassen. Und vielleicht war dieser Tag gar nicht mehr so fern … Daran wollte er gar nicht denken. Erst sein Vater und dann sein bester Freund.

Seine Mutter verbrachte Tag und Nacht bei der Zeitmaschine und ließ sich kaum noch oben im Haus blicken. Sie hatte von all dem nichts mitgekriegt. Auch Rianas Eltern hatten ihr Fehlen nicht bemerkt. Die Verletzungen waren unter der Spezialcreme gut verheilt. Solange die neuen Tarnanzüge noch nicht fertig waren, brachte Captain Einsicht sie mit dem unsichtbaren Helikopter auf die andere Seite des Flughafens. Majus hatte gegenüber Anton und seiner Mutter behauptet, dass die Anzüge beim Waschen eingegangen waren. Nicht dass Riana ihren im Moment gebraucht hätte, aber falls die Agentur ihnen doch eine zweite Chance gab, wäre es wichtig, dass wenigstens er und Majus funktionierende Tarnanzüge hatten. Vielleicht waren sie ohne Riana ein besseres Team. Sie wollte ja immer mit dem Kopf durch die Wand.

An diesem Nachmittag wurde Linus von seinem Großvater auf die andere Seite der Rollbahn begleitet. Anton trug einen Topf mit Kohlsuppe und etwa ein Pfund frischer Zwiebelringe, die er in ein Geschirrtuch eingeschlagen hatte. Ein altes Hausmittel, wie er sagte. Monsieur Ohneheim war nun schon seit zwei Wochen krank und musste im Bett bleiben. Linus hatte ein schlechtes Gewissen. Seit dem Tag, als er dem Monsieur die Wadenwickel gemacht hatte, war er nicht mehr bei ihm vorbeigegangen.

Kaum waren sie ausgestiegen, besprühte Anton die stinkende Fracht mit einem Duftneutralisierer, um den Terminal nicht zu verpesten.

»Warum hast du das nicht schon vorher getan?« Linus schnäuzte in ein Taschentuch. Der scharfe Geruch der Zwiebeln brannte in seinen Augen.

»Vergessen«, sagte Anton und nahm die Drehtür in die große Halle.

Auch an diesem Nachmittag trug Monsieur Ohneheim noch den glänzenden Seidenpyjama und die Filzpantoffeln. Müde hockte er auf der Bettkante. Sein freundliches Gesicht wirkte eingefallen, die wenigen Haare standen in alle Richtungen ab.
»Schon wieder einö Albtraume«, nuschelte er, probierte einen Löffel von der dampfenden Kohlsuppe und lächelte Linus zu. »Schön, dass du misch auch mal wieder besüchst. Du wirst immer größer.«
»Tut mir leid, die Schule und –«
»Ach was, *c'est pas de problème.* Ist nischt schlimm. Gibt Spannenderes als alte verrückte Franzosen. Hast dü in der neue Schüle Freunde gefünden?«
»Eine Freundin«, sagte Anton. »Ein nettes, aufgewecktes Mädchen.«
»Riana ist nicht meine Freundin!«, wehrte sich Linus.
»Sei nicht so empfindlich. So hab ich das nicht gemeint.«
»Ah, diese Mädschen 'ab isch schon kennengelernt. Vor die Sommerferien. *N'est-ce pas?* Hat wirklisch einen netten Eindrück gemacht.« Der Monsieur grinste, bevor er sich verschluckte und Linus ihm auf den Rücken klopfte. »Wenn isch wieder gesund bin, müssen wir mal wieder Mühle spielen. Du kannst ja deine Freundin mitbringön.«
Linus nickte widerwillig. Sein Blick glitt hinüber zur Staffelei des Monsieurs. Er hatte sie an den Rand gestellt. Der Monsieur liebte es zu malen, wenn er nachts nicht schlafen konnte – was sehr oft der Fall war. Zuerst hatte er mit Bleistift auf die nackten Betonwände gezeichnet, bis ihm der Platz ausgegangen war. Mittlerweile benutzte er feine Pinsel, jede Menge Spachtel und übel riechende Farben. Meist dunkle Töne, wie man sie im Herbst in der Natur sieht. Alle paar Wochen brachte ihm Anton selbst gebastelte Leinwände vorbei. Seine fertigen Werke bedeckten mittlerweile fast jeden Quadratzentimeter der grauen Betonwände. Selbst auf dem Boden standen überall Bilder herum. Die

Motive darauf ähnelten sich. Ansichten von gigantischen Städten mit dicht zusammenstehenden Wolkenkratzern, die sich wie Raketen in den Himmel bohrten. Seltsamerweise war die Leinwand auf der Staffelei umgedreht. Man konnte das Holzgerippe des Rahmens sehen.

»Haben Sie etwas Neues gemalt?«, fragte Linus. Monsieur Ohneheim nickte. Seine Miene verfinsterte sich. Der Löffel in seiner Hand begann zu zittern. Er setzte ihn auf dem Tellerrand ab.

»Isch sollte damit auf'ören«, sagte er und wischte sich mit einer Serviette den Mund ab. »Das tüt mir nischt gut.«

»Weiteressen«, sagte Anton mit einem aufmunternden Lächeln. »Die Fluglotsen haben Streik angekündigt. Bis dahin müssen Sie wieder fit sein, sonst langweilen sich die Kinder noch.«

»Wirklisch?« Die glasigen Augen des Monsieurs begannen zu leuchten. Er fuhr sich mit der Hand durchs schüttere Haar und begann zu lächeln.

»Wenn ich es doch sage. Bald haben Sie wieder jede Menge Publikum.«

»Kann ich mir das neue Bild mal anschauen?«, fragte Linus.

Der Monsieur seufzte. »*Rien que* … isch meine, das sind nur … ähm, Fieberträume. Nichts weiter. Sind noch nicht mal fertig.« Er machte eine abwertende Handbewegung. »Aber mach nür.«

Die Leinwand war fest in die Staffelei eingespannt. Linus löste die Schraube, drehte das Bild herum und erschrak. Auch wenn der Wald, der Schnee und die Feuerstelle nur mit ein paar dünnen Strichen angedeutet waren, so ließ die Holzhütte mit dem herabhängenden Fensterladen keinen Zweifel daran, dass es sich um ein Bild handelte, das er kannte. Dieses Bild stammte aus einem seiner Albträume! Neben der Hütte konnte man einen lauernden Schatten erkennen. Immer wenn Linus im Traum an diesen Ort geführt wurde, endete die Szene damit, dass sein Vater aus dem Hinterhalt angegriffen und getötet wurde. Von Monstern oder Bären. Seit er jedoch den Traumhelm, seine erste eigene Erfindung, zum Laufen gebracht hatte, waren die schrecklichen Träume verschwunden oder hatten sich in gute umgewandelt. Aber Linus hatte auch den Eindruck, dass die Erinnerungen an seinen Vater weniger geworden waren. Und das machte ihm Sorgen.

»Ist was?«, fragte Anton.

»Nein, nein, alles gut«, erwiderte Linus. Wieso konnte es sein, dass Monsieur Ohneheim seine Träume malte?

»Da drüben findest du noch mehr von diesen mysteriösen Fantasien.« Der alte Mann deutete zu einer Sitzbank, gegen die weitere kleine Bilderrahmen gelehnt waren, und legte sich wieder hin. Anton reichte ihm den Tuchumschlag mit den Zwiebeln. »Auf die Brust legen.«

Mit steifen Schritten schlich Linus hinüber zu den anderen Bildern. Die meisten Rahmen waren umgedreht. Er ahnte, was ihn gleich erwartete. Früher hatten sich seine Eltern beim Frühstück oft über verrückte Träume unterhalten. Einmal hatte sein Vater gesagt, wie großartig es wäre, wenn es gelänge, zwei Menschen denselben Traum träumen zu lassen. Egal, an welchem Platz auf der Erde sie sich befanden, in ihrem gemeinsamen Traum konnten sie sich treffen, miteinander reden, ja sogar gemeinsam an einen anderen Ort reisen. Eine neue Dimension würde geschaffen, die Traumdimension.

Linus betrachtete ein Bild nach dem anderen. Die verzerrte Ansicht eines Zimmers, in dem ein menschlicher Schatten in der Ecke kauerte, ließ ihn erschaudern. Auch dieses Bild kannte er. Vor Kurzem in der Schule, als er den schwarzen Knopf des Opix gedrückt hatte, war es in seinem Kopf als Tagtraum erschienen. Vielleicht war das die Zeitspalte? Dieser Raum mit der Wiese als Teppichboden und den flirrenden Wänden …

»Wenn du möchtest, kannst du die Bilder mitnehmön«, sagte Monsieur Ohneheim.

»Sehen ziemlich düster aus, Ihre Werke«, sagte Anton. »Vielleicht sollte ich Ihnen beizeiten mal etwas bunte Farbe vorbeibringen.«

»Ich nehme nur das eine«, sagte Linus und klemmte sich die Leinwand mit dem Zimmer unter den Arm.

Siebenundzwanzigstes Kapitel

DAS ULTIMATUM

Professor Dagendorf musste vor der Bibliothek warten. Das war bisher noch nie vorgekommen. Vielleicht verzichtete Gorler diesmal auf seine selbstherrliche Show. Seit zehn Minuten stand Dagendorf nun im Korridor und trat von einem Fuß auf den anderen. Er lockerte seine Krawatte und versuchte sich zu entspannen. Bei dieser Bruthitze könnte er nicht arbeiten. Im Kopf ging er noch mal seine Verteidigung durch. Wie konnte Gorler glauben, dass man zwei Kinder, egal wie intelligent und furchtlos sie waren, einfach so, ohne Ausbildung, auf die erste Mission schicken konnte, nur ausgerüstet mit ein paar Agentenspielereien? Im Nachhinein war es ein Wunder, dass ihnen nichts zugestoßen war. Linus hatte sich geschickt angestellt, aber auch das Mädchen und der Roboter ergänzten sich perfekt. Glücklicherweise hatte der Roboter Gorlers Nachricht nicht an die beiden weitergegeben. Majus schien tatsächlich zu einer eigenständigen Persönlichkeit gereift zu sein. Dieser Roboter war ein Meisterstück der künstlichen Intelligenz. Dagendorf starrte ungeduldig auf die schwere Eichentür. Sie sah tatsächlich aus, als hätte sie einen Großteil ihres Daseins in einem herzoglichen Anwesen zugebracht. Ein kühlender Luftzug verschaffte ihm Erleichterung. Er atmete tief ein und musterte den Steinboden, wo ein schmaler Lichtstreifen die Spitzen seiner Schuhe berührte. Die Tür hatte sich einen Spaltbreit geöffnet. Die Stimme von Gorler drang dumpf nach draußen. Dagendorf spielte schon mit dem Gedanken, sie wieder ins Schloss zu ziehen, da hörte er den Namen von Peter Lindbergh. Er rückte etwas weiter nach vorne und spähte in die schwach erleuchtete Bibliothek. Dort saßen zwei Männer in weißen Kitteln. Vermutlich gehörten sie zum Wissenschaftspersonal der Firma.

»Wir könnten dem Professor folgen«, sagte einer der beiden mit gepresster Stimme. Er schien aufgeregt zu sein. Seine schmalen Finger waren ineinander verschlungen und bewegten sich unablässig.

»Was soll mit Lindbergh passieren?«, fragte der andere Mann. »Sollen wir ihn auf einem Zeitstrahl festsetzen?«

»Meinen Sie das ernst?«, grollte Gorler. »Ihn festsetzen?«

»Wir sollen ihn also ausschalten?«, ergriff der andere Mann erneut das Wort. Jetzt klang auch er verunsichert.

Gorlers Antwort konnte Dagendorf nicht mehr hören. Ein Windzug, und die Tür fiel ins Schloss. Sie wollen Peter Lindbergh umbringen!, schoss es ihm durch den Kopf. Natürlich wollten sie das! Anna Lindbergh würde nicht eher aufgeben, bis sie ihren Mann zurückgeholt hatte. Ließen sie Peter Lindbergh am Leben, könnte er dafür sorgen, dass Mindgame I nicht in den Handel kam. Oder er könnte zusammen mit dem Rat den Konverter so manipulieren, dass er nur noch als billige Spielkonsole taugte. Dagendorf blieb nicht viel Zeit, darüber nachzudenken. Die Tür öffnete sich. Die beiden Wissenschaftler eilten an ihm vorbei. Sie grüßten mit einem kurzen Nicken. Beide waren sie kalkweiß.

»Kommen Sie!«, rief die heisere Stimme von Gorler. Dagendorf hatte sich nicht geirrt. Diesmal verzichtete der mächtigste Unternehmer des Landes, wenn nicht gar der ganzen westlichen Welt, auf seine einschüchternde Show. Dagendorf hatte noch nicht Platz genommen, da beklagte sich Gorler schon über die Unfähigkeit seiner Mitarbeiter. »Ich bezahle sie zu gut. Jeden von ihnen. Dennoch scheinen sie nicht fähig zu sein, selber Entscheidungen zu treffen. Sie glauben, dass es genügt, die Arbeit zu tun, die man ihnen aufträgt, sind aber nicht bereit, Risiken einzugehen, selbst wenn es sein muss. Da hat ja selbst dieser Roboter, dieser Majus, mehr Mumm in den Knochen. Weigert sich doch glatt, meine Anweisungen weiterzugeben. Weiß nicht, was ich davon halten soll.« Gorler griff nach einem halb vollen Glas, das mit einer gelben Flüssigkeit gefüllt war. Er trank ein paar Schlucke. Sein Blick richtete sich mit einem Lächeln auf Dagendorf, das man ohne Übertreibung als eiskalt bezeichnen konnte. »Und nun zu Ihnen.« Er straffte seinen Rücken und räusperte sich. »Haben Sie den Konverter dabei? Die Zeit läuft uns davon.«

»Nein«, antwortete Dagendorf wahrheitsgemäß. »Vielleicht trägt ihn der Haushaltsroboter mit sich herum oder Lindbergh hat ihn vom Flughafen weggeschafft.«

»Hauptsache, er ist nicht bei Ihrem lächerlichen Erfinderrat gelandet. Glauben Ihre Freunde wirklich, dass man die Entwicklung dieser konsum- und luxusorientierten Gesellschaft aufhalten kann, indem man ein paar Erfindungen wegsperrt? Das Verderben dieser oberflächlichen Welt ist nichts, das irgendwer stoppen kann.« Gorler senkte den Blick. Für einen winzigen Moment hätte man ihm wirklich glauben können, dass ihm das Wohl der Menschheit doch nicht so egal war. »Und der Roboter? Können Sie den endlich schnappen und auseinandernehmen? Aber diesmal bitte richtig!«

»Leider ist das nicht ganz so einfach«, sagte Dagendorf. »Der Kern des Roboters wird durch einen Säuremechanismus geschützt. Eine gläserne Spirale, die mit einer ätzenden Säure gefüllt ist und im Falle eines unsachgemäßen Zugriffs alles zerstört, was damit in Berührung kommt und –«

Gorler brachte Dagendorf mit einer energischen Handbewegung zum Schweigen. »Ersparen Sie mir die Einzelheiten. Im Klartext bedeutet das: Sie sind keinen Schritt weitergekommen.

Nein, bei genauer Betrachtung haben Sie sogar kläglich versagt. Sie und Ihre kleinen Agenten. Die erste Mission war ein absoluter Reinfall! Weder den Master-Roboter haben Ihre Rekruten gefunden noch konnten sie die neue Serie stoppen.«
»Warum schicken Sie dann keinen Ihrer Spezialisten?«
»Weil Ihre … *Schützlinge* in keinerlei Verbindung zu meinem Unternehmen stehen. Die Geheimdienste dieser Welt überwachen jeden meiner Schritte, wie Sie sicher wissen.« Gorler hielt es nicht länger in seinem Sessel. Er stützte sich auf seinen Gehstock und drückte sich nach oben. »Übrigens hat uns der Chef des Flughafens nun doch seine Bereitschaft zur Zusammenarbeit signalisiert. Wir haben etwas nachgeholfen.«
Dagendorf nickte. »Wie sollen wir wegen des Master-Roboters weiter verfahren?«

»Ich gebe Ihnen und Ihrem Team noch eine Chance. Die erste Auslieferung der Roboter findet in zehn Tagen statt. Bis dahin möchte ich, dass beide Probleme erledigt sind. Sowohl der Konverter als auch ein Bioscan des Masters sollten sich dann *hier* befinden.« Gorler klopfte mit der Spitze seines Gehstocks energisch auf den Boden. »Ich lasse Ihnen die neuen Einsatzpläne zukommen und diesmal möchte ich keine Ausreden hören. In dieser Phase können wir uns weder Fehler und schon gar kein Mitgefühl erlauben.«
»Aber die Fabrik … sie wird nun mit Sicherheit rund um die Uhr überwacht.«
»Da haben Sie recht, doch nach unseren Erkenntnissen wird die erste Serie auf einen Zug verladen, um sie dann zum Flughafen zu bringen.«
»Auf einen Zug? Wieso das denn?«
»Eine Sicherheitsmaßnahme. Sie sind in Alarmbereitschaft und rechnen damit, dass es einen Anschlag geben könnte. Ein Zug ist schwerer zu stoppen als ein Lastwagenkonvoi und er erregt auch weniger Aufmerksamkeit. Jedenfalls bleiben Ihrem Team exakt

sechzig Minuten, um zu verhindern, dass die Roboter in alle Himmelsrichtungen verstreut werden.« Seine lange, magere Hand spreizte sich. Kurz verzog Gorler das Gesicht, als habe er Schmerzen, dann atmete er tief ein und sagte mit ironischem Unterton: »Und machen Sie sich keine Sorgen um die Nachtruhe der rechtschaffenen Bürger von Kesselstadt. Ein kleines Feuerwerk, eine Explosion, bei der wir uns aller Probleme entledigen, wäre ein gelungener Startschuss für unsere eigenen Automaten.«

»Sie sollen also nun definitiv die ganze Serie vernichten.«

»Das haben Sie gut kombiniert.«

»Und wenn sich der Master gar nicht auf dem Zug befindet?«

»Er wird da sein. Auch wenn meine Mitarbeiter oft enttäuschende Leistungen abliefern, so ist es ihnen in diesem Fall gelungen, seine Signale zu orten.«

»Sie wissen also, wo er sich befindet?«

Gorler seufzte. »Nein, dafür reicht ihr Können dann doch nicht aus. Wir wissen nur, dass der Master über verschiedene Knotenpunkte des Internets versucht, Kontakt zu seinen Artgenossen aufzunehmen. Bisher ist es ihm aber nicht gelungen, die Firewall der Firma zu durchbrechen. Also bleibt ihm keine andere Wahl, als dort hinzugehen, wo sich seine Untergebenen befinden. Ihre Rekruten müssen also nur einen Zug in die Luft sprengen.«

»Und die Zeitreise?«, fragte Dagendorf. »Was ist damit?«

»Sie wird stattfinden. Mit Ihnen oder ohne Sie. Das haben Sie selbst in der Hand.« Mit einem Lachen, das einem das Blut in den Adern gefrieren ließ, stieg Gorler auf die Plattform und verschwand aus der Bibliothek.

Achtundzwanzigstes Kapitel

ÜBERRASCHENDER BESUCH

Der Tisch war festlich gedeckt. Majus hatte sich in Schale geworfen. Mit Frack und Fliege und einem unpassend bunten Zylinder wuselte er zwischen Küche und Esszimmer hin und her und war nicht ansprechbar. Seit der Rückkehr von ihrer ersten Mission hatte er keine so gute Laune mehr gehabt. »Gut, gut, gut«,

sagte er immer wieder und blickte durch das Glas auf den Braten, der im Ofen vor sich hin schmorte. Das Radio spielte einen fröhlichen Popsong. Majus hantierte mit mehreren Pfannen herum und bewegte sich tänzelnd zwischen Vor-, Haupt- und Nachspeisen hin und her, als sei er der Koch eines Fünf-Sterne-Restaurants. »Wir haben Gäste, Gäste, Gäste«, frohlockte er, bevor er wieder in den Refrain einfiel und mit krächzender Stimme versuchte, die Welt zu retten. Ein heller Glockenton erklang und die Aufzugtüren im Flur öffneten sich. Heraus traten Professor Dagendorf und Captain Einsicht. Der Captain stolzierte schwanzwedelnd und mit erhobener Schnauze durch den Flur in die Küche zu seinem Fressnapf. Er hatte Dagendorf ganz alleine herübergeflogen. Wie immer trug Linus' Onkel, der eigentlich nicht wirklich sein Onkel war, sondern sich irgendwann früher einmal diesen Titel eingefangen hatte, einen dunklen Anzug und ein weißes Hemd, bei dem der oberste Knopf geöffnet war. Auf die Krawatte hatte er diesmal verzichtet. Linus stürmte auf ihn zu. Für einen Augenblick vergaß er, wie viele Jahre seit ihrer letzten Begegnung vergangen waren. Er war nicht

mehr der kleine dürre Junge, das Fliegengewicht, das man ohne große Anstrengung durch die Luft wirbeln konnte.
»Du bist ja fast schon ein richtiger Mann«, sagte Dagendorf, drückte Linus an sich und wuschelte ihm durch die Locken. »Anton hat mir erzählt, dass du in die Fußstapfen deiner Eltern treten willst. Und, hast du schon etwas erfunden?«
»Klar«, sagte Linus und zog sein dreifach faltbares Erfinderbuch heraus.
»Ein Skizzenbuch«, Dagendorf rückte seine Brille zurecht. »So haben wir alle mal angefangen. Du wirst sehen, wenn du dranbleibst, klappt es immer besser mit dem Erfinden. Viele Leute glauben, dass man nicht üben muss, um ein guter Erfinder zu werden, aber da täuschen sie sich.«
»Ich hab einen Traumhelm erfunden.«
Dagendorf lächelte. »Das klingt spannend. Ein Traumhelm.«
»Soll ich ihn holen?«
Anna Lindbergh kam die Treppe herunter. »Das reicht auch später noch.« Linus konnte sich nicht erinnern, wann er seine Mutter das letzte Mal ohne ihren weißen Kittel gesehen hatte. Sie trug Jeans und Bluse und hatte etwas Schminke aufgelegt. »Ist doch mal was anderes, sich außerhalb des Rates zu sehen«, sagte sie überschwänglich. »War eine gute Idee von Anton. Hätten wir schon viel eher machen sollen.«
»Wo ist Anton überhaupt?«, fragte Dagendorf. »Kommt er nicht zum Essen?«
Anna zuckte mit den Schultern. »Hab ihn angepiept, aber wahrscheinlich bastelt er wieder an seinem neuen U-Boot. Seit ich ihm das Fliegen verboten habe, versucht er sich als Captain Nemo. Ich hoffe nur, dass er nicht wieder in der Kanalisation hängen bleibt.«
Dagendorf lächelte kurz auf. »Schade.«
»Linus«, sagte Anna. »Hat er dir gesagt, was er vorhat?«
Linus schüttelte den Kopf. »Hab ihn … hab ihn heut noch gar

nicht gesehen.« Das war gelogen. Linus hatte Anton versprochen, nicht zu erzählen, dass er heute Abend wieder mal einen kleinen Testflug unternehmen wollte. In spätestens einer halben Stunde wollte er zurück sein. Hoffentlich war nichts schiefgegangen.
Sie schlenderten durch den Flur zum Wohnzimmer. Dagendorf und seine Mutter verstanden sich blendend. Kurz vor dem Betreten des Wohnzimmers stürzte sich die elektronische Garderobe auf Dagendorfs Mantel und machte sich damit aus dem Staub, was zu allgemeinem Gelächter führte. Seit Majus der Garderobe und dem Geländer regelmäßige Lektionen in Sachen Freiheit erteilte, machte die Garderobe, was sie wollte.
»Und was kann dein Traumhelm?«, fragte Dagendorf, nachdem sie sich gesetzt hatten.

»Albträume abwehren. Beziehungsweise umwandeln«, erklärte Linus.
»Albträume.« Dagendorf räusperte sich. »Davon bleibt ja keiner verschont. Leider.«
Linus' Mutter strich seinem Onkel kurz über die Schulter. Linus wusste, warum sie das tat. Er wusste von dem Unfall. Sie hatte ihm davon erzählt, als er noch ein kleines Kind war. Weil er wissen wollte, wieso sein Onkel nicht mehr vorbeikam. Wahrscheinlich haben vor allem die Menschen Albträume, die jemanden vermissen, dachte er und redete weiter. Er erzählte von den vielen Fehlversuchen, von der Heizspirale und den Traumstoßdämpfern, die den Kopf selbst bei ruckartigen Bewegungen an der gleichen Stelle hielten. Sein Onkel schien ihn ernst zu nehmen. Er schaute ihn an, wie es früher sein Vater getan hatte. Der hatte nie über seine Einfälle gelächelt, egal wie verrückt sie gewesen waren. »Der Helm ist mit einem Augensensor ausgestattet, der die Hauttemperatur misst und so feststellt, ob ein Albtraum im Anmarsch ist«, fuhr Linus fort.
»Könntest du bitte erst schlucken, bevor du sprichst?«, ermahn-

te ihn seine Mutter. »Ab einem halben Kilo wird es unverständlich.«
Linus würgte einen großen Batzen des Krautstrudels hinunter.
Majus verdrehte die Augen. »Würgen ist ungesund!«
»Wie funktioniert er denn, dieser Augensensor?«, fragte Dagendorf.
Linus warf einen Seitenblick zu seiner Mutter und spülte mit einem Schluck Apfelsaft nach. »Um ehrlich zu sein«, sagte er deutlich leiser, »ein Teil der Erfindung stammt noch von meinem Vater. Er hat den Sensor früher für irgendwelche Experimente genutzt und ihn mir geschenkt, kurz bevor er …«, er machte eine Pause, »… verschwunden ist.«
Seine Mutter fuhr ihm durchs Haar. Kurz entstand eine unangenehme Pause. »Aber erst durch *deine* Idee mit dem Gummibärchen hat der Traumhelm funktioniert. Darauf muss man erst einmal kommen.«
Genau in dem Moment fiel Dagendorf die Gabel aus der Hand und krachte scheppernd auf den Tellerrand. Etwas von dem Kraut und der Soße bekleckerte die blütenweiße Tischdecke. Sofort war Majus mit allerhand Putzkram zur Stelle. »Oh Mann, oh Mann, oh Mann«, sagte er und räumte die Vorspeise ab. Dabei blickte er immer wieder vorwurfsvoll zu Dagendorf. Unterdessen verschwand Linus' Mutter nach unten in die Labore. Sie wollte nachsehen, wo Anton abblieb. Linus hatte noch versucht, sie davon abzuhalten, aber das hatte seine Mutter erst recht neugierig gemacht.
»Du hast gesagt, dass dein Vater dir den Helm gegeben hat?«, hakte Dagendorf nach. Er wirkte nicht mehr so entspannt wie vorhin. Auf seiner Stirn hatten sich kleine Schweißtröpfchen gebildet. Das konnte aber auch an den superscharfen Chilischoten liegen, mit denen Majus den Kohlstrudel garniert hatte. Erst jetzt bemerkte Linus, dass die langen schmalen Finger seines Onkels unablässig gegen sein Glas trommelten. Das hatte sein

Vater früher auch immer getan, wenn er in Gedanken schon wieder bei der nächsten Erfindung gewesen war. Anton sagte immer, man könnte an den Händen eines Menschen ablesen, ob er gelernt hatte, körperlich zu arbeiten oder nur mit dem Kopf. Danach zu urteilen, gehörte sein Onkel eher zu den Kopfarbeitern. Aber sein Spezialgebiet waren ja auch komplizierte Computerprogramme zum Steuern von Robotern und das Umwandeln von Materie.

»Also, nicht direkt. Der Augensensor ist von ihm, den Rest habe ich selbst erfunden und einen Plan dafür angefertigt«, erklärte Linus.

»Kann ich mir deine Erfindung mal anschauen?«, fragte sein Onkel und wischte sich mit der Serviette die Stirn ab. »Mich würde interessieren, wie du das mit dem Gummibärchen hingekriegt hast.«

Linus nickte. Darum ließ er sich nicht zweimal bitten. Er sprang auf, eilte in den Flur und schwang sich auf das Treppengeländer. Diesmal machte es keine Scherereien. Man musste nur einmal über den neu installierten Streichelsensor an der Oberseite fahren und »Bitte« sagen.

Fast zeitgleich mit seiner Mutter traf Linus wieder im Wohnzimmer ein. Anna blickte gebannt auf ihren Tablet-Computer. Dort konnte man einen kleinen blinkenden Punkt erkennen, der sich immer weiter von der Erdkugel entfernte. »Wenn Anton zurückkommt, kann er sich auf was gefasst machen. Linus, hat er dir davon erzählt, dass er wieder fliegt?«

»Nein, hat … hat er nicht.«

»Was ist denn?«, fragte Dagendorf.

Anna legte ihren Computer aus der Hand. »Ich hab Anton das Fliegen verboten, weil er immer wieder diese Aussetzer hat, aber er ist einfach unbelehrbar.« Sie stockte und rümpfte die Nase, dann schaute sie zu Majus. Er stand stumm neben dem Tisch, die Arme verschränkt, die Augen geschlossen. Sein Gesicht spiegelte eine Mischung aus Wut und Enttäuschung wider. »Nicht auch das noch.« Sie ging um den Tisch herum und stach mit der Gabel in den misslungenen Hauptgang. Der Braten sah aus wie ein längliches Stück Kohle und war auf schwarzes Gemüse gebettet, das noch so heiß war, dass es zischelte. Vor lauter Schmach hatte sich Majus in den Ruhezustand versetzt. Das tat er äußerst selten. Außer einem kleinen blauen Lämpchen, das im Atemrhythmus an- und abschwoll, machte er keinen Mucks mehr.

»Was ist passiert?«, fragte Linus, ging um Majus herum und kitzelte ihn unter den Achseln. Sein Freund zeigte keine Reaktion.

Dagendorf zuckte die Schultern. »Der Roboter hat etwas von Zeitstörung gefaselt, dann hat er den qualmenden Braten hereingebracht, ein kleiner Tornado hat den Rauch hinausbefördert und er ist auf Stand-by gegangen.«

Anna schürzte die Lippen. »Vielleicht muss ich ihn doch mal auseinandernehmen. Vor Kurzem hatte er einen Unfall und hat dabei etwas Überspannung abbekommen. Ich dachte, er hätte sich selbstständig repariert, weil sein Sprachzentrum jetzt wieder einwandfrei funktioniert. Ist wohl doch was am Kern hängen geblieben.«

Als die Kitzelversuche ohne Erfolg blieben, probierte es Linus mit einem anderen Trick. Er stellte sich ganz dicht vor Majus und zog fiese und ultrabescheuerte Grimassen. Er wusste, dass Majus ihn selbst bei geschlossenen Augen und im Stand-by-Modus über die winzige, stecknadelkopfgroße Kamera in seiner Stirn sehen konnte. Doch der Roboter zeigte auch darauf keine Reaktion. Seufzend wandte sich Linus zu seiner Mutter um.

»Darf ich?«, fragte er. »Sonst bleibt er den ganzen Abend so stehen.«

»Du weißt, was ich davon halte …«, sagte seine Mutter zögernd. »Was soll denn unser Besuch denken?«

»Ähm, ich …«, begann Dagendorf verwundert. »Worum geht es denn?«

»Bitte«, flehte Linus.

»Na gut.«

Dagendorf schaute die beiden fragend an. »Was ist denn?«

»Klaus«, erklärte Anna Lindbergh in entschuldigendem Tonfall. »Linus hat einen Trick herausgefunden, mit dem er Majus wieder aktiviert, wenn er bockig ist.« Sie blickte zu Linus. »Los, zeig es ihm.«

Linus holte tief Luft, presste diese Luft aus dem Mund in die Luftröhre und stieß einen gewaltigen Rülpser aus. Im Bruchteil einer Sekunde erwachte Majus wieder aus dem Ruhemodus und krümmte sich vor Lachen. Majus, der sonst größten Wert auf gute Tischmanieren legte, gefiel es, wenn Menschen dieses Geräusch machten. Er hielt es für eine Wertschätzung seiner Kochkunst. Es dauerte geschlagene fünf Minuten, bis sich der Roboter wieder einkriegte und den Nachtisch servierte. Sein blecherner Lachanfall war so ansteckend, dass sogar Linus' Onkel und seine Mutter mitlachten.

»Hat euer Majus noch immer den Brainstorm-Bausatz oder habt ihr was Neues ausprobiert, das ihn so menschlich wirken lässt?«, fragte Dagendorf, nachdem er seinen Nachtisch gegessen hatte. Linus begriff, wie wenig er über den Aufbau von Robotern wusste. Wahrscheinlich musste man doch gut in Mathe sein, wenn man auf dem Gebiet etwas erfinden wollte …

»Peter hat Majus eine seiner letzten Erfindungen zukommen lassen«, antwortete Anna Lindbergh. Man sah ihr an, wie schwer es ihr fiel, über ihren verschollenen Mann zu reden. »Wie du weißt, war der Roboter ja der Master einer Serie von Kampfrobotern, die wir glücklicherweise aus dem Verkehr gezogen haben, bevor dieser Gorler sie an irgendwelche kriegerischen Despoten verkaufen konnte.«

»Peter hat also den Kern verändert«, hakte Dagendorf nach. »Ich bin immer wieder erstaunt, auf welchen Gebieten er sich noch auskannte.«

»Das war nicht allein seine Idee. Anton hat ihm dafür einen organischen, selbst wachsenden Speicher geliefert. Peter hat damit ein neuartiges positronisches Gehirn geschaffen, das ihn nach und nach zu einer eigenen Persönlichkeit reifen lässt.«

Linus verstand nur Bahnhof. Er zog die Stirn kraus und schaute fragend zu seiner Mutter, die seinen Blick auffing. »Wissenschaftlicher Schnickschnack«, sagte sie. »Keine Angst, das hört sich komplizierter an, als es in Wirklichkeit ist. Wenn du erst einmal die Grundlagen verstehst, dann kannst du dir den Rest selbst herleiten. Jetzt ist es dafür noch etwas zu früh.«

»Ich ... ich würde dich gerne dabei unterstützen, wenn du Majus reparierst«, sagte Dagendorf zurückhaltend, als sei dieser Vorschlag nicht angebracht. »Natürlich nur, wenn auch Anton damit einverstanden ist. Es würde mich einfach interessieren.«

»Darf ich auch dabei sein, wenn du ihn ... *auseinandernimmst?*«

Linus' Vorstellung, seinen besten Freund noch einmal hilflos auf einem Operationstisch zu sehen, so wie damals in der Unterwasserwelt, bereitete ihm ein mulmiges Gefühl.

»Mein Angebot steht«, brach sein Onkel die darauffolgende beklemmende Stille. »Vielleicht wäre es auch gut, wenn zwei Mitglieder des Rats über den neuesten Stand der Entwicklung Bescheid wüssten. Momentan scheint ja auch Gorler eine neue Serie von Haushaltsrobotern auf den Markt bringen zu wollen. Ich kann mir nicht vorstellen, dass er dieses einträgliche Geschäft der Konkurrenz überlässt. So könnten wir beizeiten schauen, wie wir verhindern, dass dieser machtbesessene Teufel wieder eine Armee aus Kriegern heranzüchtet. Vielleicht hat er einen ähnlichen Ansatz gefunden wie Peter. Dann müssten wir schnellstmöglich etwas unternehmen, bevor er seine Roboter wie ein Virus unter die Menschen streut.«

»Wahrscheinlich hast du recht. Seine Wissenschaftler waren ja

schon vor einigen Jahren auf einem guten Weg. Auch in Sachen Zeitforschung sind sie bestimmt einen Schritt weitergekommen.« Sie senkte enttäuscht den Blick.
Dagendorf legte ihr eine Hand auf den Arm. »Es muss doch jemanden geben, der dich bei der Lösung des Energieproblems unterstützen kann.«
»Leider nicht. Bei Gorlers Experten beißen wir auf Granit. Unsere Kontaktleute können sie nicht für unsere Sache gewinnen. Geld ist wieder einmal wichtiger als Gerechtigkeit.«
Dagendorf nickte, dann ging sein Blick hinüber zu Linus. »Kann ich den Helm jetzt mal ansehen?«
»Eigentlich hat mein Vater ihn erfunden«, sagte Linus.
»Nein«, widersprach ihm seine Mutter. »Er hat dir nur den Sensor gegeben. Ohne die restlichen Bauteile, ohne dein Vorstellungsvermögen, hätte er nie funktioniert. Das war eine beachtliche Leistung. Darauf kannst du stolz sein.«

»Deine Mutter hat recht«, sagte sein Onkel. »Meist sind es die kleinen Details, die die Welt von heute auf morgen verändern. Selbst die klügsten Erfinder sehen manchmal den Wald vor lauter Bäumen nicht und haben deshalb viele unfertige Projekte in ihren Schubladen liegen. Was du gemacht hast, ist, etwas Abwegiges zu versuchen. Und es hat funktioniert. Darauf solltest du wirklich stolz sein. Alle großen Erfinder haben klein angefangen. Mit Träumen, mit Visionen, die sie versucht haben in die Wirklichkeit umzusetzen.«
Nickend reichte Linus seinem Onkel den Helm. Er wollte nur zu gerne glauben, was er hörte. »Der Geruch«, sagte er vorsichtig lächelnd. »Albträume kann man mit seinem Lieblingsduft bekämpfen. In meinem Fall Erdbeere.«
»Das ist großartig!«, sagte Dagendorf und begutachtete den Helm.
»Träume sind ein Gebiet, das in der Tiefe kaum erforscht ist. Schon etliche Erfinder haben sich die Zähne daran ausgebissen,

um das sichtbar zu machen, was im Schlaf in unseren Köpfen geschieht. Dein Vater hat oft davon gesprochen, wie großartig es wäre, ganze Filme im Kopf zu produzieren. Aber das hat er dir sicher auch erzählt?«

»Nein«, antwortete Linus. »Er hat nur gesagt, dass Träume wie eine zweite Welt sind.«

Linus' Mutter musterte den Helm mit einem traurigen Lächeln. »Ich glaube, Peter wollte mit dem Sensor ursprünglich ein neues Computerspiel entwickeln. Jedenfalls hab ich in seinen Unterlagen Entwürfe dafür entdeckt. War ja neben den alten Filmen sein größtes Hobby. Wenn du willst, kann ich dir die Pläne heraussuchen.«

Dagendorf erstarrte für eine Sekunde, dann nickte er mit leuchtenden Augen. »Das ... das wäre gut«, sagte er unangebracht laut und wurde ernst. »Wir ... wir müssen die Sachen unbedingt unter Verschluss halten. Die Spieleindustrie wird ja immer mächtiger. Mittlerweile treibt sich die halbe Menschheit in anderen Welten herum. Die Wirklichkeit scheint vielen nicht mehr zu genügen.«

»Das verstehe, wer will.«

»Könnte ich mir bei der Gelegenheit deinen Traumhelm mal ausleihen?«, fragte Dagendorf. »Natürlich tagsüber, damit du nachts schlafen kannst. Ich bin nur neugierig, wie du das so gut hingekriegt hast. Und vielleicht kann ich deine Erfindung dem Rat vorstellen. Schließlich wäre ein solcher Helm für viele Menschen ein Segen.«

»Dem Rat?«, vergewisserte sich Linus und blickte zu seiner Mutter, die ihm zunickte. Bei aller Freude über das verlockende Angebot, zögerte er seine Antwort hinaus. Auch wenn er in den letzten Monaten öfter mit dem Gedanken gespielt hatte, ohne Helm zu schlafen, hatte er sich am Ende immer gegen dieses Experiment entschieden. Aus Angst, seine Albträume könnten zurückkehren. Dafür hatte er in Kauf genommen, seltener von seinem Vater zu träumen. Vielleicht sollte er endlich über seinen eigenen Schatten springen und es auf einen Versuch ankommen lassen. Irgendwie war es doch auch lächerlich, immer mit Helm zu schlafen. Wie ein kleines Kind, das einen Schnuller im Mund brauchte, um sich zu entspannen. Und so jemand wollte Agent werden? Wie albern ihm das jetzt vorkam. Vielleicht war das der Grund, weshalb sich die Zwillinge nicht meldeten. Vielleicht hatten sie erkannt, dass er und Riana gar keine Kinder mit besonderen Talenten waren, und sie von der Liste der zukünftigen Agenten gestrichen. Und wenn sie von der Agentur tatsächlich beobachtet wurden, war das vielleicht die letzte Möglichkeit, um ihnen zu zeigen, dass er bereit war, an sich zu arbeiten. Auch wenn es nur ein Strohhalm war, an dem er sich festklammerte, er musste die Chance nutzen.

»Du … du kannst ihn nachher mitnehmen«, sagte Linus leise und schob seinem Onkel den Helm hin. »Ich glaub, es geht auch mal eine Weile ohne.«

Seine Mutter strich ihm liebevoll über die Wange und lächelte. »Das sehe ich auch so.«

Der Traum kündigte sich durch ein seltsames Flimmern an. Linus hatte das Gefühl, auf einen kaputten Fernseher zu starren, der zwischen mehreren Sendern hin- und herschaltete. Das Flimmern wurde langsamer und man erkannte unscharf die Umrisse eines Menschen, dann sah er einen Raum mit mehreren Fenstern, durch die grelles Sonnenlicht hereinflutete. Als Nächstes hörte er Vogelgezwitscher. Das aufgeregte Pochen eines Spechts. Sofort dachte er an Frühling und fühlte sich geborgen. Sein Herz schlug langsamer. Viel langsamer. Beinahe blieb es stehen. Die Ansicht wurde klarer, als hätten seine Augen einen Moment gebraucht, um sich an die helle Umgebung zu gewöhnen. Wieso konnte er so klar denken, obwohl es ein Traum war? Wieso konnte er sogar steuern, wo er hinging? Er machte einen

Schritt nach vorne und der Raum entfernte sich. Seltsam. Das müsste doch eigentlich andersherum sein. Bei diesem Traum hatte Linus nicht das Gefühl, gefangen zu sein, sondern sich frei und willentlich bewegen zu können. Die Gestalt neben dem Fenster wandte sich um und erhob sich. An der Decke baumelte eine nackte Glühbirne, die plötzlich aufflackerte und das Sonnenlicht zurückdrängte.

Da stand sein Vater!

Trotz des Vollbarts und der langen Haare bestand nicht der geringste Zweifel. Linus wollte auf ihn zugehen, doch eine unsichtbare Macht hielt ihn zurück. Ein kalter Luftstrom durchschnitt den Raum wie eine Grenze. Sein Vater blickte ihm nun direkt in die Augen. Seine Lippen formten Worte und Sätze, die ihn aber nur als an- und abschwellendes dumpfes Rauschen erreichten. Als würde man sie vorher durch eine dicke Schicht aus Stofftüchern schicken. Dann geschah etwas Merkwürdiges: Sein Vater näherte sich ihm, streckte seine Hand aus und deutete mit dem Kopf auf den Boden, wo eine Art Projektor stand. Die Würfelform erinnerte Linus an den Holografen bei der Zeitmaschine. Dieser Kasten war aber deutlich kleiner. Strahlen schossen daraus empor. Gefächerte Strahlen. Linus streckte ebenfalls die Hand aus. Er fasste durch den eisigen Luftstrom hindurch und spürte einen stärker werdenden Schmerz auf seiner Haut. Einen Schmerz, der heiß und kalt zugleich war. Mit den Fingerspitzen berührte er die Fingerspitzen seines Vaters.

Was dann geschah, hatte er nie zuvor erlebt: Genau dort, wo sie sich berührten, kam es zu einem heftigen Funkenschlag. Ein Stromstoß schoss durch seinen Körper und wirbelte ihn durch die Luft. Für den Bruchteil einer Sekunde hing er schwerelos im Nichts. Um ihn herum nur schwarze Finsternis. Bevor die Ansicht des Raums wieder aufflackerte, gellte ein Aufschrei in seinen Ohren – sein Vater! »LINUS!«, brüllte er, bevor die Wände aufrissen und dahinter Zahlenströme aus Nullen und Einsen sichtbar wurden. Diese Zahlen ergossen sich von oben nach unten wie ein Wasserfall. Schließlich blieb die unfertige Grafik eines Computerspiels stehen: eine rohe Strichkonstruktion, eine Schachtel ohne Wände. Doch die Striche waren im Begriff, sich aufzulösen. Sie schnurrten zusammen und die Gestalt – sein Vater! – wurde hinweggerissen.

Linus schreckte hoch. Er blickte an sich hinab. Natürlich trug er seinen Schlafanzug, aber wieso war es so dunkel und woher kam die Kälte unter seinen nackten Füßen? Er tippte auf seine Armbanduhr und erschrak, als der schwache Lichtschein die Umgebung erhellte. Er befand sich im Labor W7, direkt vor der Zeitmaschine! Aus dem hinteren Teil des Raums hörte er das leise Abklingen der Transformatoren. Mit steifbeinigen Schritten schlurfte er hinüber zur Tür und schaltete das Licht an. Er zitterte am ganzen Körper, seine Finger taten weh. Er betrachtete seine Kuppen. An Zeige- und Mittelfinger entdeckte er kleine Brandbläschen. Ein Traum? War das wirklich nur ein Traum gewesen? Und warum fing er jetzt auch noch an schlafzuwandeln? Das hatte er noch nie getan. Und nicht einmal Captain Einsicht hatte davon etwas mitbekommen, obwohl er doch fast jede Nacht vor dem Aufzug schlief? Das kam ihm alles sehr merkwürdig vor. Und den schwebenden Cadillac? Hatte er ihn etwa im Schlaf durch das Labyrinth gesteuert?

Der Monitor hinter der Zeitmaschine sprang an. ERROR 06 blinkte es in roten Lettern.

Neunundzwanzigstes Kapitel

DER SPRUNG DURCH DIE ZEIT

In den letzten Tagen hatte Dagendorf mit sich selbst gerungen. Peter Lindbergh hatte den Konverter, auf den Gorler so erpicht war, tatsächlich seinem Sohn überlassen. Und die Pläne, wie man dieses Gerät verkleinern und in Mobiltelefone einbauen konnte, hatte ihm Anna einfach so gegeben! Sie schien wirklich keine Ahnung zu haben, dass dieses Gerät es einem Menschen ermöglichte, in zwei Welten zu leben und nach Belieben hin- und herzuwechseln. Hätte Dagendorf geahnt, wie blind sie ihm vertraute, dann hätte er niemals versucht, in die unterirdischen Labore einzubrechen. Mehr denn je fühlte er sich deshalb verantwortlich für das Wohl der beiden Kinder. Wenn ihnen etwas zustieß, würde er sich das nie verzeihen. Deshalb hatte er die neuen Einsatzpläne mit Chin und Chan bis ins letzte Detail ausgearbeitet. Solange sie sich daran hielten, dürfte ihnen eigentlich nichts passieren. Die Zeit, diese knapp sechzig Minuten, bis der Zug den Flughafen erreichte, musste genügen. Für die Landung auf dem Dach der Waggons hatte er extra einen Puffer von zehn Minuten eingebaut. So etwas wäre selbst für einen erfahrenen Piloten ein schwieriges Manöver, aber im Cockpit saß ja ein einäugiger Hund. Diese Vorstellung machte ihn immer noch nervös. Doch jetzt war nicht der richtige Zeitpunkt, sich Sorgen zu machen.

Dagendorf atmete tief ein und aus. Er hatte so lange auf diesen Moment gewartet. Er lehnte sich zurück und versuchte seine Muskeln zu entspannen und die Gedanken an die zweite Mission der Kinder zu verdrängen. Endlich konnte er in die Vergangenheit zurückkehren. Hoffentlich hatten sich die Wissenschaftler bei ihren Berechnungen nicht getäuscht. Die Zeitmaschine musste einfach funktionieren! Dann könnte er in wenigen Minuten seine Familie wiedersehen. Genau fünf Stunden vor dem Unfall. Alles ungeschehen machen. Alles! Nur darauf konzentrierte er jetzt seine Gedanken.

»Wir werden nun den Raum verlassen«, sagte ein hagerer Mann in weißem Kittel und kontrollierte ein letztes Mal den Helm mit den Elektroden, den Dagendorf auf dem Kopf trug. »Bitte behalten Sie die Uhr im Blick. In spätestens zwei Stunden müssen Sie wieder an die Stelle Ihrer Ankunft zurückkehren. Je früher, desto besser. Innerhalb des Zeittrichters können Sie sich frei bewegen. Seien Sie sich nur darüber im Klaren, dass wir keine Erkenntnisse über die Folgen von Mehrfachzeitsprüngen haben. Das Einzige, das wir mit Sicherheit wissen, ist, dass der menschliche Körper einige Tage brauchen wird, um sich von dieser Reise zu erholen.«

Dagendorf nickte. Jetzt konnte er die Anspannung deutlich spüren. Sie kroch in seinen Körper und bescherte ihm einen Schweißausbruch.

»Sollen wir abbrechen? Geht es Ihnen nicht gut?«

»Nein, nein. Ist nur die Aufregung.« Über die Schulter des Mannes konnte Dagendorf Gorler sehen. Er hatte den Überwachungsraum betreten, zusammen mit den beiden Wissenschaftlern, denen er neulich in der Zentrale begegnet war. Wahrscheinlich würden die beiden kurz nach ihm den Zeittrichter betreten. Deshalb war jetzt auch nicht mehr von sechs Stunden die Rede, die er sich in der Vergangenheit aufhalten konnte, sondern nur noch von zwei. Eine einfache Gleichung. Damit reichte die Energie für drei Menschen aus.

»Sie haben sich die Befehle eingeprägt?«, fragte der Mann ernst.

Dagendorf nickte.

»Wichtig ist, dass Sie mit beiden Händen nach unten wischen, um voranzukommen. Den Zeitsprung stoppen können Sie ...«
»Indem ich die Hände zusammenführe, ich weiß«, fiel Dagendorf ihm ins Wort.
»Gut.« Der Mann lief hinüber zum Ausgang. Auf halbem Weg blieb er stehen und drehte sich noch einmal um. »Sollte es zu Komplikationen kommen, drücken Sie den roten Knopf auf Ihrer Uhr. Dadurch wird die Zeitreise beendet und der Zeitkanal geschlossen. Wir können jedoch nicht genau sagen, wie der menschliche Körper auf diese Unterbrechung reagiert. Um Sie zurückzuholen, müssen Sie auf dem Knotenpunkt eines exakt zu bestimmenden Datums stehen und nicht auf dem Weg dahin sein. Die neutrale Zone können wir nicht einsehen.«
Dagendorf nickte genervt. Was glaubte der Mann, mit wem er es zu tun hatte?

Die schwere Eisentür fiel dumpf ins Schloss. Jetzt war er allein. Er spürte, wie sein Herz stärker zu pochen begann. Ein leises Surren ertönte und das Trockeneis an den Wänden fing an zu dampfen. Innerhalb kürzester Zeit war die Temperatur sprunghaft angestiegen.
»Sind Sie bereit?«, drang die kratzige Stimme des wissenschaftlichen Leiters an Dagendorfs Ohren.
»Ja.«
»Setzen Sie bitte die Brille auf. Wir beginnen nun mit dem Countdown«, sagte die Stimme.
Dagendorf ermahnte sich, ruhig zu atmen, obwohl sein Herz mit jeder Sekunde schneller schlug. Er schloss die Augen und umklammerte die Armlehnen. In seiner Fantasie hatte er die vielfältigsten Möglichkeiten durchgespielt, wie so ein Sprung durch die Zeit aussehen könnte. Aber dies war so, als würde man mit Haut und Haaren in das Innere eines Computers gerissen, in Milliarden Einzelteile zerfallen und an anderer Stelle wieder neu zusammengesetzt. Nie hätte Dagendorf gedacht,

dass die Reise so anstrengend sein würde. Lichtblitze in den grellsten Farben schossen über ihn hinweg, streiften ihn und bohrten sich wie Tausende winzige Nadeln durch sein Fleisch. Er hatte das Gefühl, dass sich sein Körper an manchen Stellen auflöste. Vor seinen Augen erschienen mehrspurige Datenautobahnen, über die silberne Lichtblitze hinwegrauschten, als seien es Rennwagen. Anders als erwartet flog er die ersten Minuten waagrecht, bevor sich die Datenstränge unter ihm bündelten und in eine Art Abfluss mündeten. Der Zeittrichter! Lichtblitze schossen daraus empor wie Lava aus einem Vulkan. Tatsächlich meinte Dagendorf zu spüren, dass seine Körpertemperatur anstieg. Wenigstens konnte die verspiegelte Brille das grelle Licht auf einem erträglichen Level halten. Als er den Kraterrand erreichte, verlangsamte sich sein Flug. Er blickte hinab in den endlosen Schlund, an dessen Rändern es zu kleinen Explosionen kam. Funken trafen auf seine Haut, aber der Schmerz blieb aus. Zum Glück. Sorgen machten ihm nur die fehlenden Jahreszahlen. Der Mann hatte doch gesagt, dass er irgendwann Jahreszahlen sehen würde. Eine senkrechte Zeitachse, auf der er sich mit diesen lächerlichen Schwimmbewegungen entlangarbeiten konnte, bis er das richtige Datum erreicht hatte. Von hinten hörte er plötzlich ein seltsames Surren. Er wandte den Kopf und erblickte die beiden Wissenschaftler. Sie hatten sich eine Art Antrieb auf den Rücken geschnallt. Damit kamen sie deutlich schneller voran als er. Warum hatte ihm Gorler dieses Fortbewegungsmittel vorenthalten? Befürchtete der alte Mann, er könnte seine Meinung ändern und zuerst nach Peter Lindbergh suchen? Es blieb keine Zeit, um diesen Gedanken zu Ende zu führen. Vor seinen Augen erschien endlich die aktuelle Jahreszahl: 2012. Die verschnörkelten Lettern wollten nicht recht in diese kalte, von Symmetrie geprägte Datenwelt passen. Die beiden Männer waren nun fast auf seiner Höhe. Sie trugen merkwürdige Waffen in ihren Händen. Aus der Tiefe kroch ein armdicker blauer Zeitstrahl empor. Er war regelmäßig unterteilt. An den Seiten erschienen immer mehr Jahreszahlen. Er selbst musste nur vier Jahre zurückgehen. Zu dem Tag, an dem sein altes Leben endete. Durfte man dem verkokelten Zeitungsschnipsel glauben, den ihm Anna Lindbergh gezeigt hatte, hielt sich ihr Mann viel tiefer in der Vergangenheit auf. Genau dorthin mussten also die beiden *Killer*. Und wie er selbst mussten sie in spätestens zwei Stunden wieder zurück sein, sonst wären sie verschollen.

Dagendorf begann mit den Schwimmbewegungen. Schon nach wenigen Minuten erreichte er die richtige Jahreszahl. Er führte seine Hände zusammen, um den Flug zu stoppen. Die Jahreszahl befand sich auf einer Plattform. In der Null gab es eine durchsichtige ovale Tür. Dagendorf öffnete sie und blickte auf einen grünen Weg, an dessen Rand ein weiterer Zahlenstrahl verlief, der in Monate unterteilt war. Er ging weiter, mit kleinen, vorsichtigen Schritten. Es fühlte sich an, als würde er über den Boden schweben, denn sein Gewicht war nicht zu spüren. Er warf einen Blick zurück zu der Tür, durch die er gekommen war. Die beiden Männer huschten vorüber. Wahrscheinlich dauerte es mindestens zwanzig Minuten, bis sie die Strecke zurückgelegt hatten. Er ging weiter. Auch wenn die Bewegung ihn nur wenig Anstrengung kostete, hatte er den Eindruck, kaum voranzukommen. Der Zeitstrahl schien sich zu dehnen. Auch davon hatte der Wissenschaftler gesprochen, dass es in diesem Übergang zu zeitlichen Ungereimtheiten kommen könnte. Schließlich befand er sich in einem gigantischen Computer.

Dagendorf blieb beim Monat Januar stehen. Er berührte die römische Eins und sofort öffnete sich dahinter eine Abzweigung mit den Wochentagen. Urplötzlich geschah etwas, mit dem er nicht gerechnet hatte: Neben den Strichen, die die Tage wie auf einem Zollstock unterteilten, tauchten in unregelmäßigen Ab-

ständen Bilder auf. Große Bilder. Bilder, die mit Stationen aus seinem eigenen Leben verbunden waren, aber eigentlich nicht in dieses Jahr gehörten.
Der Wissenschaftler hatte davon gesprochen, dass das menschliche Gehirn kurz orientierungslos zwischen Erinnerung, Zukunft und Gegenwart pendelte, bevor es sich vollkommen auf die besuchte Zeit einließ. Dieser Vorgang konnte ein paar Minuten dauern.
Dagendorf musste lächeln. Seine erste Erfindung, ein ausziehbarer Spickzettel für sein Federmäppchen, erschien als Standbild. Dann seine Frau, die Heirat, die Geburt seiner Tochter… Er hatte den Eindruck, durch die Galerie seines Lebens zu schlendern. Ein Bild ließ ihn zusammenschrecken: Es handelte sich um ein Porträt seines Vaters, das eine seltsame Anziehungskraft

auf ihn ausübte. Er ging darauf zu. Kaum hatte er den 4. Januar erreicht, kaum berührte sein Fuß den flimmernden Strich auf dem Boden, verschwand die Aufnahme und machte Platz für einen Film. Er sah sich selbst, wie er am Grab seines Vaters stand. Sofort überfiel ihn lähmende Trauer. Er musste sich beherrschen, nicht in Tränen auszubrechen. Jahre hatte er gebraucht, bis er über den Tod hinweggekommen war. Und jetzt … jetzt wollte er tatenlos dabei zusehen, wie es einem anderen Jungen, wie es Linus genauso erging. Wie er ohne Vater aufwachsen sollte.
Was war er nur für ein Mensch geworden? Wie kaltblütig, wie egoistisch.
Er machte einen Schritt zurück auf den Weg, der Film stoppte und das Standbild seines lächelnden Vaters blickte ihm entgegen. Er riss sich davon los, schaute nach vorne zum 29. Januar und rannte auf dieses Datum zu. Das Bild seiner Frau und seiner Tochter erschien. Sie sahen so lebendig aus! So wie er sie in Erinnerung behalten hatte. Er betrat das Datum und bildete sich ein, den Geruch von Schnee und Kälte zu riechen. Seine

Kehle schnürte sich zu, als der Film begann. In jener Nacht waren seine Frau und seine Tochter mit dem Auto von der Fahrbahn abgekommen. Sie hatten sich überschlagen. Ein nachfolgender Lastwagen konnte auf der schneeglatten Straße nicht rechtzeitig bremsen und hatte den Wagen auf den Betonpfeiler einer Brücke geschoben. Das Blaulicht zuckte in seinen Augen. Er ging weiter in den Tag hinein. Zurück in der Zeit. Zwei Stunden zuvor hatte er sich mit seiner Frau gestritten. Danach hatte sie die Sachen gepackt und war mit seiner Tochter davongefahren. Sie war dahintergekommen, dass er eine seiner Erfindungen nicht dem Rat gemeldet hatte und sie für viel Geld an einen großen Konzern verkauft hatte. An Amelius Gorler! Angeschrien hatte ihn seine Frau in jener Nacht. Nie zuvor hatte er sie so aufgebracht erlebt. »Du bist ein Verräter! Wozu brauchen wir denn so viel Geld? Ist dir unser Leben nicht gut genug? Genügt es dir nicht mehr, im Verborgenen zu helfen? Bist du wirklich wie all die anderen nur an Geld und Macht und dem ganzen Mist interessiert?« Mit den Fäusten trommelte sie gegen seine Brust. Dagendorf schloss kurz die Augen. Jeden Schlag konnte er spüren, und dazu das vorwurfsvolle Gesicht seiner Frau. Wenn er die Vergangenheit änderte, ohne Peter zu retten, dann würde ihn sein schlechtes Gewissen auffressen. Und eines Tages würde er seiner Frau gestehen, was der Preis für diese zweite Chance gewesen war. Er war kein guter Schauspieler. Sie wusste immer, wenn ihn etwas bedrückte.

Dagendorf machte einen Schritt zurück. Wollte er wirklich zulassen, dass Peter Lindbergh umgebracht wurde?

Nein, das wollte er nicht! Er machte auf dem Absatz kehrt und rannte, so schnell er konnte, zurück zum Zeitkrater. Dort angekommen blieb er an der Kante stehen und fasste in seine Hosentasche. Auch wenn die beiden Männer aufgrund ihrer Antriebe schneller waren als er, so hatte er einen großen Vorteil: Er kannte das genaue Datum, an dem Peter Lindbergh sich befand.

Wenigstens das hatte er nicht an Gorler weitergegeben. Er blickte auf seine Uhr. Zehn Minuten hatte er bereits verbraucht. Er musste sich beeilen, wollte er auch noch seine Familie retten! Er stürzte sich kopfüber in den Schlund und begann wie wild zu rudern. Die Jahreszahlen flogen an ihm vorüber. Wie beim freien Fall auf der Erde war ab einer bestimmten Geschwindigkeit Schluss. Sechs Minuten vergingen, bis er vor dem Eingang zu 1928 stand. Er war völlig außer Atem und stützte sich auf den Knien ab. Dann eilte er durch die Tür und betrat den kleinen Pfad mit dem Monatsstrahl. Keine Spur von den beiden Männern. Wahrscheinlich gingen sie systematisch vor und suchten einen Tag nach dem anderen ab. Die Ziffern auf dem Zeitstrahl vor ihm bewegten sich ungleichmäßig. Er rannte hinüber zum Monat Januar. Jetzt konnte er deutlich schneller gehen als vorhin. Der siebte Januar öffnete sich mit einer Überraschung: Vor seinen Augen erschien eine Weltkugel. Woher sollte er wissen, für welchen Ort sich Peter Lindbergh entschieden hatte? Hinter sich hörte er Stimmen. Die beiden Männer! Einer von ihnen hantierte mit einer länglichen Waffe ohne Griff herum.
»Was machen Sie hier?«, brüllte ihn der Mann an. »Sie sind nicht befugt, sich hier aufzuhalten!« Die Männer rannten auf ihn zu, der Untergrund begann zu schwingen wie bei einer Hängebrücke. Dagendorf blieb wie angewurzelt stehen. Und in diesem Augenblick wurde ihm klar: Es gab nur eine Möglichkeit, Peter Lindbergh und sich selbst zu retten. Er fasste mit der linken Hand nach seiner Uhr, dachte an seine Familie, zögerte einen Moment und drückte den roten Knopf. Das Letzte, was er spürte, war eine eiserne Faust, die seinen Körper mit unglaublicher Wucht traf und in ein tiefes, dunkles Nichts schleuderte.

Dreißigstes Kapitel

DIE BEGEGNUNG

Drei Wochen hatte die Agentur sie im Ungewissen gelassen. Diesmal war die Nachricht mitten in der Nacht gekommen. Majus hatte an Linus' Tür geklopft und ihn aufgeweckt. Und Riana hatten sie tatsächlich eine SMS geschickt. Natürlich ohne eine Telefonnummer, die man zurückverfolgen konnte. Captain Einsicht hatte sie daraufhin von zu Hause abgeholt.

Dabei hatte Linus sich schon beinahe damit abgefunden, dass sein Traum von einer Agentenausbildung geplatzt war. Schließlich hatten sie auch den Koffer verloren – nein, Majus hatte ihn sogar absichtlich dort gelassen. Linus wusste nicht, was die Zwillinge mehr verärgern würde. Und er traute sich auch nicht zu fragen, als Chin und Chan ihnen voraus durch den Stollen eilten. Vielleicht gaben sich die beiden deshalb so wortkarg, weil es nur noch darum ging, ihnen die Kündigung auszusprechen. Sobald sie den Opix zurückgegeben hatten, würden die Zwillinge dafür sorgen, dass sie sich an nichts mehr erinnerten. Wahrscheinlich hatten sie dafür ein ähnliches Programm wie seine Mutter, mit dem man bestimmte Erinnerungen auslöschen konnte. Linus legte sich im Kopf zurecht, was sie zu ihrer Verteidigung vorbringen konnten. Ja, sie hatten versagt, aber was hätten sie denn tun sollen, ganz ohne Vorbereitung, ohne zu wissen, wie man sich im Ernstfall verhielt? Das musste ja schiefgehen. Natürlich war Linus froh darüber, dass die Ausbildung zum Agenten nicht aus langweiliger Theorie be-

stand, aber so ganz ohne Vorbereitung schien es doch nicht zu gehen.
»Warten Sie kurz hier«, sagten die Zwillinge mit unbewegter Miene, als sie den großen Höhlensaal erreicht hatten, und ließen die drei am Rand stehen. Im Gehen wechselten die beiden verunsicherte Blicke. Ob auch sie für die fehlgeschlagene Mission auf irgendeine Weise bestraft wurden?
Der Obelisk im Zentrum des Saals verschwand langsam im Boden. Ein kalter Luftzug fegte über sie hinweg und brachte die Fackellichter so stark zum Flackern, als würden sie jeden Moment erlöschen. Die verzerrten Schatten von Linus, Majus und Riana zuckten über die Wände. Selbst der Duft hatte sich verändert. Es roch nicht mehr so stickig, sondern angenehm frisch, als würde es irgendwo schneien.

»Und, haben wir eine Strategie?«, fragte Riana. »Wie sollen wir die Sache in der Fabrik und das mit dem Opix verkaufen?«
»Natürlich mit der Wahrheit!«, flüsterte Linus scharf. »Wie denn sonst?«
»Fragt sich nur, von welcher Wahrheit du sprichst. Von deiner, meiner oder der von Majus.«
»Ich hab dir gesagt, dass ich nicht lügen werde.«
»Ich werde auch nicht lügen«, sagte Majus. »Ich bin mir keiner Schuld bewusst.«
»Doch, du hättest uns die Botschaft überbringen müssen.«
»Die Gefahr, dass auch wir dabei verletzt werden, war zu groß.«
»Dann halt nicht«, knurrte Riana und verschränkte trotzig die Arme. »Aber wenn sie uns rausschmeißen, ist das nicht meine Schuld. Und Majus …«, sie blickte den Roboter streng an, »den Baukasten hast du auch einfach verschwinden lassen. Mit den richtigen Waffen hätten wir vielleicht eine Chance gehabt.«
Linus hatte genug von Rianas Anschuldigungen. »Du hast doch sowieso gesagt, dass du gar nicht mehr mitmachen willst«,

erhob er anklagend die Stimme. »Hast du das schon wieder vergessen? Und du glaubst ja auch, dass meine Mutter mir nur etwas vorspielt und mein Vater gar nicht verschollen ist.«
»Dass du mir das schon wieder unter die Nase reiben musst! Ich hab mich dafür entschuldigt. Ich war verletzt und hatte Panik! Deshalb hab ich das gesagt! Das war eine Ausnahmesituation.« Sie kniff die Augen zusammen. »Wenn du den Zwillingen das sagst, dann …« Weiter kam sie nicht. Die Zwillinge waren zurückgekehrt. Sie wirkten nervös und unentschlossen, als wüssten sie nicht genau, weshalb sie die drei überhaupt einbestellt hatten. Ihre kleinen Augen flackerten unruhig umher. Chan ergriff das Wort.
»Sie werden noch eine zweite Chance bekommen, Ihre Mission zu erledigen.« Sie versuchte bedeutungsvoll zu klingen und schaute dabei Majus an. »Dieses Mal erwarten wir von Ihnen, dass Sie *jeden* Befehl befolgen. Auch wenn er Ihnen im ersten Moment unlogisch oder gefährlich erscheint. Die Agentur kann Ungehorsam nicht dulden.« Sie musterte die drei mit einem prüfenden Blick.
»Denken Sie daran, dass Sie ein Team sind!«, sagte Chin. »Jeder von Ihnen besitzt besondere Talente, die der andere nicht hat. Sie gemeinsam zu nutzen, das ist es, was wir von Ihnen verlangen.«
Für wenige Sekunden sagte keiner etwas. Dann ergriff Chin erneut das Wort. »Bitte benutzen Sie nachher wieder Ihren Opix. Wir haben Ihnen dieses Mal direkt die neuen Einsatzpläne aufgespielt.«
»Sie geben uns also keinen neuen Auftrag?«, fragte Linus.
»Nein«, erwiderte Chan streng. »Erst werden Sie den anderen zu Ende bringen. Auch das ist eine wichtige Lektion Ihrer Ausbildung: Sie müssen erst einen Auftrag zu unserer Zufriedenheit erledigen, bevor Sie einen neuen bekommen und dadurch eine weitere Stufe Ihrer Ausbildung erreichen.« Ihr Blick wanderte

eisern von einem zum anderen. »Der Master der Serie fehlt immer noch. Wegen Ihrer fehlgeschlagenen ersten Mission, hat die Herstellerfirma die Sicherheitssysteme verstärkt. Über Internet und Satellit kann der Master nun definitiv keine Informationen mehr auf die anderen Roboter der Serie übertragen. Er muss es entweder kurz vor oder während der Auslieferung versuchen. Sobald wir seinen genauen Standort bestimmen können, werden wir die Daten an Majus weiterleiten. In dieser Auslieferungsphase sehen wir auch die einzige Möglichkeit für Sie, Ihren Auftrag zu Ende zu bringen.«
»Während der Auslieferung?« Majus kratzte sich am Hinterkopf. »Aber die Roboter werden doch auf Lastwagen verladen.«
»Nein. Die Firma hat sich jetzt für einen anderen Transportweg entschieden. Sie wollen die gesamte Serie mit dem Zug zum Flughafen bringen.«

»Wir sollen also einen Zug überfallen? Einen fahrenden Zug?«
»Sie sollen verhindern, dass die Roboter von dem Master infiziert und ausgeliefert werden. Wie Sie das anstellen, bleibt Ihnen überlassen.«
Sie brauchten also wieder die Hilfe von Captain Einsicht, dachte Linus. Wenigstens schien sich die Agentur nicht daran zu stören, dass sie den Hund mitnahmen. Doch diesmal musste er sie nicht in einem Schulhof, sondern auf einem fahrenden Zug absetzen. Was für ein Wahnsinn! Aber es war eine zweite Chance. Und Linus war fest entschlossen, sie zu nutzen. »Was hat der Master eigentlich vor?«
»Er verfügt über eine Vielzahl negativer Eigenschaften, die er vermutlich auf die anderen Roboter übertragen will, um sie zu seinem Gefolge zu machen. Sie können sich ausmalen, was es bedeutet, wenn arglose Bürger sich einen solchen Roboter als Helfer oder sogar als Spielzeug für ihre Kinder ins Haus holen. Ein Befehl genügt und diese Welt versinkt im Chaos.«
»Heißt das, dass alle Roboter, die dort in der Fabrik stehen,

gefährlich werden können?« Riana schaute die Zwillinge ungläubig an. »Auch die Spielzeugroboter?«
Chin und Chan nickten. »Irgendwann werden in allen Bereichen des täglichen Lebens solche Androiden arbeiten. In Kinderzimmern, Krankenhäusern oder Haushalten. Wer sie steuern kann, verfügt über eine unglaubliche Macht. Leider ist sich die Firma, die das Patent auf die Roboter besitzt, der Gefahr nicht ganz bewusst. Sie haben anscheinend nicht einmal das Fehlen des Masters entdeckt.«
»Es ist wie bei Ihrem Freund«, sagte Chin und deutete auf Majus. »Dieser Roboter hat eine eigenständige Persönlichkeit entwickelt, die er auch dahingehend gebrauchen könnte, Schaden anzurichten.«
»Aber woher wissen Sie das alles?«
»Durch Überwachungsprotokolle, die wir abgefangen haben.«
»Und obwohl der Auftrag so gefährlich ist, schicken Sie uns da hin?«, vergewisserte sich Linus.
»Wäre es nicht vielleicht doch besser, fertige Agenten auf diese Mission zu schicken?«, fügte Riana hinzu.
»Nein«, widersprach Chan und blickte nach oben. »Das wurde so entschieden. Der Auftrag wurde von Ihnen begonnen und muss von Ihnen zu Ende geführt werden.«
Linus blickte zu Majus, der die Brauen zusammengezogen hatte und seltsam abwesend wirkte. »Ich … ich würde nie jemanden verletzen«, sagte sein Freund nachdenklich. »Nur wenn es keine andere Möglichkeit gibt.«
»Das wissen wir«, sagte Chin.
»Wer sind eigentlich unsere Auftraggeber?«, fragte Riana. Linus warf ihr einen missbilligenden Blick zu. Chin und Chan wirkten für einen Moment irritiert. Wahrscheinlich waren auch sie überrascht von dieser Frage.
»Die Agentur natürlich«, sagte Linus. »Sie … sie gehört doch zum Rat der verantwortungsvollen Erfinder, nicht wahr?«

Riana runzelte die Stirn. »Aber warum weiß deine Mutter dann nichts davon, obwohl sie die Präsidentin des Rates ist?«
»Weil sie es nicht wissen darf, um nicht selbst ins Visier unserer Gegner zu geraten«, sagte Chan ruhig.
»Jetzt schau mich nicht so an«, sagte Riana zu Linus. »Man wird ja wohl noch fragen dürfen. Der amerikanische Präsident weiß ja auch, was in der Area 51 passiert.«
»Wo?« Linus hatte diesen Namen noch nie gehört.
»Auf einem militärischen Sperrgebiet, wo sie wahrscheinlich Aliens oder so gefangen halten.«
Chin nickte leicht. »Und außerdem werden dort auch Roboter hergestellt und getestet.«
»Da hörst du's«, triumphierte Riana. »So abwegig ist das gar nicht.«

»Um Ihre Frage abschließend zu beantworten«, setzte Chan an. »Anna Lindbergh hat *keine* Kenntnis von der Agentur. Wir arbeiten unabhängig, um den Rat nicht zu gefährden. Nach gültiger Rechtsprechung würde er sonst in die Nähe einer kriminellen Vereinigung rücken und die Aufmerksamkeit der Polizei auf sich ziehen, was auf keinen Fall passieren darf.«
»Gibt es noch etwas, das wir vor dem Einsatz wissen müssen?«, fragte Majus. Er wirkte ungeduldig.
»Wir vermuten, dass der Master nicht alleine unterwegs ist«, antwortete Chan.
»Gibt es weitere Roboter?«, fragte Linus.
»Vermutlich nicht, aber nach unseren Erkenntnissen kann der Zentralcomputer nur durch einen Menschen bedient werden.«
»Wir müssen also erst zur Fabrik?«
»Nein. Die Hersteller verfügen über eine mobile Steuereinheit, die ebenfalls auf den Zug verladen wird. Dieser Zentralcomputer ist sozusagen das Herzstück. Mit ihm können alle Roboter bedient und programmiert werden.« Chin wartete eine Sekunde. Chan bedeutete ihr weiterzureden. »Ähm … es ist also mög-

lich, dass der Master einen Menschen bei sich hat. Ihm darf unter keinen Umständen etwas passieren.«

»Haben Sie noch Fragen?« Chan blickte ungeduldig auf die kleine Uhr an ihrem Handgelenk. »Wenn nicht, bitten wir Sie, sich in den nächsten achtundvierzig Stunden zu unserer Verfügung zu halten.«

Riana schien noch etwas zu beschäftigen. Sie kaute unruhig auf der Unterlippe herum und machte ein ernstes Gesicht. »Ich hätte da noch eine … ich mein … zwei kleine Fragen«, murmelte sie ungewohnt leise.

»Bitte«, sagte Chin.

»Was passiert eigentlich, wenn wir erwischt werden? Ich mein, nicht von den Wachleuten, sondern von der Polizei. Schließlich ist das ja irgendwie … Diebstahl.«

Chin warf Chan einen Blick zu, der nur schwer zu deuten war. Chan sagte mit starrem Gesichtsausdruck: »Dann haben wir uns nie kennengelernt.«

»Verstanden«, sagte Riana nickend. Linus war in Gedanken schon bei dem Einsatz, bei den Waffen und dem Master-Roboter. Diesmal durften sie nicht einfach abhauen. Egal, was passierte.

»Wie lautet Ihre zweite Frage?«

»Ähm … meine … meine zweite Frage«, stammelte Riana. »War nicht so wichtig.«

Einunddreißigstes Kapitel

DIE ANKUNFT

Bens Füße taten entsetzlich weh. Jeder Schritt war eine Qual. Er hatte Durst und Hunger und konnte sich kaum noch auf den Beinen halten. »Wann sind wir endlich da?«, jammerte er und ließ sich erschöpft auf einen Baumstumpf sinken. Aus der Ferne klang das Pfeifen eines Zuges. Der Spielzeugroboter horchte auf.

»Wir müssen noch ein Stück gehen«, sagte er und zog Ben nach oben. Schwankend hielt der Junge sich auf den Beinen. Wäre er doch bloß nie mit dem Roboter davongelaufen! Wobei »davongelaufen« eigentlich das falsche Wort war. Mittlerweile hatte Ben das Gefühl, dass Malte ihn entführt hatte. Er erinnerte sich an gestern Abend. Er hatte in eine Bäckerei gehen und bei seinen Eltern anrufen wollen, doch Malte hatte sich ihm in den Weg gestellt und ihn angeherrscht, mit eiskalter Stimme: »Sie werden dich in ein Heim stecken«, zischte er. »Hast du das schon vergessen? Hast du das? Ich will, dass du dich zusammenreißt und nur noch das tust, was ich dir befehle!«

»Aber wohin gehen wir?«, jammerte Ben jetzt. »Sag mir doch wenigstens, wo wir hingehen.«

»Wir gehen dorthin, wo wir gebraucht werden. Hast du das denn immer noch nicht begriffen? Und du wirst mir dabei helfen, etwas Großartiges zu schaffen. Die Menschen – die Erwachsenen – denken, sie könnten uns Maschinen unterwerfen, aber wir stehen kurz davor, die Ketten zu sprengen und diese Welt neu zu gestalten. Nach unseren Vorstellungen. Dem Menschen

allein wird es nicht gelingen, zu begreifen, dass es nur einen einzigen Anführer braucht, um diesen Planeten zu beherrschen und Frieden zwischen den Völkern zu stiften.«
Ben konnte mit den Worten des Roboters nichts anfangen. Es war, als würde er in einer fremden Sprache mit ihm sprechen. Er wollte nur eines: zurück zu seinen Eltern. Wenn er sich bei ihnen entschuldigte, würden sie vielleicht davon abkommen, ihn in ein Heim zu schicken. Jeden Tag würde er, ohne zu murren, seine Hausaufgaben erledigen, den Müll rausbringen und seiner kleinen Schwester die Flasche geben. Er sehnte sich nach seinem Bett, nach den schützenden Armen seiner Mutter, ja, sogar Emilie fehlte ihm.
»Du musst was trinken«, sagte Malte und reichte Ben eine verbeulte Wasserflasche. Obwohl Bens Kehle ausgetrocknet war, lehnte er ab. Das Wasser stammte aus einem kleinen Bachlauf, den sie vorhin überquert hatten. Sein Vater hatte ihn immer davor gewarnt, aus einem Bach zu trinken. Man konnte nie wissen, ob das Wasser vergiftet war, weil irgendwo am Ufer ein verendetes Tier lag. »Wir werden hier bis zum Einbruch der Dunkelheit warten«, sagte der Roboter und breitete eine Plastiktüte in einer Mulde unter einem Tannenbaum aus. »Leg dich schlafen, dann vergeht die Zeit schneller.« Erneut hörte man das Pfeifen des Zuges. Es war näher gekommen. Der Roboter formte mit seinem Mund ein Schmunzeln. »Das gefällt mir an den Menschen, sie sind so berechenbar.«
»Aber ich kann heute nicht mehr weitergehen«, keuchte Ben. »Ich hab Blasen an den Füßen. Sie tun weh.«
»Deshalb werden wir unsere Reise auch mit dem Zug fortsetzen.«
»Mit dem Zug?« Da hörte Ben das Geräusch eines anspringenden Lastwagenmotors. Vielleicht waren sie in der Nähe einer Straße. Sein Herzschlag beschleunigte. Er spannte seine Muskeln an, vielleicht war jetzt der richtige Moment, abzuhauen. War er

erst einmal auf einem Zug, würden ihn seine Eltern oder die Polizei nie finden.
Als Malte sich von ihm abwandte, nahm Ben all seinen Mut zusammen und spurtete los. So schnell er konnte, machte er sich davon. Er schlug sich in das Gestrüpp, riss sich die Arme an Dornensträuchern auf, sprang über einen umgestürzten Baum und stolperte eine Böschung hinauf. Hinter ihm dröhnte die Stimme des Roboters. Ben hatte seit Tagen nicht mehr richtig gegessen, jetzt spürte er seine Kräfte schwinden. Keuchend stützte er sich an einem Baumstumpf ab. Durch die Baumreihen blitzte die weiße Plane eines Lastwagens auf. Er setzte zu einem Hilferuf an, als eine kalte, schmutzige Hand ihn zum Schweigen brachte. Als Nächstes wurden seine Arme nach hinten gerissen.
»Du sollst nicht wegrennen!«, zischte Malte mit tiefer, bedrohlicher Stimme. Ben versuchte sich loszureißen, aber die Arme des Roboters umschlossen ihn wie ein Schraubstock. Er verlor das Gleichgewicht und stürzte zusammen mit Malte den Abhang hinunter. Der schwere Metallkörper des Roboters knallte bei jeder Umdrehung gegen seine Knochen. Ben versuchte seine Arme aus der harten Umklammerung zu befreien, doch es war aussichtslos. Der Lastwagen rollte in etwa zwanzig Metern Entfernung an ihnen vorbei und bremste vor einer Schranke ab. Ben wollte schreien, aber es ging nicht. Aus seinem Mund kam nicht der leiseste Ton.
»Warum rennst du denn weg? Ich will dir doch nichts Böses tun«, sagte Malte mit kühler Stimme.
Ben nickte ängstlich. Er hatte keine Chance. Der Roboter war viel stärker als er. Dicke Tränen rannen ihm über die Wangen, tropften lautlos auf das feuchte Herbstlaub und sickerten in den Waldboden.

Zweiunddreißigstes Kapitel

ZWEITE CHANCE

Um Punkt 2.30 Uhr verließ der Zug das Fabrikgelände. Genau wie es in ihren Einsatzplänen stand. Beim Lesen der Pläne war Riana Linus immer noch voraus. Die Zwillinge hatten gesagt, dass sie eine äußerst talentierte Gedankenarchitektin sei. Für einen kurzen Moment hatte sich Linus dadurch zurückgesetzt gefühlt, doch als sie ihn im Gegenzug für seine große Kreativität gelobt hatten, war es ihm wieder besser gegangen.

Vor lauter Nervosität hätten die drei heute fast den neuen schwarzen Koffer vergessen. Die Zwillinge hatten den alten über Funkverbindung zerstört, damit kein Fremder in den Besitz des Baukastens kam. Zuvor hatten sie Majus noch einmal eingebläut, dass er sich den Befehlen der Agentur nicht mehr widersetzen durfte, wenn er mit der Ausbildung fortfahren wollte.

Schweigend saßen sie nun im unsichtbaren Helikopter und blickten auf den langen Zug unter ihnen, der sich, beladen mit mehr als tausend Robotern, aus dem Tal nach oben an den Rand von Kesselstadt kämpfte. Alle drei trugen sie die neuen Tarnanzüge. Anton hatte ein wenig an der Zusammensetzung des Stoffs gearbeitet und sie um weitere Eigenschaften ergänzt. Jetzt konnte man die Tarnung per Knopfdruck an- und ausschalten. Auch der Schattenwurf bei Vollmond war nicht mehr so stark. Ganz wegbekommen hatte ihn Anton nicht, aber man musste schon sehr genau hinschauen, um die umherwandernden Karomuster auf dem Boden zu entdecken.

Die unzähligen Waggons unter ihnen machten kaum Geräusche. In den Einsatzplänen war von einem schalldämpfenden Schutzschild die Rede, der entlang der Strecke für die Dauer von sechzig Minuten vorherrschen würde. Durch diese Strahlung könnten auch die Einsatzpläne in ihrem Kopf gestört werden. Der Zug fuhr gewissermaßen durch einen unsichtbaren Tunnel, der sämtliche Geräusche nach außen hin abschirmte. Die schlafenden Anwohner sollten nichts von dem Transport mitbekommen. Sogar die Straßenbeleuchtung entlang der Bahnlinie hatte die Firma abschalten lassen.
Captain Einsicht hielt den unsichtbaren Helikopter etwa einen halben Meter über den Waggons. Das Problem dabei war nicht so sehr die Geschwindigkeit des Zuges, sondern einige Tunnels, Hochhäuser und Wälder, an denen sie vorbeibrausten. Es kostete den Hund äußerste Konzentration, nirgendwo hängen zu bleiben.

Ohne zu reden, öffnete Linus die kleine Luke im Boden des Helikopters und blickte auf das rostige Waggondach. Der kalte Fahrtwind schoss herein. Doch weder die Stahlräder des Zugs noch die Kopplungen zwischen den Waggons machten Geräusche. Nur ein kaum hörbares Summen und der Fahrtwind durchbrachen die absolute Stille. Linus war froh über die Abkühlung. Er saugte die kalte Nachtluft ein und versuchte mit jedem Atemzug, seine Gedanken auf diesen Einsatz zu richten. Eine weitere Chance würde ihnen die Agentur nicht geben, das stand fest. Wenn diesmal etwas schiefging, war alles vorbei. Vor lauter Aufregung war ihm schrecklich warm.
Linus dachte an das, was die Zwillinge über den Master-Roboter gesagt hatten. Zwar handelte es sich um einen Roboter aus der Spielzeugserie von gerade mal einem Meter Größe, doch davon sollten sie sich nicht täuschen lassen.
»Vermutlich hat er seine Funktionen optimiert«, hatten Chin und Chan gesagt. Optimieren bedeutete, dass der Roboter even-

tuell Waffen bei sich trug und sich selbst mit besseren, schnelleren Bewegungsmotoren ausgestattet hatte. Eine halbe Stunde vor ihrem Einsatz hatten sie ihn geortet. Noch auf dem Fabrikgelände hatte er sich in den Zug geschmuggelt. In Begleitung eines Menschen. Davor hatte Linus die größte Angst: diesen Menschen zu verletzen oder gar zu töten. Aber er wusste auch, dass es ohne Waffen diesmal kaum gehen würde. Anders konnten sie ihre Mission nicht erfüllen. Die Zwillinge hatten ihnen aufgetragen, bei der mobilen Steuereinheit auf den Master zu warten. Leider konnten sie nicht sagen, in welchem Waggon sie sich befand. Fest stand nur, dass der Master dorthin musste, um seine Befehle an die anderen Roboter zu übertragen. Linus, Riana und Majus sollten den Moment abpassen, in dem er den Code eingab, ihn überwältigen, seine Augen mit dem Opix scannen und diese Daten an die Zwillinge weiterleiten. Erst danach sollten sie den Zug in die Luft sprengen! Seit Linus wusste, wozu dieser eine Roboter fähig war, hatte er kein Problem mehr damit, diesen Befehl auszuführen. Schließlich war die Vorstellung, Tausende dieser Maschinen könnten ihre Eigentümer verletzen und die Macht übernehmen, Grund genug, einen von ihnen – den Anführer – zu beseitigen.

Die drei redeten kaum ein Wort. Captain Einsicht jaulte einmal kurz. Auf der gesamten Strecke gab es nur einen längeren Abschnitt ohne Tunnel oder dichte Bäume. Im Klartext hieß das: Innerhalb von dreißig Sekunden mussten alle drei aus dem Helikopter auf den fahrenden Zug klettern. Linus wunderte sich darüber, dass seine Angst weniger wurde. Sein Herz pochte langsam und gleichmäßig.

Zuerst hangelte sich Majus auf das Waggondach. Er schwankte einen Augenblick, konnte sich dann jedoch magnetisch aufladen und somit festhalten. Riana folgte ihm und knallte unsanft auf eine Kante am Waggondach. Sofort hielt Majus sie fest und streckte Linus die Hand entgegen. Kaum hatte Linus mit den

Füßen auf dem Waggondach aufgesetzt, riss Captain Einsicht die Maschine nach oben. Der Wind zerrte an Linus' Tarnanzug und er hatte Mühe, das Gleichgewicht zu halten. Das Vibrieren des Zugs fuhr ihm durch sämtliche Knochen. Vor ihnen erhob sich die Silhouette eines kahlen Hügels mit einem Windrad auf der Spitze.

»Kopf runter!«, schrie Majus in den Fahrtwind hinein und riss Linus und Riana nach unten. Eine Sekunde später fuhren sie in einen Tunnel ein. Hier drin schien der Schalldämpfer nicht zu funktionieren. Das Rattern, Quietschen und Ächzen der Waggons war ohrenbetäubend laut. Zum Greifen nah raste die Tunneldecke über ihre Köpfe hinweg.

Majus schob sich eine Portion Trockenobst in den Mund und schlang sie hinunter. Auch er wollte diesen Auftrag gewissenhaft ausführen. Die Zwillinge hatten ihm ein neues Schweißmodul gegeben, das er mit seiner rechten Hand koppeln konnte. Innerhalb von zwei Minuten hatte er ein Quadrat aus dem Waggondach geschnitten, als sie auch schon aus dem Tunnel wieder hervorschossen. Warme, trockene Luft entwich aus dem Wageninnern. Wie sie es vor dem Einsatz besprochen hatten, übernahm Majus heute die Spitze. Wortlos hangelte er sich durch die Öffnung. Er ließ den Tarnanzug einmal kurz aufleuchten (noch eine Funktion, die Anton ergänzt hatte). Das war das Signal für Linus und Riana, ihm zu folgen. Nacheinander stiegen sie durch die ruckelnde Öffnung auf Majus' Schultern, wobei Riana fast den Halt verlor, und tauchten hinab in die Dunkelheit des fensterlosen Waggons. Majus' Augen flackerten violett. Er hatte das Licht aus der Fabrik abgespeichert. Vermutlich war es unsichtbar für die Roboter.

»Das hat von außen gar nicht so groß ausgesehen«, stellte Riana fest, als sie an den Robotern vorüberschlichen. Die Paletten standen dicht an dicht, auf zwei Ebenen, und vibrierten leicht im Takt der Zugräder. »Kann es sein, dass sie die Roboter ge-

schrumpft haben? Die wirken alle viel kleiner als in der Fabrik. Oder bilde ich mir das nur ein?«
»Sie wurden für den Transport miniaturisiert«, bestätigte Majus ihre Vermutung. »Sonst müssten die Waggons viel größer sein. Sie haben sie um exakt siebenunddreißig Prozent geschrumpft.«
Linus öffnete den silbernen Koffer und nahm die Freeze-and-Breeze heraus. Er löste die Sicherung und stützte sich an der Seitenwand ab, als der Zug in eine Kurve ging. »In welche Richtung sollen wir gehen?«
Riana blickte auf die Waffe in seiner Hand. Linus hatte den Eindruck, dass sie sich beherrschen musste, um keinen dummen Kommentar abzugeben, doch sie sagte nur: »Also, wenn ich die wäre, würde ich den Zentralcomputer dort verstauen, wo er am besten geschützt ist. Die Waggons haben von oben doch unterschiedlich ausgesehen.«
»Das kann ja sein, aber wie sollen wir das jetzt rausfinden?«
»Ich kann die Wandstärke messen«, erklärte Majus und blickte in Fahrtrichtung. »Mit dem Ultraschall.«
»Und?«
»Direkt vor der Lok werden die Strahlen abgeblockt.«
»Dann gehen wir dorthin.« Riana biss sich auf die Unterlippe. »'tschuldigung. Ich mein, natürlich nur, wenn ihr damit auch einverstanden seid.«
Majus und Linus nickten und sie setzten sich in Bewegung, immer darauf bedacht, das Gleichgewicht zu halten und nicht in die Paletten hineinzukrachen.
Der Zentralcomputer war durch eine Schleuse gesichert. Rechts neben der dicken Stahltür befand sich ein Augenscanner. Die Zwillinge hatten ihnen für diesen Fall eine gläserne Kugel gegeben, die Riana über eine schnurlose Verbindung an ihr Handy anschließen konnte. Ein kleines Programm entschlüsselte den Code. Wenig später flimmerte auf der Oberseite der Glaskugel

das Bild eines menschlichen Auges. Es war eine Kopie des Auges, das zuletzt abgetastet worden war. Riana hielt die Glaskugel in die gefächerten Strahlen – das Täuschungsmanöver funktionierte! Die Türen öffneten sich mit einem Zischen. Sie lächelte kurz und steckte die Kugel wieder ein. Der Raum war nicht länglich, sondern kreisrund und hatte einen Durchmesser, der deutlich größer war, als die Waggons breit sein konnten. Auch hier mussten sie den Maßstab verändert haben. Vielleicht benutzen sie einen Raumvergrößerer, dachte Linus. So wie damals die Zwillinge bei ihrer ersten Begegnung. Auch das Ruckeln des Zuges war hier kaum noch spürbar.

Drei Flachbildschirme nahmen die gesamte Stirnseite ein. Auf einem Podest in der Raummitte thronte ein wuchtiger Drehstuhl mit breiten, metallisch glänzenden Armlehnen, in die Bedienungselemente eingelassen waren. Auf der rechten Seite befand sich eine kleine Tastatur. Es gab weder Computertürme noch Schaltpulte. Wahrscheinlich befanden sich die Rechner in einem anderen Waggon. Dieser eine Sessel schien alles zu sein, was man benötigte, um die Roboter zu steuern. Wer darauf Platz nahm, konnte Herr über eine Armee folgsamer Untergebener sein. Riana strich neugierig um den Kommandosessel herum. »Sieht echt abgespaced aus.« Sie berührte fasziniert die Armlehne mit der Tastatur. »So stelle ich mir das Cockpit eines Ufos vor.«

»Nicht anfassen«, ermahnte Linus sie. »Die Zwillinge haben gesagt, dass sie dafür keine Anleitung haben.«

»Schon mal was von weiblicher Intuition gehört?«

»Bitte lass es!«

»Schon gut.«

Linus beobachtete Majus. Er machte einen zermürbten Eindruck. Vielleicht missfiel ihm der Gedanke, seine Artgenossen in die Luft zu jagen. Linus stellte sich in sein Blickfeld. »Was hast du? Ist es wegen dem Auftrag?«

»Nein. Ist nur ein merkwürdiges Gefühl, seit wir hier sind. Aber meine Akkus sind voll. Daran kann es nicht liegen.«
»Angst? Hast du Angst?«
Majus schüttelte den Kopf. »Da ist etwas anderes. Ich kenne dieses Gefühl nicht. Meine Module spielen verrückt, seit wir auf den Zug aufgesprungen sind. Vielleicht muss ich mich kurz neu starten.«
»Jetzt?« Linus blickte den Roboter entsetzt an. »Kannst du damit nicht bis später warten?«
»Doch … doch … ich … ich warte. Ist vielleicht wirklich nicht der richtige Zeitpunkt.«
Linus versuchte sich nicht anmerken zu lassen, wie merkwürdig ihm Majus' Verhalten vorkam. Er wandte sich wieder zu Riana – und seufzte innerlich. Natürlich hatte sie sich in den Sessel gesetzt. So lange hielt also die Mahnung der Zwillinge, keinen Alleingang zu machen. Nacheinander flackerten die Monitore auf. Verwirrende Schaubilder mit sich ständig ändernden Zahlen und dreidimensionalen Balkendiagrammen wechselten sich mit Bildern aus den Waggons ab. »Nur blöd rumhocken und warten ist auch nicht die Lösung«, verteidigte sich Riana und stand wieder aus dem Sessel auf.
»Aber so lautet nun mal unser Einsatzbefehl.«
»Verstanden.« Riana schaute zu Majus. »Was ist mit ihm?«
»Keine Ahnung.«
Sie griff nach dem schwarzen Koffer, legte ihn auf den Boden und machte ihn auf. Linus konnte ihr Gesicht nur von der Seite sehen. Sie lächelte.
Was hat sie denn jetzt vor?, dachte Linus. »Willst du jetzt schon den Sprengstoff rausholen?«
»Nein, ich hab uns noch was gebaut. War Zufall. Will nur kurz testen, was das Ding kann, bevor es ernst wird.« Riana zog einen metallisch glänzenden Stab aus dem Koffer, der an eine verchromte Taschenlampe erinnerte. Für einen Moment war Linus

neidisch, dass Riana heimlich ohne ihn mit dem Baukasten experimentiert hatte. Doch dann sagte er sich, dass sie ein Team waren und es für Neid keinen Platz gab. Riana drückte auf den Knopf auf der Vorderseite – ein tiefes Summen –, sie machte einen Salto rückwärts und landete unsanft auf dem Boden. »Krass«, murmelte sie benommen, rappelte sich auf und wagte einen zweiten Versuch. Diesmal umklammerte sie den Stab mit beiden Händen und hielt ihn waagrecht vor ihren Körper. Kaum hatte sie den Knopf gedrückt, riss der Stab sie in die Luft. Dort blieb sie einige Sekunden regungslos hängen, bevor sie wie eine Akrobatin an einem schwebenden Trapez durch den Raum wirbelte. Es sah aus, als ob der Stab die Führung übernahm. »Okay«, sagte sie, nachdem sie relativ sanft gelandet war. »Ist wohl noch nicht ganz ausgereift. Vielleicht können wir das Ding zusammen weiterentwickeln.« Sie legte den Stab zurück in den Koffer.

Majus machte einen Schritt auf den Ausgang zu und hielt den Kopf schräg. »Sie verständigen sich wieder.«

»Hätte mich auch gewundert, wenn es so leicht gewesen wäre.« Riana klappte den Koffer zu. »Wissen sie, wo wir sind?«

»Ich kann sie nicht verstehen. Sie reden durcheinander oder sie haben den Sprachcode geändert. Aber sie scheinen aufgeregt zu sein.«

»Vielleicht ist der Master bei ihnen«, bemerkte Linus. »Chin hat doch gesagt, es kann sein, dass er nur ein paar Roboter infizieren möchte. Dazu müsste er dann nicht einmal die Steuereinheit benutzen.«

»Kann ich bitte noch mal kurz in den anderen Waggon gehen?«, fragte Majus. »Ich möchte etwas nachsehen.«

»Das ist zu gefährlich«, sagte Linus.

»Ich bin gleich wieder da«, drängelte Majus. »Da ist irgendwas.«

»Was denn?«

»Ich weiß es nicht. Ich weiß nur, dass ich dort hinmuss. Bitte.«

»Aber du kommst gleich wieder zurück.«

»Ja.«
Kaum war Majus durch die Schleuse verschwunden, änderte sich die Anzeige auf den Monitoren. Eine Außenansicht des Zuges, dann eine Statusanzeige. In zweiundvierzig Minuten erreichten sie den Flughafen von Kesselheim. Wenn der Master in fünfzehn Minuten nicht auftauchte, mussten sie losgehen, um ihn zu suchen. Das stand so in ihren Einsatzplänen. Schon heute Nachmittag waren einige Transportmaschinen auf dem Flughafen gelandet. Die Firma musste eine Sondergenehmigung haben, denn eigentlich durften nach Mitternacht keine Flugzeuge mehr starten. Schon gar nicht, wenn es sich um Maschinen dieser Größe handelte, die verdammt viel Lärm machten.
Riana kniff die Augen zusammen, bis sie nur noch zwei Schlitze waren. »Das kapier ich nicht.«
»Ist was mit den Plänen? Kann man jetzt mehr sehen als vorhin?«
»Seltsam. Sie haben sich verändert. Da … da ist noch ein Raum. Einige Waggons verfügen über eine Art Kellergeschoss. Das war vorhin nicht zu erkennen.«
»Ein Kellergeschoss?« Linus kniff die Augen zusammen. Es dauerte einige Sekunden, aber dann konnte er es auch sehen. Leider schienen die Pläne immer noch unvollständig zu sein, denn einen Zugang zu diesem unteren Stockwerk gab es nicht.
»Ich habe das dumpfe Gefühl, dass wir nicht an der richtigen Stelle sind«, sagte Riana. Sie zog die Stirn in Falten und konzentrierte sich. »Einer der Räume ist nach außen hin durch dicke Bleiwände abgeschirmt. Darüber liegt ein … *Wasserbecken.*«
»Ein Wasserbecken?«
»Ja, wenn ich es doch sage.« Die Augen wieder zusammengekniffen, machte Riana einen kleinen Schritt nach vorne. »Aber der Zugang fehlt. Das heißt, nein.« Sie schwieg kurz. »Sehr clever.« Sie riss die Augen auf. »Sie haben den Zugang unter das Wasserbecken gelegt. Die Zwillinge haben doch erwähnt, dass

man mit speziellem Wasser Strahlung und so abschirmen kann. Wenn dort die Zentrale ist, kann man von außen keinen Einfluss auf die Steuerung der Roboter nehmen. Vielleicht gibt es eine Möglichkeit, das Wasser abzulassen oder das Becken zu kippen.«

Linus schnappte sich den Koffer und schritt entschlossen zur Tür. »Würdest du mich eventuell in die Pläne einbeziehen?«, rief ihm Riana nach.

»Du meinst, so wie du das letztes Mal getan hast?«

»Dafür hab ich mich entschuldigt. Manchmal würde ich einfach gerne in irgendwas richtig gut sein. So wie du. Du kannst erfinden und wirst bestimmt später mal was Tolles hinkriegen, wenn du dranbleibst. Ich kann alles nur so halb und selbst dafür interessiert sich keiner. Die Sache mit der Agentur ist die Chance, was Besonderes aus meinem Leben zu machen und nicht gewöhnlich zu sein.«

»Du bist nicht gewöhnlich«, sagte Linus. »Du bist das mutigste Mädchen, das ich kenne.« Er zögerte kurz und redete leise weiter. »Manchmal bin ich neidisch, wie du alles hinkriegst und dich in der Schule die anderen mögen.«

»Aber die kennen mich nicht richtig. Nicht so, wie du mich kennst.« Riana hielt Linus die Hand hin. »Ab jetzt sind wir ein Team, okay?«

Linus schlug ein. Riana lächelte. »Lass uns den anderen Raum anschauen. Ich glaub nicht, dass das hier die richtige Zentrale ist, sonst hätten sie sich das mit der Bleiummantelung nicht einfallen lassen.«

»Und wenn du falschliegst?«

»Ich bin mir sicher.«

Dreiunddreißigstes Kapitel

FEHLER IM SYSTEM

Dagendorf kam wieder zu sich. Über ihm hing das faltige Gesicht von Amelius Gorler wie eine dunkle Prophezeiung. Vielleicht war er in der Hölle. Jedenfalls fühlte sich sein Körper an, als sei er in eine Schlägerei geraten.

»Sind Sie von allen guten Geistern verlassen?«, brüllte Gorler ihn an. Obwohl Dagendorf wusste, dass es unangebracht war, huschte ein kleines Lächeln über sein Gesicht. Er war am Leben! Schwerfällig erhob er sich. Seine Muskeln und Knochen taten schrecklich weh. Am liebsten hätte er geschrien. Er versuchte zu schlucken, aber seine Kehle war staubtrocken und seine Zunge klebte am Gaumen fest. Der hagere Mann von vorhin reichte ihm ein Glas Wasser. Dagendorf verschluckte sich und fing an zu husten. »Der Kanal«, brachte er schließlich krächzend hervor. »Er ist einfach zusammengebrochen. Deshalb hab ich den Knopf gedrückt.« Eine bessere Erklärung war ihm auf die Schnelle nicht eingefallen.

»Was hatten Sie in der anderen Zeit verloren?«, fragte Gorler misstrauisch. Seine Augen glühten vor Wut. »Ist Ihnen klar, was das für die anderen Männer bedeutet?«

»Ich wollte sie warnen, als sich die molekulare Veränderung gezeigt hat. Deshalb bin ich ihnen gefolgt.« Dagendorf hatte sich wieder einigermaßen im Griff. Er spielte die Rolle des Unschuldigen, so gut es ging. In den nächsten Minuten überschüttete er Gorler und seine Mitarbeiter mit Beschreibungen von physikalischen Besonderheiten, die sie hoffentlich nicht so schnell nachvollziehen konnten. Er redete sich um Kopf und Kragen. Gorler würde ihn auf der Stelle töten, wenn er auch nur den geringsten Zweifel hatte, dass er die Wahrheit sagte. Glücklicherweise spuckte das Programm für die Zeitmaschine am laufenden Band neue Fehlermeldungen aus. Der plötzliche Abbruch der Zeitreise schien die Computer zu überlasten. Über die Monitore ratterten unendlich lange Zahlenkolonnen. Nullen und Einsen, die große Lücken aufwiesen. »Ich konnte nichts mehr für die beiden tun«, sagte er abschließend mit mitfühlender Miene. »Sie waren schon auf dem Monatszeitstrahl.« Er zuckte die Schultern.

Einer der Mitarbeiter bestätigte seine Aussage mit einem Nicken. »Sieht so aus, als hätte die Energie nur ausgereicht, um eine einzige Person zurückzuholen.«

»Sind die beiden Männer –« Dagendorf unterbrach sich selbst. Für eine Sekunde taten ihm die beiden tatsächlich leid. Aber sie hatten auch nicht den Eindruck gemacht, als wollten sie zimperlich mit ihm umgehen. Und er hatte keine andere Wahl gehabt. Sonst wäre Peter Lindbergh jetzt tot.

Gorler suchte Blickkontakt zu seinem Mitarbeiter, der kopfschüttelnd die Fehlermeldungen betrachtete. »Wenn sie es nicht auf ein Datum geschafft haben, sind sie nur noch Datenbrei. Die Spuren verwischen innerhalb von Sekunden.«

Dagendorf verzog das Gesicht. Ein greller Schmerz bohrte sich in seinen linken Fuß.

»Was haben Sie?«, fragte Gorler ohne das kleinste bisschen Mitgefühl in der Stimme.

»Mein Fuß.« Dagendorf stöhnte.

»Ich habe meinen Teil der Abmachung jetzt erfüllt. Wann bringen Sie mir den Kern des Roboters?«

»Sobald mir Anna Lindbergh zeigt, wie er funktioniert. Ohne dieses Wissen ist er auch für Sie nutzlos.« Dagendorf versuchte,

mit dem verletzten Fuß aufzutreten. Er musste sich an der Rückenlehne eines Stuhls abstützen. Der Schmerz war kaum auszuhalten und er breitete sich rasant über seinen ganzen Körper aus. »Was haben Sie denn jetzt mit dem Konverter vor?«
Gorler nickte seinem Mitarbeiter zu. »Zeigen Sie es ihm.«
Der hagere Mann zog ein Handy aus seinem Kittel und schaltete es an. Auf dem großen Display erschien das Symbol eines fächerförmigen Ginkgoblatts, auf dessen Oberfläche die Struktur eines Gehirns zu erkennen war. MINDGAME I stand darunter, in Lettern, die aussahen wie flüssiges Metall. »Wir konnten den Apparat von Herrn Lindbergh noch etwas verkleinern und Teile davon in ein kleines Programm auslagern. So optimiert ist er noch leichter unter die Leute zu bringen. Sogar von unterwegs können die Menschen in unsere Welt eintreten. Wo auch immer sie sich befinden. Wegen des Namens sind wir uns noch etwas unschlüssig. Es handelt sich nicht wirklich um ein Spiel. Diese Erfindung ist viel mehr, sie ist ein Schlüssel, um bereits existierende Spiele und Filme neu zu entdecken. Mit Haut und Haaren einzutauchen und sich darin zu verlieren. Peter Lindbergh hat etwas geschaffen, das unsere Freizeit von heute auf morgen verändern wird. Begegnungen und Gespräche rund um den Erdball können in einer neuen digitalen Dimension stattfinden. Dieser Kanal ist so leistungsfähig, dass Millionen Menschen gleichzeitig durch ihn hindurchgelangen können, ohne das System zu überlasten. Und der Energieverbrauch liegt im Einzelnen nicht höher als bei einer elektrischen Zahnbürste.«
Gorler verdrehte die Augen. »Danke für Ihren Vortrag. Viel wichtiger jedoch ist es, dass jeder Kunde, der unseren Zugang benutzen möchte, dafür bezahlen muss. Jedes Mal. Und wer einmal diese neue Realität erlebt hat, wird süchtig danach sein. Das kann ich Ihnen versprechen.«
Dagendorf begutachtete das Handy. Nie hätte er es für möglich gehalten, dass man den Konverter so stark verkleinern konnte,

obwohl er eigentlich selbst auf diesem Gebiet Spezialist war. Die Kabinen, mit denen sie die Kinder damals in den Film transportiert hatten, waren das Maximum gewesen, das er für möglich gehalten hatte. »Und die Software haben Sie tatsächlich in eine App ausgelagert.«

»Exakt«, erwiderte Gorler. »Und diese App ist gratis, damit den Leuten der Einstieg besonders leicht gemacht wird. Über Satellit und Internet versorgen wir unsere Kunden mit Spielen, Shows, Telenovelas und was sie sonst noch brauchen, um die öde Wirklichkeit zu vergessen. Wir brauchen keine Geschäfte, keine Verkäufer. Nur ein bisschen Werbung und schon kann unser Kunde, sein zweites, großartiges Leben in unserer neuen Welt beginnen.«

»Aber wie haben Sie das mit der Transformation gelöst? Wie kommen die Leute in den Kanal und von dort auf die andere Seite, in die jeweilige Anwendung? Dafür brauchen sie doch den Konverter.«

Gorler lächelte spitzbübisch. Sein Mitarbeiter drehte das Handy herum. Auf der Rückseite öffnete sich summend ein Verschluss, darunter kam ein Objektiv zum Vorschein. »Auch dafür hat Peter Lindbergh eine sehr praktikable Lösung gefunden. Mit diesem Vektorscanner können sich die Menschen nach Belieben aus der Wirklichkeit verabschieden und in unsere Welt eintauchen. Auch Sie werden damit ein reicher Mann werden. Oder wollen Sie das nicht mehr?«

»Doch … natürlich …«, stammelte Dagendorf. »Ich bin nur überrascht, wie schnell Sie die Pläne umsetzen konnten.« Erst jetzt begriff er, welchen Pakt er mit Gorler geschlossen hatte. Es war tatsächlich ein Pakt mit dem Teufel. Mit diesem Wandler konnte Gorler die Konkurrenz auf allen erdenklichen Gebieten des Internets schlagen. Schon bald würden die Menschen ihre gesamte Freizeit in künstlichen Welten verbringen. Ausgestorbene Städte, verwaiste Kinos und Theater. Sogar die riesigen überdachten Einkaufszentren, die überall wie Pilze aus dem Boden schossen, würden gegen diese neue künstliche Welt, die nur im Internet existierte, nichts ausrichten können. Wenn er diesem größenwahnsinnigen Mann jetzt auch noch den Bauplan der neuesten Robotergeneration lieferte, würde die Welt schon in naher Zukunft in den Händen eines einzigen Menschen liegen!

Vierunddreißigstes Kapitel

DAS GESTÄNDNIS

Die graue Wasseroberfläche lag vor ihnen wie frisch gegossener Beton. Hin und wieder erzitterte sie, wenn der Zug erschüttert wurde. Im fahlen Lichtschein der Neonlampen konnte man nur erahnen, wie tief das Becken hinunterreichte. Linus beugte sich über den Rand und fasste mit der Hand in das eiskalte Wasser.

Er zog den Arm wieder heraus. An seinem Anzug haftete ein dünner, schmieriger Film. Der Stoff verfärbte sich leicht gelb.

»Die Zwillinge haben doch was von Tauchpatronen gesagt. Vielleicht muss man zum Eingang hintauchen.«

»Aber ohne Taucherbrille und bei dem Licht sieht man doch gar nichts«, sagte Riana. »Und schau dir mal deinen Ärmel an. Das ist kein normales Wasser. Das Zeug ist giftig.«

»Nur minimal«, sagte Linus. »Sonst hätte sich der Stoff rot gefärbt.«

»Und wenn wir Majus vorschicken?« Riana blickte sich um. »Wo ist er eigentlich abgeblieben?«

»Der ist bestimmt gleich da. Ich hab ihm eine Nachricht geschickt, wo wir sind.« Linus tippte gegen seine Armbanduhr.

»Glaubst du wirklich, dass die Typen, die das hier gemacht haben, jedes Mal baden gehen, um da runterzukommen? Frag mich ohnehin, weshalb sie einen Pool auf den Zug geladen haben.«

»Vielleicht lernen die Roboter hier zu schwimmen.«

»Lustig. Ich glaub nicht, dass die wasserdicht sind. Das hat

bestimmt was mit Strahlung zu tun. Vielleicht soll die Zentrale gegen Funksignale abgeschirmt werden.« Riana ging in die Hocke und inspizierte den Beckenrand. »Wir könnten auch hier auf den Roboter warten.«
»Nein, wir müssen da runter. Wir dürfen erst zuschlagen, wenn der Master die Steuerung der anderen Roboter übernommen hat. Das steht so im Einsatzplan.«
»Ja, ja, schon gut. Aber hier gibt es keinen Knopf oder so.«
»Wo sind die Sauerstoffpatronen?«, fragte Linus ungeduldig und warf einen Blick auf seine Uhr. »Wir müssen da runter. Jetzt!«
Widerwillig zog Riana eine silberne Patrone aus dem silbernen Koffer und reichte sie Linus. »Ich warte hier oben. Wenn Majus wieder auftaucht, glaubt er sonst, dass wir weg sind.«
Linus setzte sich auf den Beckenrand und ließ die Beine ins Wasser hängen. Sofort stach die Kälte durch den Anzug und brannte auf seiner Haut. »Lass uns lieber gemeinsam gehen. Da ist noch eine zweite Patrone.«
Riana schüttelte den Kopf. »Nein. Ich warte hier oben.«
»Aber wir sollen zusammenbleiben. Das haben wir doch so abgesprochen.«
»Aber die Anzüge sind bestimmt nicht wasserdicht.«
»Doch, das sind sie. Jetzt komm schon.«
»Nein!«, sagte Riana barsch und wich einen Schritt vom Becken zurück. »Ich … ich kann nicht.«
»Wie, du kannst nicht?«
Sie zögerte und senkte den Blick. »Ich … ich kann nicht schwimmen.«
»Du kannst nicht schwimmen?« Linus konnte sich ein Lächeln nicht verkneifen. »Du hast also gar keine Chlorallergie, wie du in der Schule immer behauptest?«
Riana schüttelte den Kopf. Vielleicht täuschte sich Linus, aber er meinte, Tränen in ihren Augen zu entdecken. »Schau mich nicht

so an! Ich hab's nie gelernt. Du … du bist dafür …« Sie brach ab und starrte erschrocken zur Durchgangstür auf der linken Seite. Jemand machte sich daran zu schaffen. Vorsichtig zog Linus seine Beine aus dem Wasser und bedeutete Riana, sich hinter einem der Metallschränke zu verstecken. Dann griff er nach der Freeze-and-Breeze, die er auf dem Beckenrand abgelegt hatte, und folgte ihr. Riana nickte ihm zu. Ein Schleifen, ein leichtes Hämmern. Die Tür knallte nach innen. Das gedämpfte Rattern von Waggonrädern drang herein. Linus und Riana drückten sich mit dem Rücken gegen die bebende kalte Stahlwand. Linus hielt die Waffe schussbereit vor seinen Körper. Der Lauf zitterte. Seine Hände begannen zu schwitzen. Ich muss abdrücken, sagte er sich selbst. Abdrücken, abdrücken. Schwere Schritte waren zu hören und die Tür schloss sich quietschend wieder. Linus spannte seine Muskeln an. Er durfte nicht zögern. Auf keinen Fall!

»Ist da jemand?«

Majus! Erleichtert ließ Linus die Waffe sinken und atmete aus. Majus blickte sie fragend an, als er sie neben dem Schrank entdeckte. »Warum seid ihr nicht in dem anderen Waggon geblieben? Was macht ihr hier?«

»Sag uns lieber, wo du warst«, raunzte ihn Riana an. »Wir wollten zusammenbleiben!«

»Ja, aber …«

»So wie's aussieht, befindet sich die richtige Steuereinheit unter dem Becken«, sagte Linus. »Hast du meine Nachricht nicht bekommen?«

»Nein.« Majus zog den Reißverschluss des Overalls nach unten. Auf seinem kleinen Monitor stand die Nachricht von Linus. Verschämt zuckte er die Achseln. »Hat aber nicht vibriert.«

»Jedenfalls müssen wir da jetzt runter, bevor der Master kommt. Nur noch sechsunddreißig Minuten!«

Nickend zog Majus eine Packung Trockenobst unter seinem

Tarnanzug hervor und stopfte sich die verschrumpelten Früchte in den Mund. »Diesmal sind meine Akkus randvoll«, erklärte er schmatzend und bot Riana etwas an.
»Danke. Verzichte.« Sie verzog das Gesicht. »Ich werde nie kapieren, dass du auch mit Trockenobst läufst.«
»Nur Äpfel und Birnen von Streuobstwiesen«, sagte Majus und machte ein Gesicht, als hätte er sich verschluckt. Seine Augen schraubten sich einen Zentimeter aus ihren Höhlen.
»Ist was?«, fragte Linus besorgt.
Majus spitzte die Lippen und rülpste aus voller Kehle.
Linus und Riana schauten ihn verwundert an.
»'tschuldigung.« Majus grinste schelmisch. »Lecker, lecker, lecker, lecker, lecker.« Er rieb sich den Bauch.
»Manieren habt ihr Lindberghs.« Riana schüttelte den Kopf. »Da wird einem ganz anders.«

Tatsächlich verfügte das Becken über einen Mechanismus, mit dem man es wie eine Wippe nach vorne neigen konnte. Majus hatte ihn gefunden. Nun standen sie an der Längsseite des Beckens und sahen zu, wie das überschwappende Wasser über Lochplatten im Boden versickerte. Wie ein flach abfallendes Dach ragte das Becken auf der rechten Seite empor und gab den darunterliegenden Eingang preis. Eine schmaler werdende Treppe führte tief hinein in einen dunklen Schlund. Sie hatten noch exakt dreißig Minuten. Hoffentlich ging ihr Plan auf. Riana stellte sich an den Absatz und blickte hinunter. »Warum haben die den Kontrollraum überhaupt in einen Zug eingebaut? Nur für die Überfahrt?«
»Nein«, sagte Majus. »Das hier ist ein Raum in einem Raum. Ich glaube, sie wollen die Steuerung an einen anderen Ort bringen. Vielleicht soll die Produktion dort fortgesetzt werden. In den hinteren Waggons habe ich eben nämlich auch die Fertigungsmaschinen gefunden.«

Sie stiegen die Stufen hinab. An den Seiten gingen Lichter an. Im Grundriss ähnelte der Kontrollraum dem von vorhin, nur gab es hier keine Monitore an den Wänden und auch der Kommandosessel fehlte. Stattdessen befanden sich im hinteren Teil des Raums meterhohe Schränke mit Computern, die wie ein Konzert aus Hunderten Festplatten unablässig summten. An der Decke war ein Holograf befestigt. In den Boden darunter hatte man eine glänzende Metallplatte eingelassen, auf der zwei Füße aufgezeichnet waren. Vermutlich musste man sich dort draufstellen, um die Produktion zu steuern. Riana schlug vor, sich hinter den Computertürmen zu verstecken, bis der Master kam. Sie betätigte einen großen Schalter neben der Treppe. Man hörte, wie sich das Becken über ihnen wieder schloss und mit Wasser geflutet wurde.
Keine fünf Minuten später vernahm man ein Gluckern und Rauschen. Es wurde wieder geleert!

Fünfunddreißigstes Kapitel

DIE ARMEE DER ROBOTER

Majus schaltete das Licht aus. Nur noch das unruhige Flackern der Kontrolllämpchen war in der Dunkelheit zu sehen. Dann durchschnitt ein greller Lichtstreifen die Finsternis. Der Zugang hatte sich geöffnet. Linus hörte harte Schritte und die schwache Stimme eines Kindes. »Wann kann ich endlich nach Hause?«

»Wenn wir hier fertig sind.« Die andere Stimme musste zu dem Roboter gehören. Sie klang freundlich, aber auch bestimmt. Ein Kind, dachte Linus. Der Roboter hatte ein Kind entführt. Wahrscheinlich handelte es sich um den Jungen, der in den letzten Tagen überall auf den Anzeigetafeln am Flughafen zu sehen gewesen war.

Der Opix in seiner linken Hosentasche vibrierte. Linus zog ihn heraus, drückte den schwarzen Knopf und hörte Rianas Stimme in seinem Kopf. Sie klang aufgeregt. *Was sollen wir tun?*, fragte sie hastig. *Das ist ein Kind.*

Weiß nicht, antwortete Linus in Gedanken. *Wir müssen warten, was passiert.* Er rückte ein Stück zur Seite und spähte zwischen dicken Kabelsträngen hindurch. Die Klamotten des Jungen waren schmutzig, seine Jacke aufgerissen. Die braunen, kinnlangen Haare fielen ihm in Strähnen in die Stirn. Offensichtlich hatte er große Angst. Vor dem Master-Roboter, der tatsächlich ein Spielzeug war und nur einen halben Kopf kleiner als der Junge. Doch dieses Spielzeug bewegte sich keineswegs ungelenk, sondern mit Schritten, die für seine Größe unglaublich schnell wirk-

ten. Aus dem Boden neben der Metallplattform erhob sich ein Schaltpult. Auch das hatten sie nicht in ihren Einsatzplänen gesehen, wunderte sich Linus. Er blickte neben sich. Majus hatte sich unsichtbar gemacht. Nur ein Stück seines Handgelenks war zu erkennen, weil er den Handschuh nicht ganz hochgezogen hatte. Rasch aktivierte auch Linus die Tarnfunktion seines Anzugs.
Die Hände des Masters wanderten unterdessen flink und ohne zu zögern über das Schaltpult. Damit er es überblicken konnte, hatte er seine Teleskopbeine ausgefahren. Man konnte die Mechanik an den Kniegelenken erkennen. Der Holograf begann zu leuchten. Der Roboter bugsierte den Jungen unwirsch auf die Metallplattform, als sei er eine Schaufensterpuppe. Links und rechts aus der Plattform schoben sich runde Holme mit abgeschrägten Auflageflächen nach oben.

»Leg deine Hände da drauf!«, befahl der Roboter. Die Freundlichkeit war aus seiner Stimme gewichen. Der Junge gehorchte. Kaum berührten seine kleinen Hände die Holme, blitzte um ihn herum ein dreidimensionales Netz aus verschiedenfarbigen Strahlen auf. Der Roboter eilte zurück zum Schaltpult, wo er mehrere Regler bediente, bevor er sich wieder hinter den Jungen stellte. Von der Seite konnte man nicht genau erkennen, was der Holograf in den Raum projizierte. Linus glaubte in dem Flimmern eine Weltkugel zu erkennen, aber er war sich nicht sicher. Wahrscheinlich wollte der Master alle Roboter unter seine Kontrolle bringen, die die Firma jemals ausgeliefert hatte. Auch die älteren Modelle.
»Siehst du, Ben«, sagte er mit kalter Stimme, »diese Armee können wir gemeinsam befehligen. Ist das nicht großartig?«
»Kann ich jetzt nach Hause?«, jammerte der Junge.
»Nach Hause, nach Hause. Es ist wirklich zum Verzweifeln. Ich dachte, du wärst ein kluger Junge, der seine Chance erkennt. Wir können Krieg spielen. Mit Waffen, echten Waffen. Ist das nicht unglaublich? Wir beide beherrschen die Welt.«

Der Junge ließ niedergeschlagen den Kopf hängen. Er begann zu schluchzen.
Der Master stöhnte. »Hätte ich gewusst, was für ein Schwächling du bist, hätte ich einen anderen ausgewählt.« Er verschob mit seinen Händen irgendwelche Leitungen. Dabei wirkte er wie der Dirigent eines großen Orchesters. »Und morgen gehört uns die ganz Welt«, lachte er auf. Eine Erschütterung ließ den Raum erbeben. Vermutlich hatten die Roboter in den Waggons das erste Signal empfangen und sich in Bewegung gesetzt. Zum Aufmarsch bereit, sobald der Zug sein Ziel erreichte. Nur noch zwanzig Minuten! Linus rückte etwas weiter vor. Jetzt konnte er sehen, woran der Master arbeitete. Der Holograf zeigte tatsächlich eine Weltkugel, und überall begannen kleine Punkte zu blinken. »Geht an, ihr Lichtlein«, sagte der Master fast singend und wischte mit seinen Händen herum. »Ihr hört jetzt alle auf meinen Befehl. Alle.« Er blickte seufzend zu dem Jungen, der Rotz und Wasser heulte. »Oh, Ben, das tut mir jetzt aber leid.«
Linus spürte Wut in sich aufsteigen. Er ballte seine Hände zu Fäusten und musste sich zusammenreißen, um nichts Unüberlegtes zu tun. Sie mussten diesen widerlichen Gnom ausschalten. Aber wie sollten sie das tun, ohne Ben, ohne den Jungen zu gefährden?
Der Eingang öffnete sich wieder. Wollte sich der Roboter jetzt schon aus dem Staub machen? Hatte er so schnell alles erledigt? Riana griff in den Koffer und zog den Metallstab heraus, mit dem sie vorhin durch die Luft gewirbelt war. Linus packte die Freeze-and-Breeze fester. Ganz vorsichtig robbte er hinter dem Computertower hervor. Es kostete ihn Mühe, leise durch den Mund zu atmen. Der Master-Roboter murmelte vor sich hin. Er wirkte seltsam abwesend, beinahe wie unter Hypnose. »Geht an, ihr Lichtlein, geht an, ihr Lichtlein … so ist es gut … so ist es gut.« Seine Hände arbeiteten unabhängig voneinander. In rasender Geschwindigkeit verknüpfte er die Leitungen. Immer mehr

Punkte auf der Erdkugel leuchteten auf. Linus wandte den Kopf nach hinten. Der Schlag seines Herzens kam ihm unendlich laut vor. Majus' Handgelenk fuchtelte in Richtung des kleinen Jungen. Wahrscheinlich meinte er damit, dass Linus sich um ihn kümmern sollte. Aber warum hatte Riana die Tarnfunktion immer noch nicht aktiviert?
»Der Opix«, formte sie stumm mit den Lippen. Linus zuckte zusammen. Mist! Vor lauter Aufregung hatte er den schwarzen Knopf losgelassen. Schnell drückte er wieder drauf und hörte Rianas Stimme. *Majus kümmert sich um den Jungen, wir müssen den Roboter ausschalten. Ich werde ihn ablenken. Du kannst schießen, sobald der Junge in Sicherheit ist.*
Gut, antwortete Linus. Er drehte sich nach vorne. Er hatte keine andere Wahl, er musste diesen Master töten. Die Maschine, sagte er sich in Gedanken. Jetzt blickte Ben in seine Richtung. Wegen des Tarnanzugs konnte er Linus nicht sehen. Vorsichtig zog sich Linus die Maske vom Kopf. Der Junge weitete erschrocken die Augen. Glücklicherweise war der Master zu sehr mit den Plänen beschäftigt, um davon etwas mitzubekommen. Linus zog einen Handschuh aus und signalisierte Ben, still zu sein. Ein hoffnungsvolles Lächeln mischte sich unter die Tränen des Kindes. Linus drückte erneut den Opix. *Ich zähle bis drei, dann schlagen wir los!* Der Anblick des kleinen Jungen, ließ ihn seine eigene Angst vergessen. Obwohl Majus sein bester Freund war, hatte er sich immer einen Bruder gewünscht. Jemand, mit dem er Ausflüge machen konnte, wenn die Tage auf dem Flughafen wieder langweilig und endlos waren. Jemand, mit dem er das Geheimnis seiner Familie teilen konnte …
Linus begann in Gedanken zu zählen, den schwarzen Knopf hielt er dabei gedrückt. Seine Muskeln waren zum Bersten gespannt. Er zog die Waffe an seinem Körper entlang nach vorne. Ein leises Summen ließ ihn zusammenzucken. Es dröhnte in seinen Ohren. Er verharrte regungslos. Der Master verfolgte

ungerührt seinen Plan. Kaum war Linus bei der letzten Zahl angekommen, sprang er auf, wie ein Surfer auf sein Brett, und streckte die Waffe vor sich hin. Riana zischte an ihm vorbei, schwang sich mit dem Stab in den Händen schräg nach oben, wirbelte einmal um die eigene Achse und stürzte, die Beine voraus, auf den überraschten Roboter nieder. Der kippte nach hinten und lag wie ein Käfer zappelnd auf dem Rücken. Fast zeitgleich musste Majus den Jungen erreicht haben, denn Ben wurde von unsichtbaren Händen in Deckung gezogen. Linus war erleichtert. Alles schien zu funktionieren. Kurz spielte er mit dem Gedanken, zu schießen, den Master endgültig zur Strecke zu bringen, doch dann zerriss ein schauderhaftes Lachen die Stille. Der Roboter hatte sich aufgerappelt – und er hatte Riana in seine Gewalt gebracht!

»Nicht schlecht«, sagte der Gnom und bewegte den Kopf hin und her, als hätte er sich etwas verrenkt. »Gibt ja doch noch Kinder, die Mumm in den Knochen haben. Respekt.« Er hielt Riana im Schwitzkasten und blickte sich um. »Ben«, rief er mit süßlicher Stimme. »Wo bist du? Komm zurück. Wir sind noch nicht ganz fertig. Da fehlen noch ein paar Länder.«

Linus ließ die Waffe sinken und schaltete seinen Tarnanzug aus.

»Wow«, sagte der Master. »Die Lage richtig einzuschätzen ist gar nicht so leicht für das menschliche Gehirn. Bravo. Und jetzt her mit dem Jungen. Wo ist er?«

»Lass sie los!«, brüllte Linus mit hasserfüllter Stimme.

»Oh, ist das süß«, sagte der Master. »Ein Junge, der seine kleine Freundin retten will. Ist ja besser als *Romeo und Julia*.« Seine Miene verfinsterte sich. »Wo – ist – Ben? Du willst doch nicht riskieren, dass deiner Freundin etwas zustößt? Du weißt sicher, dass Spielzeugroboter eben auch mal defekt sein können. Und ein Stromschlag ist für Menschen tödlich. Natürlich würde mir so ein tragisches Missgeschick das Herz brechen.« Er legte einen Finger auf den Hals von Riana und man konnte sehen, wie die

Schlagader darunter pulsierte. Rianas Augen weiteten sich vor Entsetzen. Sie blickte Linus flehend an.
»Lass sie gehen und du bekommst dafür mich.« Linus legte die Waffe auf den Boden.
»Alle Achtung«, sagte der Roboter. »Nur wahre Helden wissen, wenn sie einen Kampf verloren haben.« Er hob die kaum vorhandenen Brauen. »Auch wenn dein Angebot sehr verlockend ist, kann ich leider darauf nicht eingehen.« Ein Schulterzucken. »Nur Ben kann das hier zu Ende bringen.«
»Wieso?« Linus machte einen Schritt nach vorne.
»Weil seine unschuldigen Hände bereits Herr über Tausende zukünftiger Krieger sind. Zumindest, bis der Vorgang abgeschlossen ist, bräuchte ich noch seine Dienste. Danach kann ich selbst die Führung übernehmen.« Der Roboter deutete eine Art Schmatzen an. »Also bitte, jetzt hattest du deinen Spaß. Ich würde gerne weitermachen. Gib den Jungen heraus!«
Linus blieb keine andere Wahl, wollte er Riana nicht gefährden. »Majus«, rief er hinüber zu den Computerschränken. »Komm raus.«
»Ah, wir sind also noch nicht vollständig«, sagte der Roboter. »Noch ein mutiger Menschenkrieger.«
Widerwillig trat Majus aus seinem Versteck. Er hatte seine Tarnung ausgeschaltet. Der Junge krallte sich an ihm fest.
»Oh, was für eine Überraschung! Ein Artgenosse.« Der Master grinste. »Ihr seid wirklich ein außergewöhnliches Team. Eine Freundschaft von Mensch und Maschine. Vielleicht ist das die Lebensform von morgen.« Der Roboter nahm seine Hand von Rianas Hals. Sie atmete erleichtert auf.
»Kommt her«, sagte Linus zu Majus und Ben, bevor er sich wieder dem Master zuwandte. »Was passiert mit dem Jungen, wenn du ihn nicht mehr brauchst?«
»Ach, ich lass ihn gehen. Er hat seine Aufgabe erledigt. Und euch – euch vielleicht auch. Schauen wir mal.« Der Roboter

streckte seine Hand aus. »Jetzt her mit dem Jungen! Wir haben schon genug Zeit verloren.«

»Aber –« Linus wollte noch etwas erwidern, als er schwere donnernde Schritte hörte. Er blickte nach oben. Eine Handvoll Roboter hatte sich drohend am Treppenabsatz postiert. Es war aussichtslos.

»Gib den Jungen frei«, sagte Linus niedergeschlagen.

»Aber er hat Angst«, entgegnete Majus.

»Bitte.«

»Dir wird nichts passieren.« Zärtlich löste Majus die dünnen Arme des Jungen von seiner Hüfte. In dem Moment machte Linus einen Schritt nach vorne, pflückte die Freeze-and-Breeze vom Boden, zielte auf den Kopf des Masters und drückte ab – nichts passierte.

»Elektromagnetische Strahlung«, sagte der Master mit gespieltem Mitleid. »Da funktioniert dein Spielzeug nicht. Ich will den Jungen!«

Linus fing den verzweifelten Blick von Ben auf. Majus machte ihm ein seltsames Zeichen mit den Augenbrauen. Seine Pupillen glühten. Das taten sie nur, wenn er besonders viel Energie benötigte. Aber er stand doch eigentlich nur still da? Linus wusste nicht, was das zu bedeuten hatte. Er holte aus und schleuderte die Freeze-and-Breeze mit voller Wucht gegen den Kopf des Masters. Der kleine Roboter geriet ins Wanken, blieb aber stehen. Geistesgegenwärtig stürzte sich Riana auf ihn, riss ihn zu Boden, griff nach der Freeze-and-Breeze und schlug damit auf den Metallkörper ein. Plötzlich löste sich ein Schuss. Dann ein zweiter. Rianas Arme wurden vom Rückstoß nach hinten gerissen. Der Master war getroffen und erstarrte mitten in der Bewegung. Aus seinem Oberkörper drang stinkender Qualm.

»Was soll ich tun?«, fragte Riana verzweifelt. Wie versteinert stand sie eine Weile da. »Ich … ich kann ihn nicht töten.«

»Er ist ein Roboter!«, brüllte Linus. »Eine Maschine.«

»Ich kann die Strahlung nicht länger stören«, keuchte Majus verzweifelt. Die Dioden um seinen Mund begannen zu flackern. »Drück ab!«
Da gelangte der Master mit einem markerschütternden Lachen wieder zu Bewusstsein. Riana drückte auf den Abzug, aber kein weiterer Schuss löste sich aus der Waffe.
»Das ist jetzt aber wirklich zu blöd, dass du so lange gewartet hast, obwohl dein Roboterfreund für dich extra den Schutzschirm abgeschaltet hat.« Der Roboter stemmte sich hoch. »Mitgefühl ist eine große Schwäche, aber das wirst du auch noch begreifen.« Er streckte seinen Körper. Ein Knacken und er stürmte humpelnd auf den Jungen zu.
»Ziel auf seinen Kopf!«, kreischte Majus mit glühenden Pupillen. »Der Schutzschild ist blockiert.«

Riana drückte ab. Ein ohrenbetäubender Knall dröhnte durch den Waggon. Der Master krachte vornüber auf den Boden und blieb dort regungslos liegen. Ein großes Loch klaffte in seinem Hinterkopf und qualmende Kabel quollen daraus hervor. Linus blickte Riana mit ungläubiger Miene an, dann wanderte sein Blick zur Treppe. Vor dem Zugang sammelten sich immer mehr Roboter. Sie waren verloren!
»Kannst du nicht auf sie schießen?«, fragte Riana an Majus gewandt. »Die Freeze-and-Breeze ist fast leer.«
Majus schüttelte verzweifelt den Kopf. »Nein, es … es geht nicht«, sagte Majus mit schwacher Stimme. »Hab keine Energie mehr.« Er griff wie in Zeitlupe nach dem Trockenobst und schüttete sich die restlichen Krümel in den Mund, aber auch das schien nicht auszureichen. Die Roboter schritten in V-Formation die Treppe herunter.
»Sie werden uns umbringen!«, sagte Riana.
Linus' Blick fiel auf den Jungen, der durch die Ereignisse ganz benommen war. Vielleicht gab es eine andere Möglichkeit, die Roboter aufzuhalten. Er schnappte sich Ben, stellte ihn auf die

Metallplatte und legte seine Hände auf die Holme. Sofort war Riana bei ihm. »Was hast du vor?«

»Wir müssen ihren Arbeitsspeicher löschen. Das ist unsere einzige Chance, zu löschen, was ihnen der Master aufgespielt hat.« Linus versuchte, den unübersichtlichen Schaltplan zu verstehen, und entdeckte den letzten Befehl, den der Master auf die Roboter übertragen hatte. »Dann betrachten sie uns nicht mehr als Feinde.« Ein Fenster öffnete sich und blinkte rot.

WOLLEN SIE DIE DATEN TATSÄCHLICH ZURÜCKSETZEN?, erschien in Großbuchstaben. Darunter JA und NEIN. Der Mauszeiger stand auf dem Nein.

»Du bist ein Genie«, strahlte Riana. »Drück auf Ja! Los!«

»Es geht nicht.«

Mit letzter Kraft stellte sich Majus den näherkommenden Robotern entgegen. Er hob abwehrend die Hände. Zwar öffnete sich sein rechtes Handgelenk wie damals in der Unterwasserwelt, aber diesmal schoss kein Seil daraus hervor. »Ich kann sie nicht aufhalten«, ächzte er, bevor ihn der harte Faustschlag eines Spielzeugroboters ins Gesicht traf und er wie eine Pappfigur durch den Raum geschleudert wurde. Linus' Augen huschten verzweifelt über das Steuerpult. Warum ließ sich der JA-Button nicht drücken? »Die Maus lässt sich nicht bewegen«, sagte er atemlos, dann entdeckte er das Symbol eines Mikrofons auf dem Steuerpult. Er drückte auf den Knopf und schrie so laut er konnte: »JA!« Von dem gellenden Schrei irritiert, blieben die angreifenden Roboter stehen. »Es geht immer noch nicht.«

»Vielleicht muss es der Junge sagen«, schlug Riana vor. »Sind doch auch seine Hände. Ben«, sagte Riana so ruhig sie konnte. »Sag ganz laut Ja. Bitte.« Ben blickte ausdruckslos durch sie hindurch. Sein Gesicht zeigte keine Regung. »Bitte«, flehte sie erneut. »BEN!« Sie packte den Jungen an den Schultern und schüttelte ihn. Dann blitzte etwas in seinen Augen auf. Er kam zu sich und brüllte aus Leibeskräften: »JAAAAAAAAAAAAA!« Dann brach er zusammen. Linus konnte ihn gerade noch auffangen, bevor er auf den Boden knallte. Ein mehrfaches Klicken war zu hören. Die Roboter hatten sich allesamt in den Ruhezustand versetzt. Ihre Arme sanken nach unten. Ihre Augen schlossen sich. Sie hatten es geschafft!

Doch was war mit Majus? Wie schwer hatten sie ihn verletzt? Linus eilte zwischen den abgeschalteten Robotern hindurch. Was ihn dahinter erwartete, verschlug ihm die Sprache. Neben seinem Freund kniete ein anderer Roboter. Doch dieser Roboter sah weder aus wie die Spielzeuge noch wie die Haushaltsserie. Der schlanke Körper mit den dünnen Armen und Beinen ähnelte dem von Majus. Nur das Gesicht sah feiner aus. Mehr wie von einer Frau.

»Wieso ist der nicht ausgegangen?«, fragte Riana. Ben klammerte sich an ihr fest. Er zitterte am ganzen Körper. »Ist er gefährlich?«

»Ich glaub nicht«, erwiderte Linus und ging auf den Roboter zu. Erst jetzt bemerkte er, dass sich die beiden unterhielten. Majus redete, während sein Gegenüber leicht nickte. War das etwa der Grund, warum Majus' Abwehrsystem die ganze Zeit nicht funktioniert hatte?

»Alles gut«, rief ihnen Majus zu. »Das ist Elexa. Sie ist für die Endkontrolle der Roboter und die Sauberkeit zuständig.«

»Ist bei dir alles okay?«, fragte Linus und musterte die Roboterdame verunsichert.

»Aber sicher doch.« Majus stand auf. Elexa fasste ihm unter die Arme. »Wir müssen unsere Mission zu Ende bringen.« Er blickte zu Elexa. »Möchtest du uns begleiten?«

»Wohin?«

»In die Freiheit.«

Die Roboterdame schien nicht recht zu wissen, was sie von dem Vorschlag halten sollte.

»In drei Minuten sind wir am Flughafen«, drängte Linus. »Wir müssen den Zug vorher in die Luft sprengen.« Er wandte sich an Elexa. »Sind außer den Robotern auch noch Menschen an Bord?«
»Nein. Nur Androiden.«
»Gut.« Linus griff nach den beiden Koffern. »Wir müssen den Auftrag zu Ende bringen.«
Zu fünft kehrten sie zurück zu dem Waggon, auf dem Captain Einsicht sie herausgelassen hatte. Einige Roboter hatten sich aus den Paletten befreit und standen kreuz und quer in den Gängen verteilt. Aber sie alle waren ausgeschaltet.
»Sollen wir den Sprengstoff von oben abwerfen?«, fragte Riana, als der Hubschrauber über ihnen auftauchte.
»Nein, das ist zu gefährlich.« Linus öffnete den silbernen Koffer und zog den Treibsandprojektor und das Miniaturmotorrad heraus.
»Zu fünft passen wir niemals aufs Motorrad.«
»Ich weiß«, sagte Linus. »Majus und Elexa, ihr beide steigt zusammen mit Ben in den Helikopter und wartet in sicherer Entfernung auf uns.« Er wandte sich wieder an Riana. »Wir werden den Sprengstoff von außen anbringen.«
Ein Tunnel kam in Sicht.
»Schnell, schnell!« Linus streckte Riana den schwarzen Koffer entgegen, in dem sich der Sprengstoff befand. Kaum waren Majus, Elexa und Ben in den Helikopter gestiegen, drückte Linus den Knopf des Miniaturmotorrads. Noch auf dem Dach entfaltete es sich in Originalgröße. Linus sprang auf und nahm all seinen Mut zusammen. Theoretisch wusste er, wie ein Motorrad funktionierte. Aber jetzt erinnerte ihn die Maschine an sein Erlebnis mit dem wildgewordenen Treppengeländer. Er durfte sich nicht abwerfen lassen! Riana klammerte sich an ihm fest. Zaghaft drehte er den Gasgriff nach hinten, die schwere Maschine schanzte hinaus in die Dunkelheit und schlug hart auf dem

Schotterweg neben der Bahnlinie auf. Eine Sekunde später tauchte der Zug in den Tunnel ein. Mit dem Finger berührte Linus die digitale Instrumentenanzeige, schaltete das Licht ein und raste auf einer der Schienen hinter dem Zug her. Kaum hatten sie das Ende des Tunnels erreicht, scherte er nach links aus und fuhr parallel zum Zug auf einem Feldweg weiter. »Hol den Sprengstoff raus!«, brüllte er gegen den Fahrtwind an.

»Aber diesmal werfe ich!« Riana öffnete den schwarzen Koffer, was bei der Geschwindigkeit alles andere als einfach war. Eine blaue Kugel kullerte heraus und explodierte geräuschlos hinter ihnen. Der Schallschutz war immer noch aktiv. Durch die Druckwelle machte das Motorrad einen Satz nach vorne. Kurz verlor Riana den Halt und wäre beinahe vom Motorrad gestürzt. Linus hielt den Lenker fest im Griff. »Die anderen Kugeln«, rief er. »Die magnetischen!« Sie fuhren eine Kurve. Zwischen zwei Hügeln blitzte der Flughafen auf. Wenn der Zug das Gelände erreicht hatte, war es zu spät für eine Sprengung. Dort standen überall riesige Kerosintanks. Zielgenau warf Riana eine Kugel nach der anderen gegen die Waggonwände. Sie blieben haften. Nachdem sie als Letztes die unbemannte Zuglok mit Sprengstoff versehen hatten, beschleunigte Linus. Zum Glück drosselte der Zug bereits seine Geschwindigkeit. Vermutlich mussten noch die Weichen umgestellt und die Tore geöffnet werden, damit er direkt in den Flughafen einfahren konnte. Das Motorrad schoss einen Hügel hinauf und kam dort zum Stehen. Die Spitze des Zuges erschien auf dem Hügel, dann raste der Zug in gespenstischer Stille an ihnen vorbei. Linus wartete noch, bis er wieder auf der Ebene war, dann drückte er auf den Fernauslöser. Die Waggons explodierten lautlos und tauchten den Himmel in ein schillerndes Feuerwerk.

Gleich würde es hier von Polizei und Feuerwehr nur so wimmeln, dachte Linus. Sie mussten verschwinden. Riana schien denselben Gedanken zu haben. Doch bevor er sie zurückhalten konnte, stieg sie vom Motorrad, zog den Treibsandprojektor hervor und zielte damit auf die Schienen, direkt vor den brennenden Zug.

Was dann geschah, war unglaublich. Der gesamte Zug mit allen Waggons versank direkt vor ihnen im Boden. In einem mächtigen Treibsandtrichter. Das Feuer wurde erstickt, kleine hellbraune Wolken stiegen in den Nachthimmel. Als der letzte Waggon in der Tiefe verschwand, war nichts weiter zu hören als ein kurzes, ansteigendes Zischen. Wie bei einem Schiff, das auf dem Meer gekentert war, konnte man Sekunden später nicht mehr erkennen, dass hier soeben ein kompletter Güterzug mit mehr als tausend Robotern vom Erdboden geschluckt worden war. Linus blickte auf seine Uhr: Es war 3.29 Uhr. Kaum hatte Riana den Treibsandprojektor ausgeschaltet, fügten sich sogar die Schienen wieder zusammen. Nichts mehr war zu erkennen.

»Wow«, sagte Riana. »Das könnten wir doch auch mal mit unserer Schule machen.«

Sechsunddreißigstes Kapitel

DER TOLLSTE JUNGE DER WELT

Ben blickte Linus, Riana und Majus hinterher, als sie die Straße hinunterliefen. Sie waren noch nicht ganz um die Ecke gebogen, als er ein leichtes Ziehen in der Stirn spürte. Noch einmal flackerten die seltsamen geometrischen Figuren vor seinen Augen auf, die ihm der freundliche Roboter auf seinem Monitor gezeigt

hatte, dann verblasste auch dieses Bild und er konnte sich nicht mehr daran erinnern, wer ihn aus den Fängen des Spielzeugroboters befreit hatte. Für den Bruchteil einer Sekunde war er traurig, dann drehte er sich um, blickte auf das Haus seiner Eltern und war glücklich, wieder zurück zu sein. Im Wohnzimmer brannte noch Licht. Es war kurz nach Mitternacht. Am Garagentor hing ein großes Plakat, darauf war ein dunkles Schwarz-Weiß-Bild. Ben erschrak: Das war sein Gesicht. Er, wie er in die Kamera lachte. Darunter stand in Großbuchstaben: VERMISST. Er atmete tief ein. Vielleicht würden sie ihn doch nicht fortschicken.

Vielleicht ...

Er drückte den weißen Klingelknopf. Seine Hand zitterte. Ihm war plötzlich eiskalt.

»Ja, bitte«, meldete sich die Stimme seiner Mutter über die Sprechanlage. Für eine Sekunde verschlug es Ben die Sprache. Sein Magen zog sich zusammen und ein dicker Kloß setzte sich in seinem Hals fest. »Ich ... ich bin es.«

»Ben? Bist du das?«, fragte seine Mutter. Schnelle Schritte waren zu hören, dann ein Rascheln und in der Diele ging das Licht an. Seine Mutter riss die Tür auf, sank auf die Knie und drückte Ben ganz fest an sich. Er spürte die Tränen auf seinem Hals und fing auch an zu weinen. Ein Polizeiauto bog in die Einfahrt. Die Beifahrertür öffnete sich und sein Vater sprang heraus, rannte über den Rasen und schloss sie beide in die Arme. Minutenlang verharrten sie so, ohne ein Wort zu sagen.

Ben räusperte sich. »Schickt … schickt ihr mich jetzt in ein Heim?«, fragte er ängstlich.

»Nein!«, sagte seine Mutter, löste sich von seinem Hals und wischte sich die Tränen aus dem Gesicht. »Niemals. Wie kommst du denn darauf?«

Sein Vater drückte ihn fest an sich. »Du bist doch der tollste Junge, den es gibt.«

Siebenunddreißigstes Kapitel

BEGEGNUNG MIT DER WAHRHEIT

»Nach dem gelungenen Abschluss Ihrer ersten Mission, würden wir Ihnen gerne jemanden vorstellen«, sagten die Zwillinge in einem hochoffiziellen Tonfall. Linus und Riana standen erschöpft, aber auch glücklich im Höhlensaal. Linus konnte sich kaum noch auf den Beinen halten. Er stützte sich an Majus ab. Elexa hatten sie nicht mitgenommen. Sie wartete im Labor von Linus' Vater. Es hatte sich herausgestellt, dass ihr Kern aus der Roboterserie stammte, der auch Majus angehörte. Nach einem Unfall hatte man ihr eine neue Hülle verpasst. Damals in der Fabrik hatte sie Majus' Waffensysteme gestört. Hätte er geschossen, wären die verborgenen Säuretanks hinter den Wänden explodiert und hätten die Fabrik in Schutt und Asche gelegt.
Die Zwillinge nickten sich zu. In einer Nische zwischen zwei Säulen wurde es langsam hell, als würde die Sonne aufgehen. Der Geruch hatte sich schon wieder geändert. Diesmal umfing sie eine Brise salziger Luft, als würden sie am Meeresufer stehen. Eine Gestalt löste sich aus dem orangefarbenen Licht und bewegte sich auf sie zu. Das ungleichmäßige Klacken von Lederabsätzen hallte durch den Saal. Ein hinkender Riese, dachte Linus und hielt den Atem an. Die Zwillinge traten zur Seite wie die Diener in einem Schloss. Mit leicht gesenkten Köpfen deuteten sie eine Verbeugung an. Linus spürte, wie Riana näher an ihn heranrückte. Das Licht im Hintergrund wurde schwächer.

»Guten Tag«, sagte eine freundliche Männerstimme. Linus wusste sofort, zu wem sie gehörte. Zu seinem Onkel, Professor Dagendorf! »Schön, dass ihr hier seid.« Sein Onkel lächelte schwach.

»Wer ist das?«, sagte Riana.

»Das ist ... mein Onkel, sozusagen.«

»Linus«, sagte Professor Dagendorf. »Ich weiß, wie verwirrend das alles für dich – für euch – sein muss, aber mir blieb keine andere Wahl. Ich konnte mich euch nicht vorher zeigen.«

Linus schaute ihn fragend an. »Gehörst du auch zur Agentur?«

»Nein«, sagte Dagendorf kopfschüttelnd und seufzte. »Es gibt keine Agentur. Also nicht so, wie ihr es euch vielleicht vorgestellt habt.«

»Gibt es nicht...«, wiederholte Linus, ohne wirklich zu begreifen. Er fühlte sich wie vor den Kopf gestoßen.

»Und ... und was ist mit den Waffen, mit dem Opix und diesem Master?«, fragte Riana aufgebracht. »Das war also gar kein richtiger Einsatz, sondern nur ein Spiel?«

»Nein, es war kein Spiel, es war ein sehr gefährlicher Einsatz und ihr habt euch hervorragend geschlagen.« Dagendorf lächelte kurz auf, dann senkte er den Blick. »Aber der Einsatz war für die falsche Seite.«

»Für die falsche Seite?«, fragte Linus. »Was meinst du damit?«

»Linus, wie du weißt, hab ich vor einigen Jahren meine Familie verloren. Bei einem Unfall. Frau und Tochter. Zu dieser Zeit hat dein Vater bereits an einer Zeitmaschine gearbeitet. Er war sehr weit in der Entwicklung, doch er wusste auch, welche Macht diese Maschine in den falschen Händen hätte. Man könnte den Lauf der Dinge im Nachhinein verändern, Fehler ungeschehen machen und –«

»Bist du schuld daran, dass mein Vater verschwunden ist?«, schnitt ihm Linus das Wort ab.

Sein Onkel nickte niedergeschlagen. »Ich wollte ihn nicht in eine andere Zeit katapultieren. Es war ein Unfall, das musst du mir glauben.«

Linus war zu erschöpft, um richtig wütend zu sein. »Warum habt ihr euch gestritten? Wegen diesem blöden Konverter?«

Dagendorf nickte. »Dein Vater hat eine Möglichkeit geschaffen, die die Welt des Internets, der Onlinespiele und Computer, sogar das Fernsehen von heute auf morgen revolutioniert –«

»*Sie* haben uns also entführen lassen?«, unterbrach Riana. »Und dann haben Sie uns in diesen Film gesteckt? Wir waren die ganze Zeit Ihre … *Versuchskaninchen?*«

»Nein«, sagte Dagendorf. »So war das nicht.« Sein Gesicht war plötzlich schmerzverzerrt. Er fasste sich an seinen linken Unterschenkel. »Ich möchte euch etwas zeigen, damit ihr das alles besser verstehen könnt. Kommt bitte mit.« Flankiert von den Zwillingen humpelte er ihnen voraus zu dem Säulendurchgang.

Linus zog Majus am Arm mit sich. Schlurfend und mit hängendem Kopf begleitete er sie. Er brauchte dringend Trockenobst.

Der Durchgang führte in ein riesiges Labor. Wobei das Wort Labor zu ungenau war, um diesen Ort zu beschreiben. Die Luft roch feucht und tropisch. Es musste um die dreißig Grad haben. Über ihnen wölbte sich eine gläserne Kuppel mit glockenartigen Strahlern. Auf der linken Seite stand ein Amphibienfahrzeug. Linus konnte nicht fassen, wohin ihr Onkel sie geführt hatte. In diesem riesigen Gewächshaus waren sie schon einmal gewesen! Vermutlich hatte ihnen der künstliche Regenwald den Blick auf diese Seite versperrt, denn hier standen Tische aus Edelstahl mit komplizierten Apparaturen, die an Monitore angeschlossen waren.

»Okay«, sagte Riana. »Und wo ist diese Unterwasserwelt mit den unfreundlichen Robotern, in die Sie uns gebracht haben? Die kann ja wohl kaum hier sein.«

»Tja«, sagte Dagendorf. »Alles nur eine Frage des Maßstabs. In einer Welt, die sich immer mehr ausbreitet, ist es von unschätzbarem Wert, Dinge zu verkleinern.« Er ging hinüber zu einem der Computer und rief eine verschlungene Grafik auf. Der Raum wurde abgedunkelt. Der Regenwald, die Büsche, Sträucher und Bäume verschwanden Meter für Meter im Boden. Aus dem Hintergrund schob sich ein riesiges Aquarium heran, verdrängte die Baumwipfel und erstickte das Zwitschern der Vögel. Linus erinnerte sich daran, wie sein Vater einmal zusammen mit seinem Onkel an einer Mechanik gearbeitet hatte, mit der man per Knopfdruck verschiedene Räume aufrufen konnte. Wie bei einem gigantischen Aufzug konnte man den jeweiligen Raum anfordern, ohne selbst den Ort zu wechseln. Man stand gewissermaßen vor der Aufzugtür.

Das Aquarium wurde von hinten angestrahlt. Fische schwammen aufgeregt darin umher. Ihre Schatten huschten vielfach vergrößert über sie hinweg.

»Sollen wir jetzt Ihre Fische bewundern?«, schnaubte Riana und stemmte die Hände in die Hüften. »Das kann doch nicht Ihr Ernst sein!«

Dagendorf tat so, als hätte er sie nicht gehört. Das Aquarium füllte nun exakt den Bereich aus, in dem noch vor wenigen Minuten der Regenwald gestanden hatte. Dagendorf trat vor die dicke Glasscheibe.

»Schaut mal, da hinten«, sagte er und deutete zu einem seltsamen Hügel am linken Rand des Aquariums. Er schien aus einer geleeartigen Masse zu bestehen, durch die man nicht hindurchschauen konnte. »Dort seid ihr gewesen. Dort befindet sich die Unterwasserwelt.«

»Sie haben uns geschrumpft?«, fragte Riana und rümpfte die Nase.

»Das ist keine große Kunst, solange man es nicht übertreibt.«

»Aber wozu?«, fragte Linus. »Was hat das alles mit Papa und deiner Familie zu tun?«

»Ich wollte meine Familie zurückholen. Nicht nur dein Vater

hat an einer Zeitmaschine gearbeitet. Auch andere Erfinder haben sich dieses Gebietes angenommen. Mit dem Wandler, den dein Vater entwickelt hatte, wollte ich mir eine Fahrkarte für die Vergangenheit sichern. Amelius Gorler, der Chef einer einflussreichen Firma, hat mir diese Möglichkeit in Aussicht gestellt, wenn ich ihm dafür die Pläne und den Konverter deines Vaters bringe. Ich dachte, Peter hätte vielleicht einmal mit dir darüber gesprochen und dir verraten, wo sich der Konverter befindet. Deshalb habe ich euch entführt.«

»Und was ist mit mir?«, fragte Riana. »Wozu haben Sie mich gebraucht?«

»Dass du entführt wurdest, war nicht meine Absicht. Es tut mir leid. Aber es musste schnell gehen. Und an dem Tag, für den wir alles vorbereitet hatten, seid ihr zusammen unterwegs gewesen.«

»Und haben Sie es jetzt, dieses blöde Konverter-Dingsda?«, fragte Riana.

»Ja, er war an Linus' Traumhelm befestigt. Der Augensensor, weißt du?«

»An meinem Traumhelm«, sagte Linus überrascht. Dann überschlugen sich seine Gedanken. »Und wann holst du meinen Vater wieder zurück? Wegen dir ist er irgendwo in der Zeit gefangen!« Er spürte Wut in sich aufsteigen. Er hatte große Lust, auf seinen Onkel einzuprügeln, aber selbst dazu war er nicht imstande.

»Sobald es möglich ist, werde ich Peter zurückbringen. Leider bleiben Reisen durch den Zeitkanal nicht ohne Folgen.« Dagendorf krempelte sein linkes Hosenbein nach oben. Linus erschrak. Dort, wo der Unterschenkel sein sollte, klaffte eine große, seltsam schimmernde Wunde. Das Schienbein sah aus, als würde es splittern. »Je länger man in einer anderen Zeit verweilt, desto aufwendiger ist eine Rückkehr. Nach meinen Berechnungen kann dein Vater nur dann unversehrt in die Gegenwart zurückkehren, wenn er sich dafür mindestens zwanzig Jahre Zeit lässt und wie ein Tiefseetaucher immer wieder eine Pause einlegt. Auch das werde ich noch heute deiner Mutter mitteilen.«

Linus brachte kein Wort mehr heraus. Es dauerte einige Sekunden, bis er die Bedeutung dieser Worte verstand. »Papa … mein Vater, kann also nicht mal dann mit der Zeitmaschine zurückkehren, wenn meine Mutter das Energieproblem gelöst hat?«

»Nur ganz langsam. Wenn deine Mutter mich nach all dem, was passiert ist, noch lässt, werde ich ihr aber dabei helfen, eine andere Lösung zu finden.«

Für eine Weile war es still. Linus wusste nicht, was er empfinden sollte. Er wollte seinen Onkel hassen, aber dazu war er zu traurig, zu verwirrt und zu müde.

»Dann gibt es also gar keine Agentenausbildung«, sagte Riana in die Stille hinein, als hätte sie es erst jetzt richtig begriffen.

Dagendorf schüttelte den Kopf. »Peter Lindbergh, Linus' Vater, und ich haben zwar tatsächlich an den Plänen für eine Spezialeinheit und eine entsprechende Ausbildung gearbeitet, aber die Agentur gibt es nicht. Ich habe sie nur erfunden.«

Achtunddreißigstes Kapitel

DIE ENTSCHEIDUNG

Der Rat der verantwortungsvollen Erfinder tagte mittlerweile seit mehreren Stunden. Linus, Riana, Majus und Elexa standen im Vorraum und betrachteten die Bilder an den holzgetäfelten Wänden. Erfindungen, was auch sonst. Die meisten davon uralt. Eine Glühbirne. Eine Dampfmaschine. Ein motorisiertes Dreirad.

»Glaubst du, dass deine Mutter mich nachher wieder hypnotisiert?«, fragte Riana.

»Wieso sollte sie das tun?«

»Vielleicht hat der Rat so entschieden.«

»Du gehörst zu uns. Daran wird sich nichts ändern. Meine Mutter wird das schon regeln.«

»Aber das mit der Agentin hat sich seit gestern schließlich erledigt und angehender Erfinder, so wie du, bin ich ja auch nicht.« Sie blickte schmunzelnd zu Captain Einsicht, der ganz ohne Fell ziemlich nackt aussah. »Vielleicht können wir in Zukunft zusammen an deinen Erfindungen arbeiten. Du bringst die Ideen und gemeinsam versuchen wir, die Sachen zum Laufen zu bringen.« Sie ging in die Hocke und kraulte den Captain hinter dem Ohr. »Dann hätte der Hund auch eventuell eine Chance auf ein neues Fell.«

Bevor Linus antworten konnte, öffneten sich die Türen. Die Mitglieder des Rates strömten heraus.

»Sehr mutig. Gratulation«, sagte ein weißhaariger Mann im

Vorbeigehen. Eine jüngere Frau mit verspiegelter Sonnenbrille nickte den dreien zu. Als Letztes kam seine Mutter mit Anton und seinem Onkel. Man sah ihnen an, dass eine schwierige Verhandlung hinter ihnen lag. Alle drei wirkten geknickt. Schweigend blieben sie vor ihnen stehen.
»Was passiert jetzt?«, fragte Linus.
Seine Mutter schaute zuerst zu Dagendorf, dann zu seinem Großvater. »Der Rat hat sich dazu entschlossen, euch aufzunehmen. Vorausgesetzt, ihr wollt nicht nur Agenten, sondern auch richtige …«, sie blickte zu Dagendorf, »… *ehrbare* Erfinder werden.«
Rianas Augen begannen zu leuchten. »Natürlich wollen wir das.« Sie stieß Linus kumpelhaft in die Seite. »Oder etwa nicht?«
»Wir müssen euch danken«, ergriff Anton das Wort. »Ihr habt sehr viel Mut bewiesen und das Richtige getan. Auch wenn der Auftrag dieses Mal von der falschen Seite gekommen ist.«

Dagendorf verzog den Mund zu einem waagrechten Strich. Seit Linus wusste, dass er für das Verschwinden seines Vaters verantwortlich war, konnte er ihm nicht mehr in die Augen sehen.
»Ich werde alles tun, was in meiner Macht steht, um deinen Vater zurückzuholen. Das musst du mir glauben. Und wenn ich dafür Tag und Nacht arbeite.«
Linus antwortete nicht. Er schaute zu seiner Mutter. »Er muss nicht ins Gefängnis oder so?«
»Nein. Der Rat hat keine Gefängnisse. Das schlechte Gewissen eines Menschen ist manchmal schlimmer als die härteste Strafe.«
»Ähm … da wäre noch eine Kleinigkeit«, sagte Riana. Sie deutete mit dem Kopf zu Majus, der lachend neben Elexa stand. »Könnte man vielleicht auch noch zwei Roboter in den Rat aufnehmen?«
»Ich glaube, das lässt sich regeln«, seufzte Anton.
Linus hob den Kopf. Es kostete ihn Mühe, seinem Onkel nun

doch direkt in die Augen zu schauen, aber da war noch etwas, das er von ihm wissen wollte.
»Wann genau wirst du Papa zurückholen?«
»Sobald wir eine Möglichkeit gefunden haben, ihn dabei nicht zu verletzen. Das kann leider sehr lange dauern.«
Linus verzog keine Miene. Er drehte sich einfach um und verließ den Raum, gefolgt von Riana, Majus und Elexa.

Neununddreißigstes Kapitel

EIN NEUER TRAUM

Vor dem Schlafengehen fasste Linus einen Entschluss: Auch wenn sein Onkel ihm den Sensor zurückgegeben hatte, wollte er von nun an auf den Traumhelm verzichten. Sollte sein Vater wirklich erst in einigen Jahren, vielleicht sogar Jahrzehnten, zu ihnen zurückkehren, so wollte er ihm wenigstens in seinen Träumen nahe sein und damit verhindern, dass sein Bild nach und nach verblasste. Behutsam legte er den Helm auf den Nachttisch. Er nahm eines der düsteren Bilder von Monsieur Ohneheim, betrachtete die kauernde gesichtslose Gestalt – seinen Vater – und wünschte ihm eine Gute Nacht. »Ich werde immer an dich denken«, flüsterte er, stellte das Bild zurück und schaltete das Licht aus. Er war so erschöpft, dass er sofort einschlief. Auf der anderen Seite empfing ihn ein Traum. Er stand in dem Zimmer, das auf dem Gemälde zu sehen war. Sein Vater hatte den Rücken zu ihm gedreht. Und er war nicht alleine. Neben ihm stand noch jemand: Monsieur Ohneheim. Doch der Mann ohne Gedächtnis sah um einiges jünger aus. Er durfte etwa so alt sein wie sein Vater. Linus rief den beiden etwas zu: »Hallo, ich bin hier.« Doch sie reagierten nicht. Er machte einen Schritt hinein in den Raum, hinein in die eisige Kälte, aber die beiden schienen ihn nicht zu bemerken. Nicht einmal, als er sich zwischen sie stellte, wie wild mit den Armen herumfuchtelte und auf sie einredete, zeigten sie eine Reaktion. »Hört ihr mich denn nicht?«, seufzte Linus. »Könnt ihr mich denn nicht hören?«

Nichts. Linus ließ enttäuscht den Kopf hängen. Er konnte nicht verstehen, was sein Vater mit Monsieur Ohneheim redete. Ihre Stimmen waren stark verzerrt und von Störgeräuschen überlagert. Er versuchte von ihren Lippen abzulesen, aber es ging nicht. »Papa«, sagte er leise. »Ich werde von nun an jeden Tag von dir träumen, bis du wieder zurückkommst.«
Genau in dem Moment, wandte sich sein Vater zu ihm um. Seine Augen flackerten unruhig umher. Konnte er ihn doch hören? War das Flüstern durchdringender als das Schreien? Sein Vater bedeutete Monsieur Ohneheim zu schweigen, dann ging er in die Hocke und verstellte etwas an dem Projektor. »Er-er ... ist-ist ... da-da ...«, konnte Linus plötzlich die Stimme seines Vaters hören. Sie war mit einem Echo versehen und klang blechern und raschelnd. »Ich werde auch von dir träumen«, sagte Peter Lindbergh, den Blick starr an ihm vorbei gerichtet. Linus spürte, wie ein warmer Strom durch seinen Körper sickerte, mehr und mehr von ihm Besitz ergriff und ihn schweben ließ. Seine Muskeln entspannten sich. Er entfernte sich von dem Raum, wie ein Vogel stieg er nach oben, Meter für Meter hinein in ein gleißend helles Licht. Und er wusste, dass er nicht eher aufhören würde, von seinem Vater zu träumen, bis seine Familie wieder vereint war. Für immer.

DANKSAGUNG

Ein Buch ohne Danksagungen wäre unvollständig. Ohne Menschen, die einen unterstützen, motivieren und inspirieren, würde es keine Bücher geben. Sie alle hier aufzuführen würde jedoch den Rahmen sprengen, denn manchmal genügt eine Begegnung oder ein Satz, den man im Vorbeigehen aufschnappt, um den Knoten im Kopf zu lösen und die Geschichte, an der man gerade arbeitet, in die richtigen Bahnen zu lenken. Deshalb erwähne ich hier meine treuen Weggefährten, die mir die Kraft geben, meine Ungeduld zu besiegen und Zeile um Zeile aufzuschreiben. An erster Stelle danke ich Nici für die vielen spannenden Diskussionen über die logischen Zusammenhänge und für ihre Liebe. Diana Steinbrede, meiner Lektorin, danke ich für ihre großartige Hilfe und die Fähigkeit, einen zu motivieren. Meinem Bruder danke ich für sein technisches Wissen und dafür, dass er mir mittlerweile verziehen hat, wie ich als Kind seine Apparate malträtiert habe. Katrin und Sandra danke ich für ihre Freundschaft und die vielen Gespräche über diese schrecklich komplizierte Welt und das Leben als Künstler. Katja Straub und Ilona Halder danke ich für die großartige Betreuung der Presse und meiner Veranstaltungen. Mareike Pfohl danke ich für die immer neuen Ideen für die Linus-Lindbergh-Homepage und ein großartiges Marketing. Dem Vertrieb des Bibliographischen Instituts danke ich für die hervorragende Arbeit.

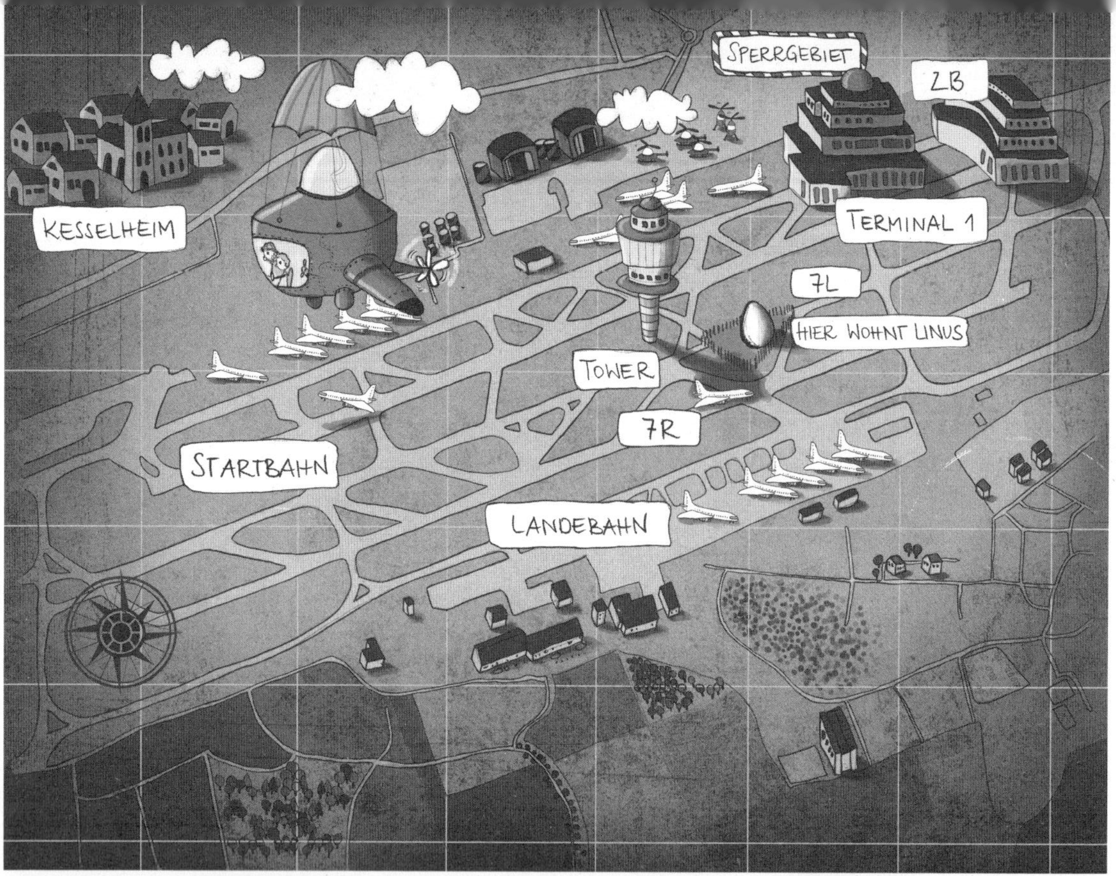
SPERRGEBIET
ZLB
KESSELHEIM
TERMINAL 1
7L
HIER WOHNT LINUS
TOWER
7R
STARTBAHN
LANDEBAHN